전남친 최애음식
매장위원회

전남친 최애음식 매장위원회

가와시로 사키 장편소설 ♥ 황국영 옮김

놀

차 례

제1화

전남친이 좋아했던
버터 치킨 카레

당신에게 사랑받는 여자인 척

꼭 러브호텔에서 차야 했냐, 이 나쁜 놈아!

나는 시부야에 있는 러브호텔 침대에서 오열하지 않으려 안간힘을 쓰고 있다.

솔직히 말하면 큰 소리로 펑펑 울고 싶다. 말 그대로 엉엉 소리를 내면서 말이다. 하지만 입술을 꽉 깨물고 버텼다. 내 마지막 오기였다.

사람 한 명이 누울 만큼 자리를 비워 둔 침대 위에 방금 날 차 버린 얄미운 남자, 다카나시 교헤이가 누워 있기 때문이다.

등을 돌리고 있어 얼굴은 보이지 않지만 어쩌면 아직 잠들지 않았을 수도 있다. 저렇게 오열할 정도로 날 좋아했다니 미안하게 됐네, 이런 생각을 할지도 모른다고 생각하니 죽기보다 싫었다.

머리맡의 충전기 선을 더듬어 핸드폰을 끌어와 침대 속에서 시간을 확인했다. 잔뜩 울었더니 블루라이트 빛에 눈이 따끔거렸다. 벌써 새벽 두 시다. 침대에 누운 지 삼십 분은 지난 것 같은데 잠이 오기는커녕 애꿎은 눈물과 콧물만 쉴 새 없이 쏟아졌다.

교헤이에게 들키지 않도록 핸드폰을 슬그머니 침대 옆에 내려놓는 순간, 작은 비닐에 손이 닿았다.

뜯지 않은 콘돔. 아아. 이 남자, '그럴 생각'이었나? 준비는 제대로 해 왔었구나. 분명 아직 가능성이 있었던 것이다. 그렇지만…….

그렇게 생각하니 억울함인지 한심함인지 모를 감정이 울컥 솟구치며 또다시 눈물이 났다. 나도 딱히 엄청나게 하고 싶었던 것은 아니다. 그저…… 그저, 난.

이 사람과 결혼할 생각이었다. 이 사람밖에 없다고 믿었다. 지난 사 년간의 연애가 너무나 어이없고 볼품없이, 커다랗고 휑한 호텔 침대 위에 흩어져 버렸다.

하아, 실연이 이렇게 괴로운 것이었나?

향신료 냄새가 난다.

그러고 보니 교헤이가 내가 만든 버터 치킨 카레를 세 그릇이나 먹은 적이 있었다. 그 카레에 '교헤이 카레'라는 이름을 붙였는데. 이제는 못 만들게 생겼네…….

"카레?"

퍼뜩 눈을 떠 보니 엉덩이 아래로 푹신푹신한 소파가 느껴졌다. 아무래도 엎어진 채로 잠들었던 모양이다. 나뭇결이 섬세한 테이블이 눈에 들어온다.

"으으, 머리야……."

머리가 묵직하다. 쿵쿵 울린다. 절구통으로 머리를 찧는 듯한 느낌이다. 눈도 침침했다. 눈꺼풀을 만지자 굳은 마스카라 부스러기가 후드득 떨어졌다.

그나저나 여기가 어디지?

낯선 장소다. 찻집인 걸까? 앤티크 뻐꾸기시계와 조그만 티브이가 보인다. 장식장에는 커피잔, 책, 스노 글로브와 골동품이 즐비하다. 오래된 건물 특유의 먼지 냄새가 살짝 섞인 향신료 냄새가 느껴졌다.

가게 안을 둘러본다. 손님은…… 나를 제외하면 한 명뿐.

자리는 카운터 쪽에 네 개, 소파가 달린 테이블에 여덟 개. 자그마한 가게다.

"어, 일어났다."

등 뒤로 남자의 맑은 목소리가 들렸다. 욱신욱신 아픈 머리를 부여잡으며 상체를 일으켰다.

"죄송한데, 제가 필름이 끊— 으아, 엄청난 미남이잖아! 앗, 생각이 말로 튀어나와 버렸네……."

삼각자를 세워 놓은 듯 오뚝한 콧대에 쌍꺼풀이 또렷한 눈. 너무 떨어져 있지도 않고 몰려 있지도 않은 완벽한 균형을 이루는 이목구비. 세상의 모든 미남을 끌어모아 추상화로 그리면 이런 얼굴이겠구나 싶을 정도로 굉장한 미남이었다. 남색 스웨터가 하얀 피부에 무척 잘 어울렸다.

"아하하, 방금 전에도 지금이랑 똑같은 말 했었어. 엄청난 미남이라고."

"제가요?"

"응. 아, 정말로 기억이 하나도 안 나는구나."

아무 기억도 없다. 분명 아침 여덟 시에 호텔을 나섰고 교헤이와 헤어진 다음…… 맞다, 전철을 타려다가 행복해 보이는 커플이 너무 많아 도망쳤지. 교헤이와 데이트할 생각으로 오늘 하루 휴가를 냈다. 집에 가 봤자 딱히 할 일도 없으니 차라리 취할 때까지 술이나 마시자는 생각으로 이십사 시간 영업하는 술집에 들어가 일본주 온더록스를 원샷했다……는 것까지는 기억이 나는데.

깜짝 놀라 주머니에서 핸드폰을 꺼냈다.

"헉, 뭐야? 깨졌잖아!"

"이 반응도 완전히 똑같았고."

누, 눈부셔. 과하게 상큼한 미소가 알코올에 KO 당한 머릿속을 파고든다. 다른 시대에 태어났다면 전설로 전해 듣지 않았을까 싶을 정도로 근사한 웃음이었다. '동양의 숨겨진 보석'이라 불리며 벽화로 그려 보존했겠지.

금이 쩍쩍 간 핸드폰 화면을 두드려 봤다. 다행이다, 고장 나진 않았구나. 지금 시간이 열두 시……. 뭐, 열두 시? 세상에, 대체 몇 시간이나 필름이 끊긴 거야!

"죄송한데, 여기가 어디죠?"

"산겐자야."

"사, 산겐자야?"

나도 모르게 벌떡 일어나 가게 밖으로 나갔다. 아냐, 그럴 리 없어, 설마 그럴 리가!

"저기요, 손님. 어디 가시려고요?"

전혀 본 적 없는 주택가였다. 근처 전봇대에 붙어 있는 광고판 아래에 '세타가야구 다이시도'라고 적혀 있었다.

말도 안 돼! 시부야부터 산겐자야까지 걸어왔단 말이야? 어쩐지 발바닥이 아프더라니. 이제야 온몸이 만신창이라는 사실을 깨닫는다. 원피스에는 티스푼 크기의 간장 얼룩이 묻어 있고 스타킹은 허벅지부터 발끝까지 올이 나갔다. 긁힌 무릎에는 헬로키티 반창고가 붙어 있었다(물론, 기억은 안 난다). 데이트를 위해 큰맘 먹고 산 삼만 구천팔백 엔짜리 펌프스의 굽도 심하게 닳아 있다.

그건 그렇다 쳐도, 대체 어쩌다 여기에 들어올 생각을 했지? 다시 가게를 돌아봤다.

찻집 '비긋다'.

이 가게의 이름이었다. 하지만 외관은 폭우가 내리면 당장이라도 비가 줄줄 샐 것처럼 허름했다. 처마에 인쇄된 '비긋다'라는 글자는 흐릿해져서 잘 보이지 않았고, 문과 계단도 모두 빛이 바랬다. 그 낡은 벽을 보고 있자니 가고시마 시골에 계신 증조할아버지의 검버섯 핀 피부가 머릿속을 스쳤다.

가게 앞 입간판에는 분필로 'No.1 인기! 카레 런치 1,000 엔'이라고 적혀 있다. 아아, 그래서 향신료 냄새가 났구나.

"'지금의 나를 받아 줄 가게는 이런 곳뿐이야!'라고 소리

치면서 들어오던데?"

좀 전의 미남이 문을 열고 나와 설명했다.

"잘생긴 사장님, 여기 맥주요!'라면서 신나게 소리치더니 딱 한 모금 마시고는 엎어져 잠들어 버리더라고. 뭐, 어차피 손님도 없으니 상관없겠다 싶어서 자게 뒀지."

"저, 저, 정말 죄송⋯⋯!"

제대로 사고 쳤잖아! 취해서 찻집에 들이닥치질 않나, 술집으로 착각하질 않나.

"진짜로 너무 죄송해요! 으으, 속 안 좋아⋯⋯."

"아, 아직 그렇게 머리를 흔들면 안 돼. 좀 더 쉬어."

국보급 미남이 이렇게나 다정하게 대해 주다니, 평소 같으면 기분이 무지하게 좋았겠지만 이런 상태에서는 오히려 더 비참해질 뿐이었다. 쥐구멍에라도 숨고 싶다는 게 바로 이런 기분인가?

"뭐든 먹어서 속을 좀 채우는 게 나을 거야. 지금 준비 중이니까 조금만 기다려."

"감사합니다, 이래저래⋯⋯."

미남의 이름은 아마미야 이오리. 이 가게의 점장이란다. 하아, 최악이다. 술이 깨며 정신이 돌아오자 이렇게 조용하고 차분한 분위기를 망쳤다는 사실이 두려워졌다.

카운터 제일 끄트머리에 앉아 있는 손님에게도 죄송하다고 사과하며 마음속으로 무릎을 꿇었다. 빡빡머리에 안경을 쓴 체격 좋은 남성이다. 승려복을 입고 있는 걸 보면 스님인가? 크림소다와 카레를 먹으며(대체 이게 무슨 조합이람?) 책을 읽고 있다.

물을 마셔서 불쾌한 메슥거림을 싹 밀어냈다. 납작한 조약돌처럼 녹은 얼음이 목구멍 안쪽을 쓱 훑고 지나갔다.

"하아……."

그러고 보니 교헤이는 집에 가서 물을 챙겨 마셨을까. 어지간해서는 수분 섭취를 잘 하지 않는 사람이라 내가 잔소리하지 않으면 온종일 물 한 방울도 입에 대지 않는 경우가 허다했다. 뭐, 별문제 없겠지. 건강검진 결과가 안 좋다는 말에 콘트렉스 생수를 정기적으로 배송받게 신청해 놨다. 아직은 남아 있을 테니 한동안은 괜찮을 것이다. 아, 그래도 일단 '물 챙겨 마셔'라는 연락은 보내 둘까?

그런 생각에 핸드폰을 꺼내는데 마치 기다리고 있었다는 듯 문자메시지가 도착했다. 교헤이다. 손바닥에 전해지는 진동에 놀라서 튀어 오르듯 일어났다.

"앗, 죄송해요."

카운터 쪽에서 빡빡머리 남자의 시선이 느껴져 황급히

다시 앉았다. 심호흡 후 메시지를 확인했다.

　짐은 한 번에 싸서 곧 보낼게. 네 명의로 정기적으로 돈이 나가
는 것들도 최대한 빨리 해약해 주면 고맙겠어.

　간결한 메시지 뒤에 곰돌이가 땀을 흘리며 땅을 쳐다보
는 기본 이모티콘이 붙어 있었다.
　"뭐야, 이 이모티콘은……."
　지금껏 한 번도 쓴 적 없는데. 이모티콘 같은 건 절대 안
쓰는 사람 아니었어? 사 년 동안 수두룩하게 많은 연락을
주고받았으니 메시지를 쓰는 성향 정도는 꿰고 있었다. 보
통 느낌표 정도밖에 쓰지 않았다. 커플 이모티콘을 사자고
해도 민망하다면서 끝까지 버텼으면서.
　그래. 이제 나한테 이 사람의 건강을 걱정할 자격 같은
건 없어. 나도 안다고. 아무리 그래도 헤어지자고 한 지 하
루도 안 됐잖아. 날짜로는 오늘이라고. 막차를 놓쳐서 아침
까지 한 침대에서 자고 헤어진 게 바로 오늘 아침이야. 방
금 전이었다고.
　그 정도로 헤어지고 싶었던 거야?
　헤어지자마자 곧바로 짐을 정리해서 치워 버릴 만큼, 내

가 그렇게 싫었냐고!

박스에 짐을 싸면서 다시 화해할까 고민도 안 됐어? 눈곱만큼도? 한순간도?

미안해하는 표정을 짓고 있는 이모티콘이 그의 마음에 변화가 없다는 사실을 확실히 증명해 주고 있는 것 같았다. 술김에 한바탕 쏟아 냈던 눈물이 다시 파도처럼 밀려왔다.

울어도 아무 소용 없다는 걸 머리로는 알고 있지만 멈출 수가 없다.

감정을 통제하는 브레이크가 완전히 망가진 것 같다. 위험하다. 커피 잔, 화장실 표지판, 창밖의 나무……. 시야에 들어오는 모든 풍경에 교헤이 필터가 씌워진다. 지금 같아서는 뭘 보든지 교헤이와의 추억과 연결될 것 같았다.

아니야, 그래도 이러면 안 돼. 술에 취해 쓰러져 오열하다니. 진짜 이상한 사람이잖아. 점장님께 더 이상 폐를 끼치면 안 돼.

눈물을 꾹 참으려 눈을 부릅떴다. 눈을 깜빡이면 자동차 와이퍼처럼 눈물방울이 뚝뚝 떨어질 것이다. 그러니까 눈을 크게 뜨고 눈물이 마를 때까지 기다려야 해!

"……아."

빡빡머리 손님과 눈이 마주치고 말았다. 내 눈빛이 무서워 보였는지 겁에 질린 것 같다. 손에 든 책이 툭 하고 바닥에 떨어졌다.

"죄송해요······. 저 너무 기분 나쁘죠······."

"예?"

"술에 잔뜩 취해서 처음 온 가게에서 난동을 부리더니 갑자기 울기 시작하질 않나. 누가 봐도 이상한 사람이네요."

"아, 아니요. 전 그런 말 한 적 없는데요."

"옛날부터 이랬다니까요? 툭하면 감정적으로 덤벼들고, 남자 친구도 자주 뭐라고 했어요. 이런 면 때문에 부담스럽다고 하는 사람들도 있고. 어떻게 생각하세요?"

"갑자기 저한테 그런 걸 물어 보시면······. 아니, 왜 여기 앉으시는 건데요?"

나는 떨어진 책을 주우며 빡빡이 씨 옆자리에 놓인 높은 의자에 앉았다.

"예전에는 매주 근사한 가게에 데려가고, 연락도 매일 하고, 예쁘다는 말, 귀엽다는 말도 자주 했어요. 그런데 요즘에는 그런 말을 전혀 안 하더라고요. 처음에는 회사 일이 힘들어서 그런 줄 알았어요. 영업 사원이니까 할당량도 있을 테고. 그럴수록 옆에서 더 든든한 존재가 되어 주고 싶었어요. 밥을 지어서 냉장고에 넣어 두기도 하고, 특별한 날이 아닐 때도 서프라이즈로 코스 요리를 준비하기도 하고, 하루에 세 번씩 좋은 점도 말해 주고. 저 나름대로 노력했단 말이에요. 남자들은 이게 다 귀찮은가요?"

"저기, 혹시 아직 술이 안 깨신 건가요?"

어떡해. 말하다 보니 다시 눈물이 난다. 티슈로 눈 앞머리를 꾹꾹 누르며 말을 이었다.

"흐윽…… 제가 한 일은 그냥 다 오지랖이고, 그저 징글징글하기만 했을까요? 네?"

"전 몰라요. 저기요, 아마미야 씨? 이분 살짝……. 아마미야 씨!"

설마 하는 마음에 핸드백과 함께 놓아 둔 아네스베 쇼핑백을 들고 왔다. 이 사람, 외모가 스님 같아서 그런지 왠지 모르게 마음이 놓인다. 가슴에 맺힌 한을 다 털어놓고 싶은 마음이 들었다.

"이것 좀 보세요."

나는 쇼핑백에서 포장된 박스를 꺼내 보였다.

"윽, 허어."

"교헤이 생일 선물로 준비한 커플 시계예요. 역시 부담스러운가요? 커플 세트로 육만 칠천 엔, 너무 부담돼요? 원래는 들뜬 마음에 까르띠에를 지를까 했는데 너무 비싸다고 정색할까 봐 이걸로 골랐거든요. 나도 나름 자제했다고요. 사 년이나 사귀었는데 이 정도는 쓸 수 있잖아요? 네? 내가 이상한 거예요? 부처님께선 뭐라고 하시나요?"

"부처님은 커플 시계 같은 건 안 차지 않을까요?"

"그런가…… 부처님도 모르시는 거면 별수 없네요……"

"뭐, 그렇지만."

빡빡이 씨는 머쓱한 듯 짙은 눈썹을 긁적이며 말했다.

"그 정도 큰 금액에 더군다나 커플 아이템이라면 부담스러울 수도 있지 않을까요?"

"역시나!"

나는 머리를 쥐어뜯었다. 무엇이 정답이고 무엇이 오답인지 점점 더 헷갈린다. 빡빡이 씨는 '그렇지만 제 말은 별로 귀담아듣지 않으시는 게……' 하고 중얼중얼 변명을 늘어놓았지만 마치 먼 곳에서 들려오는 소리처럼 아스라이 느껴졌다.

나의 사 년이…….

아니, 사 년이 아니지. 이십구 년 동안 이렇게 살았는데, 나 괜찮은 거 맞아?

"끄아아아아!"

"구로다 씨, 좀 살살 말해, 살살."

고개를 들자 점장님이 보인다. 빡빡이 씨의 이름이 '구로다'인 모양이었다.

"빈속에 술 마시는 게 제일 안 좋아. 있는 재료로 급하게 만든 거라 미안하지만."

점장님은 이렇게 말하며 우아한 동작으로 테이블 위에 접시를 올려 두었다. 정통파 치킨 카레였다.

음식이 눈에 들어온 순간 울컥하면서 심장이 흔들렸다. 또다시 주마등처럼 추억 속 장면들이 스쳐 지나간다. 망했다. 카레 하면 떠오르는 교헤이 데이터가 너무 많다고! 맛있다는 듯 입안 가득 카레를 넣은 볼록한 볼, '오늘은 꽤 매콤한 맛이네'라며 이마의 땀을 훔치던 아침, 하루 숙성시킨 카레를 먹을 때 삐죽삐죽 뻗쳐 있던 머리칼……. 수백 가지 교헤이가 동시 재생된다.

"어, 혹시 카레 안 좋아해?"

"아, 아니요! 그런 거 아니에요……. 잘 먹겠습니다."

그래, 일단 진정하자. 스스로를 타이르며 숟가락을 손에 꼭 쥐었다.

러브호텔에서 차였다. 술을 진탕 마셨다. 아직도 머리가 지끈거린다. 지금의 나는 냉정하지 못하다. 완전히 냉정을 잃었다. 이럴 때 하는 판단은 대체로 변변치 않다. 취업 준비생 시절 백 번째 회사에 떨어졌을 때, 정신을 차리고 보니 핸드폰을 버리고 인도에 가 있었고 동생이 실종 신고를 하는 바람에 엄청난 소동이 일어났었다.

그래. 어차피 뭘 하든 괴롭다면 우선은 그나마 나은 쪽을 선택하자고. 실연당한 배고픈 사람과 실연당한 배부른 사람이 있다면, 실연당한 배부른 사람이 그나마 낫지 않겠어? 일단 맛있는 걸 먹고 기운을 내 보자!

나는 카레와 밥을 숟가락에 가득 떠서 꿀꺽 삼켰다.

"읍!"

"왜 그래?"

"아, 아니에요. 아마 위가 좀 놀란 모양이에요."

점장님의 다정한 눈빛을 적당히 피하며 물병에서 물을 따라 두 잔 연거푸 들이켰다.

이, 이건…… 콧속까지 퍼지는 특유의 향신료 향도 전혀 느껴지지 않고 전체적으로 물이 많이 들어간 싱거운 맛이다. 카레라기보다는 따뜻한 물에 살짝 카레 향을 묻힌 것 같은 희한한…….

그러니까…… 한마디로 말하자면 맛. 없. 다……?

아아, 그러고 보니 나도 예전에 카레를 제대로 망친 적이 있었다. 교헤이가 집에 오기 전날부터 단단히 마음먹고 준비했는데 조미료를 잘못 배합하는 바람에 황급히 다시 만들었지…… 교헤이 생각 좀 그만하라니까! 당장 멈춰, 이놈의 뇌! 멋대로 교헤이와의 추억을 자동 재생하지 말라고!

"저기, 손님? 혹시 입에 안 맞아?"

"아뇨, 아뇨! 마, 맛있습니다!"

"그래? 그럼 다행이고."

으아, 나도 모르게 맛있다고 말해 버렸어! 하지만 어쩔 수가 없었다. 처음 본 사람한테 이렇게 상냥하게 대해 주는 점장님의 다정한 미소를 보고 어떻게 솔직하게 말할 수가 있겠냐고.

슬쩍 옆자리를 쳐다보다 아까 그 구로다라는 사람의 손끝에 시선이 머물렀다. 크림소다 잔과 카레 그릇 모두 깨끗하게 비어 있었다.

아니, 잠깐. 그러고 보니 이 사람, 아무렇지 않은 얼굴로 카레를 먹고 있었어. 아까 밖에서 본 간판에도 'No.1 인기!'라고 쓰여 있었고. 그 말은 이게 손님들에게 파는 정식 메뉴라는 얘기잖아?

나는 심호흡을 했다. 빙빙 도는 시야와 울렁거림을 가라앉히기 위해 애썼다.

머릿속에 불길한 생각이 떠오른다.

혹시 이상한 건 카레가 아니라 내 미각이라든가…….설마, 아니겠지?

티슈로 시원하게 코를 풀고 다시 카레를 입에 넣었다. 역시나 괴상한 맛이다.

아냐, 아닐 거야. 내 미각이 고장 날 만한 일이 있었나? 아빠는 고향 가고시마에서 이자카야를 운영했다. 나도 어릴 때부터 가게 일을 거들었고 자연스레 부엌을 드나들었다. 그러다 보니 요리에는 자신이 있었다. 양배추 반 통을 채 써는 데 삼십 초도 안 걸리는 사람이다, 내가.

그런데 잠깐. 가만히 생각해 보니…….

아빠의 가게는 매상이 좀처럼 오르지 않아 내가 초등학교 삼 학년 때 망했지.

나는 대부분의 요리 기초를 아빠에게 배웠다. 지금껏 그 방법들이 옳다고 믿고 요리해 왔는데 만약 애초부터 아빠의 음식 솜씨가 별로였다면?

"설마, 그럴 리가…….."

아빠와 딸, 둘 다 똑같이 미각이 둔한 거였다면? 가게가

망한 것도 음식 맛이 별로여서였다면?

그런 내가 직접 개발한 카레를 자신만만하게 교헤이에게 먹였고, 교헤이는 나의 기세에 밀려 마지못해 '맛있어'라고 말해 준 것뿐이라면?

이렇게 생각하니 모든 퍼즐이 맞춰지는 듯했다.

'실은 진작부터 말하려고 했는데. 날 위해 애쓰는 모모코의 얼굴을 보면 도저히 입이 안 떨어지더라, 미안.'

어젯밤 그가 했던 말이 카레 향과 뒤섞여 찐득하게 엉겨 붙는다.

그때 그 '맛있어'는 진심이 담긴 '맛있어'였을까?

그때 그 '즐겁다'는 진심이 담긴 '즐겁다'였을까?

그때 그 '좋아해'는 진심이 담긴 '좋아해'였을까?

생각이 여기까지 미치자 그것이 마중물이 되어 그럼 그때 그 말은? 어쩌면 그것도? 하고 수많은 기억이 끈적끈적하게 달라붙기 시작했다. 으아, 큰일이다. 인도에 가고 싶어. 또다시 정신을 잃고 싶어진다.

"아까 두 사람이 하던 얘기를 우연히 들었는데……. 혹시 실연당한 거야?"

휙 고개를 들자 때마침 점장님이 내 옆에 자리를 잡고 있었다. 긴 다리를 꼬고 앉아 우아하게 커피를 마신다.

"아마미야 씨⋯⋯. 그렇게 돌직구를!"

구로다 씨가 말리듯 말했다.

"아니, 그런 일이 있을 땐 다른 사람에게 시원하게 털어 놓는 게 좋지 않나 싶어서."

"털어놓는다고요?"

"실연의 상처를 낫게 하는 건 결국 공감, 시간, 복수, 이 세 가지밖에 없잖아."

점장님이 손가락 세 개를 들어 올리며 말했다.

"공감, 시간, 복수⋯⋯."

"그래. 시간이 해결해 준다고들 하잖아. 뭐 그래도 내 경험상 날 찬 상대를 잊으려면 적어도 반년은 걸리더라고."

"바, 반년이나?"

이런 괴로운 마음으로 반년이나 살아야 한다고? 두통이 점점 심해졌다.

"응. 그 시간을 어떻게 버티겠어? 결국은 누군가 공감해 주는 수밖에 없지. 힘겨운 마음과 싸우는 나를 응원하는 사람이 있다고 느낄 때, 앞으로 나가고자 하는 마음이 조금이나마 생기는 거잖아."

점장님이 턱을 괸 채 부드럽게 웃었다.

"잘생긴 사람은 하는 말도 잘생겼구나⋯⋯."

그의 다정함에 금이 가 있던 마음이 조금씩 치유되기 시작했다. 이곳에 오지 않았더라면 지금쯤 나는 어쩌고 있었을까? 방에 틀어박혀 혼자 울고 있지 않을까?

"저……. 얘기를 꺼내기 시작하면 멈추지 못할 것 같은데……. 눈물 콧물 쏟으며 엄청 울지도 몰라요. 그래도 괜찮아요?"

점장님이 풉, 하고 웃더니 상냥한 미소를 지었다.

"얼마든지. 속 시원할 때까지."

문득 잉크가 번지는 듯한 냄새가 났다. 여린 비가 부슬부슬 내리기 시작했다. 코를 훌쩍이는 소리가 조금은 묻힐지도 모르겠다.

비 오는 날을 싫어했지만, 오늘만큼은 조금 감사한 마음이 들었다.

"허어, 사 년이나 사귀고 스물아홉에 차인 거야? 취할 때까지 마실 만했네."

점장님이 어찌나 이야기를 잘 들어 주던지, 정신을 차리고 보니 이런저런 개인사까지 다 털어놓고 있었다.

유키 모모코, 가고시마 출신.

식품 체인 회사에 취직했으나 회사가 악덕이라 사람들이 하나둘 그만두는 바람에 여러 점포의 점장 역할을 겸하고 있다는 이야기. 주말에는 거의 쉬지 못하지만, 어제는 교헤이의 생일이라 무리해서 이틀 시간을 냈는데 헤어지는 바람에 당장 할 일이 없어졌다는 이야기까지.

"'깜빡했어'라는 말의 횟수는 무관심의 정도와 비례하는 것 같아요."

꾸역꾸역 카레를 삼키며 말을 이었다. 흠, 이 맛에도 슬슬 적응이 되나 봐. 왠지 다 먹을 수 있을 것만 같다.

"연락하는 걸 깜빡했어. 기념일을 깜빡했어. 크리스마스인 걸 깜빡했어. 생일을 깜빡했어⋯⋯."

"생일은 좀 심하네."

"그죠? 찔끔찔끔 '깜빡했어'가 잦아지더니 변명도 더 구차해지기 시작했어요. 그러다가 언젠가부터 변명조차 안 하더라니까요."

갈수록 '아, 그래, 어쩔 수 없지'라고 답하는 내 말투만 쓸데없이 자연스러워졌다.

"뭐 그럴 수 있다 쳐요. 백번 양보해서 생일은 일이 바쁘면 까먹을 수 있다 치자고요. 아무리 그래도 '새해인 걸 깜

29

빡했다'니 그걸 말이라고 하냐고!"

나도 모르게 주먹으로 테이블을 내리쳤다. 그렇다. 얼마 전 연말연시에 그런 일이 있었다. 몇 번이나 연락을 해도 답이 없길래 무슨 일이 있나 걱정했는데, 새해가 되자 '미안. 새해가 된 걸 몰랐네'라는 변명을 지껄였다.

"이 나라에 살면서 대체 어떡하면 새해가 된 걸 깜빡할 수가 있는데!"

"아……. 그건 그러네. 아무리 바빠도 새해가 된 걸 모를 수는 없지."

"연말연시에도 밤새도록 일만 한 거 아닐까요?"

"트위터에 올라온 피자 브랜드의 새해 이벤트 공지에는 '좋아요'를 눌러 놨더라고요! 해가 바뀌는 걸 몰랐다니 말도 안 돼요."

갑자기 구로다 씨가 휘청, 하더니 의자에서 미끄러져 떨어졌다.

"구로다 씨? 왜 그러세요?"

"'좋아요'를 누른 게…… 다른 사람한테도 보여요?"

"네, 다 보이죠."

나의 대답에 흘러내린 안경을 추켜올린 구로다 씨가 성난 사람처럼 따지듯이 물었다.

"당신이 집요한 성격이라 특별히 그걸 보는 방법을 알아냈다든가, 그런 거 아니고요?"

"아니, 그런 실례되는 말을! 원래 다 볼 수 있거든요!"

이렇게 대꾸하며 '좋아요' 리스트를 보는 방법을 알려 줬다. 새파랗게 질려 벌벌 떨던 구로다 씨가 중얼중얼 알아들을 수 없는 혼잣말을 뱉으며 핸드폰을 만지기 시작했다.

"구로다 씨 혹시……."

"자, 자. 구로다 씨는 그냥 놔두고. 그래서 어떻게 됐는데?"

왠지 모르게 분위기가 싸해진 것 같지만, 신경 쓰지 않기로 했다.

"아무튼 그런 상태가 계속됐는데 뭐라고 말을 못 하겠더라고요. 그러다 어제가 교헤이의 생일이라 정말 오랜만에 데이트를 하기로 했어요."

그와 한 달 만에 만나는 거였다. 좋은 레스토랑에서 저녁을 먹은 우리는 적당히 취했고, 나는 '에이, 평소랑 똑같네' 하고 안심했다. 막차도 일부러 놓쳤다. 그대로 자연스럽게 근처 호텔을 잡았다.

"그런데, 그 후에 교헤이가……."

그때를 떠올리자 또다시 가슴 깊은 곳이 욱신거렸다.

호텔에는 널찍한 침대 하나가 놓여 있었다. 내가 먼저

씻으러 들어갔다. 혹시 몰라 챙겨 온 스킨케어 세트로 피부를 정리하고, 또 혹시 몰라 챙겨 온 속옷으로 갈아입었다. 작은 용기에 담아 온 끌로에 향수를 뿌릴까도 생각했으나 과하게 신경을 쓴 것처럼 보일까 봐 그만두었다.

기대에 부푼 마음을 들키지 않으려 핸드폰을 만지작거리면서 교헤이를 기다렸다.

씻고 나온 그는 머리를 툭툭 털어 말리더니 침대 위에 책상다리를 하고 앉았다. 내가 먼저 그를 꼭 끌어안고 가볍게 키스했다. '오늘이야말로'라는 생각이었다.

심장이 서서히 빨리 뛰는 나를 앞에 두고 교헤이는 작게 한숨을 쉬더니 이렇게 말했다.

"'내일 하면 안 돼?'라고."

눈치 빠른 나는 그 한마디에 모든 걸 깨닫고 말았다.

"아……."

점장님이 뼈가 툭 불거진 손으로 얼굴을 가렸다.

"그건 좀 충격이었겠다. 아니, 상당한 충격이었겠어."

"솔직히 그럴 생각으로 갔던 건 맞아요. 교헤이도 같은 마음일 줄 알았고."

"죄송한데, 아까부터 무슨 얘기를 하는 거예요?"

"아니, 있잖아 그……."

아마도 이해를 못 한 것 같은 구로다 씨에게 점장님이 귓속말을 했다. 구로다 씨는 미간을 잔뜩 찌푸리고 심각한 표정으로 듣고 있다가 이내 얼굴을 붉혔다.

"아, 그거군요."

민망한 기색으로 얼버무린 구로다 씨가 가운뎃손가락을 들어 흘러내린 안경을 올렸다.

"욕구불만 같은 게 아니에요. 그런 문제가 아니라고요."

그렇다. 성욕 이야기가 아니다. 그런 게 아니라······.

"이제 날 사랑하지 않는구나, 하고 느낀 거죠. 한 달이나 못 만났는데 만질 생각조차 하지 않다니. 건강한 이십 대 남성이 한 달 만에 여자 친구랑 잘 수 있는 기회가 생겼는데 내일 하면 안 되냐고 묻다니. 그때 느꼈던 절망감은······ 더 이상 여자로서의 가치가 없다는 낙인이 꽝 하고 찍힌 기분이었어요."

처음 만난 사이에 이런 말까지 해도 되나 하는 생각이 계속 맴돌았지만 두 사람이 진지한 태도로 들어 주어서인지 이상할 정도로 이야기가 술술 나왔다.

"교헤이가 무슨 생각을 하는지 알 수가 없었어요. 헤어지자는 말도 없었고, 그렇다고 이런 점을 고쳐 달라고 지적을 한 것도 아니고. 그렇게 해결 방법도 모른 채로 방치

되는 게 얼마나 괴롭던지. 차라리 확실히 말해 주면 편할 텐데 싶더라고요."

숟가락 위로 뚝 떨어진 눈물이 작은 물방울을 만들었다.

"참는 데 한계가 와서 '더 이상 날 사랑하지 않는 거면 헤어지는 게 낫지 않아? 나도 나한테 관심 없는 사람한테 시간 낭비하고 싶지 않아'라고 말해 버렸어요."

그 말만큼은 절대로 하지 않으려 했는데. 지난 사 년간 매번 목구멍까지 차오르던 그 말을 간신히 참아 왔는데.

"아니라고 해 주길 바랐어?"

점장님이 조심스레 물었다.

그럴 리가 없잖아, 하고 답해 주길 바랐다. 그런 거 아니야, 여전히 널 사랑해, 오늘은 조금 피곤한 것뿐이야, 하고 말하며 머리를 쓰다듬고 손을 잡아 주기를.

그것뿐이었는데……

아니, 정말 그것뿐이었나?

"실은 교헤이도 조금은 상처받았으면 좋겠다고 생각했어요."

숟가락을 내려놓고 티슈로 눈가를 꾹 눌렀다. 교헤이의 눈에 비친 마지막 모습은 최고로 예뻤으면 좋겠다는 생각에 아침부터 공을 들였던 메이크업이 다 지워졌다.

"그 사람, 내가 상처받는 걸 다 알면서도 모른 척했거든요. 대화하고 싶지 않다는 분위기를 풍기면서 매번 적당히 넘어갔죠. 그런 태도 때문에 늘 갑갑했어요. 저는 또 저대로 독립적인 여자가 될 거야, 교헤이가 바쁠 때는 혼자만의 시간을 즐길 줄 아는 사람이 되어야지, 이런저런 생각을 하면서 자존심을 앞세웠고요."

날 어떻게 대하든 '어른스럽게' 대처하려고 애썼다. 그가 차갑게 대해도, 거절을 해도, 늘 침착한 모습을 보이려 했다.

그러나 같은 상황이 반복될수록 울컥울컥 또 다른 종류의 화가 치밀어 올랐다.

난 우리 문제로 이렇게 화가 나는데 좀 감정적으로 굴면 안 돼? 왜 내가 어른스럽지 못한 사람이 되는데? 화나는 게 당연하잖아. 지금 우리 사이가 이 모양인걸. 넌 왜 자기랑은 아무 상관도 없다는 얼굴을 하고 있는 거지?

너도 어느 정도는 나처럼 상처받았으면 좋겠어.

"헤어지자는 말에 상처받은 그의 얼굴을 보고 싶었어요. 내가 이렇게 괴로워하고 있으니 그 사람도 어느 정도 괴로워하길 바랐죠. 그런 표정을 보면 내 마음도 조금은……."

숫자가 사라지고도 삼 일 동안이나 답이 없던 메시지. 드디어 답이 왔나 싶었더니 아무 말도 없이 이모티콘만 덜

링. 그리고 또 삼 일쯤 지나면 '오늘 엄청 춥다! 감기 걸리지 않게 조심해' 같은 알맹이 없는 연락이 오곤 했다. 교혜이가 한순간이라도 상처받은 얼굴을 하면, 그렇게 반복되어 온 날들을 다 견뎌 낼 수 있을 것 같았다.

"저, 정말 최악이죠……."

어떻게 반응해야 할지 모르겠는지 적막함 속에 침묵이 이어진다.

"아냐, 원래 다 그런 거지."

점장님이 커피를 마시며 조용히 말했다.

"그래서 결국 그 사람은 뭐라고 했는데?"

"제가 먼저 헤어지자고 하길 기다렸대요. 자기 입으로는 도저히 말할 수가 없어서 정떨어지라고 일부러 연락도 늦게 하고 기념일도 까먹은 척했다고."

그리고는 기어들어 가는 목소리로 사과했다. 정말 미안해, 라고. 고개를 떨군 채로 눈도 마주치지 않았다. 눈물이라도 흘리길 바랐는데 그는 마지막까지 전혀 울지 않았다.

"딱히 상처받은 표정도 아니었어요. 표정도 없이 냉정했어요. 그게 또 얼마나 괴롭던지."

"뭐랄까, 꽤 서툰 사람이네."

"그런 면에 끌리긴 했죠……."

어린아이 같고, 천진하고, 순간의 분위기와 기분으로 살아가는 사람. 로맨틱한 성정이 못 되는 그가 나름대로 애쓰며 나를 기쁘게 해 주려 노력하는 순간의 간질간질함을 다시 한번 맛보고 싶어서, 그 시절의 그를 다시 한번 보고 싶어서 발버둥 치며 지내 왔다.

"그때가 새벽 두 시였어요. 차라리 아침까지 싸웠으면 좋았을 텐데 더 이상 할 말이 없는 거예요. 결국 같은 침대의 끝과 끝에서 잠들었다가 아침 여덟 시에 헤어졌어요."

뒤척거리다 보면 오십 센티미터 정도 떨어진 곳에 교혜이의 등이 있었다. 조금 전까지만 해도 '만지고 싶은 등'이었는데 한순간에 '만져서는 안 되는 등'이 되어 버렸다.

더 이상 날 사랑하지 않는 거야? 라는 말은 하지 말걸.

피곤하면 무리하지 마, 하고 말했더라면.

그랬으면 나는 여전히 그의 등을 만질 수 있었을지도 모르는데. 이런 아무 소용도 없는 가정이 새벽 두 시부터 해가 뜰 때까지 머릿속에서 끝없이 펼쳐졌다.

"뭐가 문제였을까. 나도 멈추고 싶은데 자꾸 이런 생각만 들어요. 내가 부담스러웠나. 부담스러울까 봐 곧바로 답장하고 싶을 때도 일부러 한 시간 있다가 보내곤 했는데. 저 나름대로 노력 많이 했거든요. 사실은 더 많이 사랑한다고 말하고 싶었는데……."

그랬다. 몇 번이나 메시지창에 사랑한다는 말을 썼다 지웠는지.

마지막으로 이별한 오늘 아침에조차 교헤이의 얼굴을 똑바로 바라보며 사랑한다고 말하지 못했다. 다시 시작하자고 하기만을 기다리다 결국 아무 말도 전하지 못하고 끝나 버렸다.

어차피 이렇게 될 거였다면.

"사랑해. 많이 사랑해."

뺨 위로 또다시 물기가 느껴졌다. 턱 끝에 맺힌 눈물방울이 떨어져 카레 속에 섞여 든다.

"정말 사랑했는데. 이렇게 될 줄 알았으면 너의 모든 걸 정말 사랑한다고 더 많이 말할걸."

확실히 전했다면 후회가 없었을까.

바보 같은 '밀당 작전'이나 짜는 대신 그냥 사랑한다고 솔직히 말했다면.

있는 그대로의 내 모습으로 부딪치는 게 무서웠다. 그가 바라는 '좋은 여자'의 모습이 뭘까, 늘 생각했다. 그가 '좋아요'를 누를 만한 모습으로 살고 싶었다. 하지만 그런 식으로 이래저래 맞춰 간 결과가 결국 이거다. 생각만 많았던 내가 바보 같다.

나 자신을 꾸며 내는 데만 급급해 교헤이의 진심을 전혀 알지 못했다.

손끝이 떨렸다. 눈물은 멈출 줄을 몰랐다. 이제 와 새삼 우는 얼굴이 창피해져서 원피스 소매로 눈가를 훔치며 밍밍한 카레를 마저 먹었다.

아아, 그렇지. 카레가 맛있다고 했던 것도 그저 내 기분에 맞춰 주려고 했을 뿐, 그때부터 쭉 헤어질 타이밍을 기다리고 있었을지도 몰라.

멈칫, 숟가락을 들던 손이 그대로 멈췄다.

그 말은 진짜였을까. 교헤이가 나를 진심으로 대한 적이 있기는 했을까. 머릿속에 그의 얼굴이 떠오른다. '이거, 내가 지금껏 먹어 본 카레 중에 제일 맛있어!' 이렇게 말하며 내가 만든 며칠 분의 카레를 먹고 또 먹어서 하루 만에 비워 버린 그날의 해맑은 미소.

그 미소는 진짜였을까.

"저기, 기운 좀 내. 괜찮으면 아이스크림이라도……."

안 되겠어, 역시.

도저히 포기가 안 돼.

"저기, 죄송하지만 제가 만든 카레……."

"응?"

함께 지낸 사 년 동안 어디까지가 진심이고 어디까지가 거짓말이었을까.

도대체 어떤 점이 문제였고, 어떤 점이 괜찮았을까.

이제 아무것도 믿을 수가 없다.

"교헤이가 좋아했던 카레, 한번 먹어 봐 주시면 안 될까요?"

나도 모르는 사이 이런 부탁을 하고 있었다. 제대로 확인하지 않으면 안심이 안 될 것 같았다.

"먹어 본다고? 누가?"

"당신이요."

"내가?"

"그리고 저기 절에서 오신 분도……. 구로다 씨라고 했던가요?"

갑자기 화살이 자신에게 향하자 구로다 씨가 마시던 물을 뿜은 뒤 콜록댔다.

"저, 저도요?"

"한 쪽 말만 들으면 진짜인지 알 수가 없잖아요."

"아, 아뇨, 저는 수행을 하러."

턱에 묻은 물기를 손수건으로 닦으며 구로다 씨가 슬쩍

자리에서 일어났다.

그때 점장님이 구로다의 어깨를 덥석 잡았다.

"구로다 씨."

코앞까지 얼굴을 들이민 점장님이 조용히 미소 지었다. 가느다란 입술이 화장품 광고의 한 장면처럼 완벽한 곡선을 그렸다.

"설마 여기에 나만 두고 가는…… 그런 살생과 다름없는 짓을 하지는 않겠지?"

구로다 씨가 딱 벌어진 어깨 위에 얹어진 점장님의 손을 억지로 떼어 내며 옷깃을 정리했다.

"아니, 저는 그냥 손님이고……."

"부탁드립니다."

나는 두 사람에게 고개를 숙였다.

술에 취해서 잠들질 않나, 실연당했다고 푸념을 늘어놓질 않나, 거기에 자기가 개발한 카레까지 먹어 달라니. 뻔뻔하다는 것은 나도 잘 알고 있다.

"부탁할게요. 감사의 답례는 꼭……. 맛있는 간식이라도 사서 사과드리러 다시 오겠습니다! 돈도……. 맞다, 저금해 놓은 것도 좀 있고요……. 저 정기예금도 들어 놨거든요! 죄송해요. 이대로는 도저히 제가……."

"알겠어. 알았으니까, 진정하고 필요한 재료 있으면 말해 봐."

점장님이 체념한 듯 한숨을 쉬더니 주방으로 들어가 냉장고를 열어 재료를 확인했다.

"양파랑 닭고기는 있네. 또 필요한 거 있으면 메모해 줘. 사 올 테니까."

자, 여기, 하고 앞치마와 메모장을 건넸다.

"정말로요?"

"이미 한배를 탔잖아. 끝까지 동행할게. 그리고……."

점장님은 왠지 쓸쓸해 보이는 웃음을 지으며 말했다.

"실연이란 건, 타이밍을 놓치면 영원히 할 수 없거든."

💔

테이블 위로 그릇에 담긴 카레 삼 인분이 나란히 놓였다. 버터와 향신료 색으로 물든 부드러운 카레. 마무리로 드라이 파슬리를 뿌렸다.

"여, 여기요……."

나도 모르게 꿀꺽 침을 삼켰다. 나는 점장님과 구로다 씨를 물끄러미 바라보았다.

"잘 먹겠습니다!"

"잘 먹을게요."

마침내 점장님과 구로다 씨가 카레를 한 숟갈 떠서 입안 가득 넣었다.

손바닥에 잔뜩 맺힌 땀을 원피스에 문질러 닦았다. 맛은 이미 봤다. 맛있었다. 내 입에는 맛있었다. 하지만 과연 두 사람 입맛에도 괜찮을지…….

점장님은 카레를 꿀꺽 삼키더니 눈을 크게 떴다.

"맛있다!"

"네? 정말요?"

"너무 맛있어! 매콤하면서도 부드러워. 내 입맛에 너무 잘 맞아, 이 카레."

미소 짓는 그의 눈꼬리에 살짝 주름이 졌다.

"남자 친구를 위해 연구를 거듭한 보람이 있는데? 그나 저나 구로다 씨, 방금 내가 만든 카레도 먹었잖아. 많이 배 고팠나 봐?"

그 순간 우걱우걱 카레를 먹던 구로다 씨의 손이 멈췄다. 그의 눈빛이 흔들렸다.

"아니 그게, 솔직히 말하면…… 입가심을 좀 하고 싶어 서."

"뭐? 너무하네."

"아마미야 씨. 오늘 만든 카레, 간은 보셨어요?"

"……아."

"물을 너무 많이 넣은 거 같던데요. 엄청 묽었어요."

점장님이 황급히 주방으로 들어가 아까 내왔던 카레의 맛을 본다. 으앗, 소리를 내며 인상을 확 쓰더니 냄비 뚜껑을 닫았다.

"아, 레시피대로 만들었는데. 어제는 분명 맛있었다고……."

"어차피 먹을 사람이 저밖에 없다고 너무 대충 만든 거 아니에요?"

말을 하지 그랬어! 전 원래 클레임 안 걸어요!

두 사람이 태평한 얼굴로 옥신각신한다. 그렇다는 건 그저 점장님의 실수로 그런 맛이 났던 것뿐, 내 미각에는 역시 아무 문제가 없는 건가?

나는 다시 한번 두 사람에게 바짝 다가갔다.

"맛있어요?"

"맛있어."

"맛있네요."

"제가 불쌍해서 위로해 주려고 맛있다고 하는 거 아니죠?"

"이게 억지로 하는 위로 같아 보여?"

점장님은 눈 깜짝할 새에 거의 다 먹어 치운 그릇을 내보이며 말했다.

"그런 거였구나……. 다행이다……."

내 요리에는 문제가 없었다. 시야가 순식간에 물감을 탄 듯 뿌예지더니 눈앞에 놓인 카레도, 점장님의 고운 얼굴도, 구로다 씨의 빡빡머리도, 모두 소용돌이가 되어 녹아내린다.

나는 천장을 올려다보며 깊은 한숨을 쉬었다. 발끝부터 힘이 빠져나가는 게 느껴졌다.

카레 맛에 문제가 없었다고 모든 일에 문제가 없었다는 뜻은 아니지만.

"다행이야, 정말……."

밀려오는 안도감에 카운터에 쓰러지듯 엎어졌다.

"그렇게나 걱정이 됐어요?"

"지난 사 년이 전부 거짓말은 아니었을까, 하는 생각이 들어서."

교헤이의 미소도, 사랑한다는 말도, 즐겁다는 말도, 다 내가 '말하게 만든 것'이 아닐까 하는 생각에.

"실제로 어땠는지는 몰라요. 저 혼자 바보처럼 겉돌았던 건 분명하지만, 그래도……. 진심으로 했던 말도 있었겠죠?"

아아, 정말. 오늘은 눈물샘이 고장 났다니까.

두 사람이 '저 사람 또 우네'라고 생각하는 게 싫어서 소매로 얼른 눈물을 훔쳤다.

"유키 씨라고 했죠?"

나직한 목소리에 고개를 들자 버터 치킨 카레를 깨끗이 비운 구로다 씨가 보였다. 그가 냅킨으로 입가를 닦으며 말했다.

"사고팔고(四苦八苦)라는 말, 아세요?"

"사고팔고……. 아, 들어 본 적 있어요. 사자성어죠?"

뜬금없는 이야기에 머리가 굳어 버렸다. 아니, 갑자기 무슨 말인데?

"원래는 불교 용어거든요."

"우와, 난데없는 스님 어필! 이 사람 있잖아, 외모도 스님 같은데 실제로도 스님이야. 게다가 이래 봬도 도쿄대를 졸업하고 상사에서 일했다니까."

"아, 시끄러워요."

점장님이 생글생글 웃으며 구로다 씨를 놀린다. 점장님은 그가 근처에 있는 '성산사'라는 절에서 수행 중이며 거의 매일 비굿다에 크림소다를 마시러 온다는 사실을 알려 줬다.

"아무튼 원래 얘기로 돌아가서."

구로다 씨가 민망하다는 듯이 헛기침을 했다.

"병이 들거나, 늙거나, 싫어하는 사람과 함께 있어야 한다든가. 살다 보면 괴로운 일들이 많잖아요. 불교에서는 이처럼 인간이 피할 수 없는 고통과 번뇌를 '사고팔고'로 분류해요."

사고팔고가 그런 의미였구나. 전혀 몰랐다.

"내가 출가하려고 마음먹은 건 이 사고팔고 속에 '살아내는 일' 그 자체가 포함되어 있기 때문이에요. 그러니까 살아가는 것만으로 괴롭다는 말이죠."

"네? 그 자체만으로요?"

"맞아요. 사는 건 그것만으로도 힘겨운 일이에요. 미움받기 싫어. 상처받기 싫어. 그런 마음으로 발버둥 치면서도 온 힘을 끌어모아 연애하고, 사랑하는 사람에게 사랑받기 위해 애쓰며 자기만의 카레 레시피까지 만들었잖아요."

구로다 씨는 깨끗하게 빈 접시를 가만히 만지작거렸다.

"대단한 거예요, 당신은. 사고팔고와 싸우고 있잖아요. 바보 같다든가, 겉돌고 있다든가, 그런 식으로 자신을 비하할 필요는 없어요."

"구로다 씨……."

"뭐야, 구로다 씨. 이렇게 멋진 말을 다 하고."

괴로웠다. 교헤이 생각뿐이었다.

잊고 싶다고, 잊고 싶다고, 수없이 되뇌었지만 머릿속에서 그를 떨쳐 낼 수 없었다.

하지만 그건 내가 그를 그만큼 사랑했다는 증거였다. 누군가를 맹렬히 사랑한 시간이 분명히 있었다.

서툴러도, 뜻대로 되지 않아도, 나는 싸웠다. '살아 내는 일'을 제대로 열심히 해 왔다.

"왠지……."

갑자기 몸속에 에너지가 넘쳐흐르는 것이 느껴졌다. 움직이고 싶은 마음이 가득했다. 엄청난 속도로 뇌와 심장에 피가 오가는 기분이 든다!

"성불할 것 같아!"

"네?"

"계속 흐느끼던 나의 원한이 성불할 것 같아요!"

나는 무심결에 자리에서 벌떡 일어났다.

점장님과 구로다 씨가 입을 쩍 벌리고 나를 올려다봤다.

"구로다 씨, 지금 이 기세 그대로 '나무아미타불' 같은 말 좀 해 봐요."

나는 엉거주춤한 자세로 구로다 씨를 향해 두 손을 내밀었다. 어서요!

"아뇨, 종파가 달라서 안 됩니다. 그리고 그건 이럴 때 쓰는 말이 아니라고요."

"흠……. 그럼, 전남친이여, 이곳에 잠들지어다! 뭐 이런 거라도!"

"전남친이 세상을 뜬 것처럼 들리는데요."

"하아, 구로다 씨가 해 준 고마운 말 덕분에 모처럼 원한을 떨쳐 낼 수 있을 것 같았는데……."

"저기요. 대체 불교를 뭘로 생각하는 겁니까."

빌어먹을. 지금의 이 여세를 몰아 모든 걸 후련하게 떨쳐 내고 내일이 되면 '아무것도 괴롭지 않을 거야! 교헤이를 완전히 떨쳐 냈어!' 하는 기분을 느끼고 싶었는데. 역시 그렇게 간단한 일이 아니겠지.

"말했잖아. 실연의 상처는 그렇게 쉽게 아물지 않는다니까. 그보다 모모코, 나한테 더 좋은 방법이 있어."

나와 구로다 씨의 대화를 잠자코 듣고 있던 점장님이 느닷없이 이런 말을 꺼냈다.

"네? 그게 뭔데요? 가르쳐 주세요!"

"전남친이 널 다시 돌아보게 만드는 거야."

"다시 돌아보게?"

그러고 보니 실연의 상처를 치료하는 세 가지 원칙이 공감, 시간, 복수라고 했지.

"복수를 하라고요?"

"그래. 이렇게 맛있는 카레 레시피를 개발할 정도로 열정적이었는데 전남친이 그 마음을 안 받아 줬잖아? 왠지 분하지 않아?"

"분하긴 하죠."

"그. 러. 니. 까. 이 카레를 우리 가게의 메뉴로 내놓으면 어때?"

얼굴 가득 아이돌 못지않은 미소를 띤 점장님이 말했다.

"네? 이 카레를 파, 판다고요?"

"내 말대로 이 카레를 우리 가게의 신메뉴로 내놓잖아?"

점장님은 두 번째 손가락을 세운 채 이야기를 이어 갔다.

"그래서 이 카레가 인기를 얻잖아?"

"네에?"

"그래서 웨이팅이 생길 정도로 유명해지잖아……?"

그다음은 말 안 해도 알겠지, 하고 말하듯 점장님이 찡긋하며 한쪽 눈으로 윙크를 날렸다.

내 카레가 인기를 얻으면…… 유명해지면…… 그러면…….

"그러면 교헤이의 귀에도 들어가겠네요!"

응응, 점장님이 만족스러운 듯 고개를 끄덕였다. 나는 흥분에서 말을 이었다.

"그러면! 이 카레가 엄청나게 유명해져서 '산겐자야에서 제일 잘나가는 가게!'로 방송에도 소개되고, 전국에 체인점도 막 생기고! 인스턴트 카레도 만들고! 세븐일레븐이랑 컬래버레이션 메뉴도 개발하고!"

"저기……. 그런 말까진 안 했는데."

"그러다 육 년 후에 그 인스턴트 카레를 교헤이가 아무것도 모른 채 사 먹는 거죠!"

흥분이 멈추지 않는다. 끝내준다! 엄청나게 설레기 시작했어!

"뭔가 연설을 늘어놓기 시작했는데?"

"육 년 후라는 설정이 리얼하네요……."

"그 인스턴트 카레를 한 입 먹은 교헤이는 곧바로 눈치챌 거예요. '아니, 이 맛은……!' 그리고 패키지에 찍힌 감수자의 이름을 보고 경악을 금치 못하는 거죠! 왜냐면 거기에 육 년 전에 헤어진 전여친의 이름이 찍혀 있으니까!"

"이런. 설마 나 위험한 사람을 건드린 건가."

"점장님! 저 여기서 일하게 해 주세요!"

나는 벌떡 일어나 점장님을 향해 팔을 쭉 내밀었다.

"그래, 내가 그러라고 하고 있잖아."

점장님이 내 손을 잡았다. 왠지 조금 싸늘한 손바닥이다. 이걸로 거래는 성립됐다.

하지만 구로다 씨는 가라앉은 눈빛으로 이쪽을 바라보고 있었다.

"아마미야 씨, 잘도 그런 말을. 마침 주방에서 일하던 사람이 그만둬서 막막하던 차에 잘됐다 싶어서 제안한 것뿐이잖아요."

"엇, 아냐, 아냐. 그런 거 아니라고!"

"얼마 전에 통화할 때도 매출이 안 나와서 큰일이라 그러시더니?"

"구로다 씨, 남의 전화를 엿듣는 건 나쁜 버릇이야! 아까 카레 맛을 보니 모모코의 음식 솜씨는 확실하고, 그리고……."

"그리고?"

"재미있는 아이디어가 생각났거든."

한 달 뒤.

"점장님. 뭐죠, 이게?"

"어때, 좋지? 내가 만들었어. 꽤 괜찮은 실력 아냐?"

"그게 아니라! '전남친 최애음식 매장위원회'가 대체 뭐냐고요? 게다가 왜 제가 회장인 건데요!"

다니던 직장을 무사히 그만두고 '드디어 새로운 시작이구나' 하는 마음으로 첫 출근을 했더니 가게 벽에 큼지막한 포스터가 붙어 있었다.

'전남친 최애음식 매장위원회! 실연 에피소드와 전남친(전여친도 가능)과의 추억의 레시피 모집 중!'

이런 글귀와 함께.

"모모코도 이제 우리 직원이니까 솔직히 말하는 건데, 겸손 섞어 얘기하자면 내 얼굴이 좀 봐 줄 만하잖아?"

전혀 겸손하지 않은 내용을 태연한 표정으로 말한다.

"하아……."

뭐지? 이런 캐릭터였나?

"일반적으로 점장이 이 정도의 미남이면 가게가 더 잘돼야 하는 건데."

"부정할 수 없다는 게 짜증 나네요……. 근데 맞는 말이긴 해요. 여자 손님들이 많이 올 것 같은데."

오늘도 찻집 비긋다는 파리만 날리고 있다. 뒷골목이라 왕래가 잦은 곳은 아니지만 가게 분위기도 나쁘지 않다. 이런 레트로 느낌을 좋아하는 손님들도 얼마든지 있을 터였다.

"그게 문제라는 거야!"

점장님이 주먹을 꽉 쥐고 힘주어 말했다.

"여자 손님들은 다 단골이 돼. 어떤 사람은 거의 매일 점심을 먹으러 오고 카운터석에서 크림소다를 마시면서 나한테 연애 상담을 하기도 한다고."

"잘된 일이네요."

"그게 문제라니까? 진지하게 연애 상담을 해 주다 보면 어라, 이상하네. 어느샌가 시선이 나한테 꽂혀 있어. 뜨거운 눈빛을 보내며 '점장님 같은 남자 친구면 이런 마음고생도 안 할 텐데' 같은 말을 한다고."

아, 어떤 상황인지 알겠다. 그런 거였군. 이해가 간다. 그래서 얼마 전에 내 실연 이야기를 그렇게 능숙하게 들어 줬구먼.

"상당히 부러운 고민이네요."

그때 벨이 울리더니 구로다 씨가 가게 안으로 들어왔다. 그러고는 익숙한 움직임으로 카운터 제일 끝자리로 직행했다.

"무슨 생각을 하는지 알 수 없는 흑심 가득한 남자에게 연애 상담을 하다니……. 그럴 바엔 성산사를 찾아오는 게 백배 나을 것을……."

"어, 그러니까. 내가 그런 말 할 줄 알고 구로다 씨 이름도 적어 뒀지!"

점장님이 만면에 미소를 띠며 포스터를 가리킨다.

"허어?"

황급하게 의자에서 내려온 구로다 씨가 벽으로 달려가 포스터를 자세히 들여다본다.

"다행이다. 구로다 씨가 이렇게 관심을 보이다니! 너무 든든하지 뭐야?"

"으아아, 진짜잖아! 자세히 보니까 회장 유키 모모코, 매장 담당 구로다 호즈미라고 쓰여 있어!"

"저까지 끌어들이지 마세요……."

"안 돼. 이미 전단도 다 돌렸고, 금요일 열 시에 바로 시작하기로 했거든."

점장님이 인쇄된 전단 한 장을 팔랑팔랑 흔든다. 포스터와 똑같은 디자인의 로고가 찍혀 있었다.

"금요일 밤 열 시면…… 당장 오늘이잖아! 이렇게 갑자기 뭘 어쩌라고요!"

"미안하지만 가게의 생사가 달린 문제라고."

점장님이 한숨을 쉰다.

"내가 연애 상담을 하면 여자들은 구십구 퍼센트 나를 좋아하게 돼. 손님과 사귈 수는 없으니까 나는 당연히 거절을 하지. 그러면 '착각하게 만들지 말든가!'라며 울면서 뛰쳐나가 버린다고. 그 결과, 이 꼴이 되는 거야."

점장님이 주머니에서 핸드폰을 꺼내 우리 쪽으로 내민다.

구로다 씨와 나는 화면을 들여다봤다. 찻집 비긋다의 구글 리뷰 페이지다.

'점장이 쓰레기' '다시는 안 갈 거야!' '이 남자한테 속아 넘어가지 말라고!'

본 적 없는 욕설 퍼레이드다.

"평균 1.8점. 별 하나짜리 리뷰가 열다섯 건이라니……. 깡촌의 돌팔이 의사도 이렇게 심한 별점은 안 받겠네요."

"맹세코 착각하게 만들 의도는 없었어. 모처럼 우리 가게를 찾아온 손님이니까 정성을 다해 대접하는 것뿐인데 매번 이렇게 된다니까."

그렇구나, 미남으로 살기도 쉽지 않네…….

"뭐, 모모코는 아직 전남친에게 미련이 잔뜩 있는 데다 좀 이상한 사람이니까 나한테 반할 걱정은 없잖아?"

"이상한 사람이라뇨."

"그러니까 이제부터 나한테 오는 실연 관련 상담을 '전 남친 최애음식 매장위원회'에서 듣는 거야. 모모코가 공감 해 주고 구로다 씨가 본업을 살려서 원한을 성불시켜 주는 거지. 거기에 실연과 관련된 레시피를 공유받아서 메뉴로 만들면 일석이조잖아?"

억지로 강요당하는 느낌도 없진 않지만 뭐, 일단 말이 안 되는 건…… 아닌가?

"가게가 유명해지면 〈브루터스〉* 같은 잡지에 나올지도 모른다고."

점장님이 슬쩍 귓속말을 한다. 브루터스?! 확실히 나쁘 지 않은 이야기다.

구로다 씨의 귓가에도 작게 뭐라고 속삭였다. 구로다 씨 는 한동안 미간을 찌푸린 채 듣고 있다가 결국엔 체념한

---

* 대중문화와 라이프스타일에 관해 다루는 일본의 유명 남성지.

듯 한숨을 쉬었다.

"하루 두 잔이면 생각해 보고요."

"음료 두 잔 공짜?"

"크림소다 두 잔."

"그걸 하루에 두 잔이나 마셔?"

"수행에는 많은 에너지가 드는 법. 어쩔 수가 없습니다."

"무슨 그런 얼토당토않은 변명을……."

두 사람이 대화를 주고받는 모습을 보던 나는 픕, 하고
웃음을 터뜨렸다.

밖에는 여전히 주룩주룩 비가 내렸다. 비 오는 날 쓰는
발판을 가게 앞에 깔아 두었다.

문득 내용이 바뀐 입간판이 눈에 들어왔다.

앞쪽에는 '신메뉴! 전남친이 좋아했던 버터 치킨 카레',
뒤쪽에는 '전남친 최애음식 매장위원회 OPEN'이라고 적
혀 있다.

전남친 최애음식 매장위원회라.

사실 아직도 마음의 상처는 쓰라리다. 가끔 교헤이가 떠

오르기도 한다. 하지만 조금씩, 정말 조금씩이지만 이 상처
와 함께 살아갈 준비가 되어 가는 느낌이 든다.

　간판을 돌려놓았다. 열 시부터 한밤의 비밀스러운 모임
이 시작된다.

전남친이 좋아했던 버터 치킨 카레

♥ 재료 준비

닭 다리 살	500g
버터	50g
마늘	1쪽
생강	1조각
양파	1개
홀 토마토	1캔
소금	1작은술
설탕	1작은술
간장	1작은술
생크림	50ml

♥ 고기 밑간용

플레인 요구르트(무설탕)	130g
강황 파우더	1작은술
마늘	1쪽
생강	1조각
소금	1작은술

♥ 향신료(★) ※ 모두 파우더

카르다몬	0.5작은술
쿠민	1작은술
강황	1작은술
고수	2작은술
가람 마살라	1작은술
파프리카	1.5작은술
카옌페퍼	2.5작은술

만드는 법

① 닭 다리 살을 한입 크기로 자른다. 양파는 얇게 썰어 둔다. 마늘과 생강을 간다.

② (★)의 향신료를 잘 섞어 둔다.

③ 잘라 둔 닭 다리 살, 소금, 강황, 마늘, 생강, 플레인 요구르트를 지퍼 백 등에 넣고 섞어 주무른 뒤 두 시간 재워 둔다.

④ 냄비에 버터, 마늘, 생강을 넣고 약한 불에 올린 후 향이 올라올 때까지 기다린다.

⑤ 좋은 향기가 집 안에 퍼지면 얇게 썬 양파를 넣고 5분 정도 볶는다.

⑥ 양파가 투명해지면 ②의 향신료와 양파를 넣고 5분 정도 더 볶는다.

⑦ 홀 토마토를 넣는다. 토마토를 뭉근히 으깨면서 중불에서 5분 정도 끓인다(여기서 잘 으깨지 않으면 토마토의 존재감이 너무 도드라지니 주의!).

⑧ 닭 다리 살을 그대로 냄비에 넣는다(요거트와 강황 등이 섞여 좋은 향을 내니 양념을 한 방울도 남기지 말고 다 넣어 주세요!).

⑨ 소금과 설탕을 함께 넣고 중불에서 15분 정도 졸인다(그냥 두면 눌어붙으니 정기적으로 저어 주세요!).

⑩ 여기서 한번 맛을 본다. 어딘가 아쉬운 맛이 난다면 마지막으로 소금(분량 외)을 넣어 조절한다. 좀 더 부드러운 맛을 원한다면 생크림 50ml를 넣고 걸쭉해질 때까지 약 10분간 졸여 준다(생크림이 없다면 우유도 OK!). 밥 위에 드라이 파슬리를 뿌리고 카레를 담으면 완성.

제2화

쓰레기 백화점의
죄 많은 햄버그스테이크

포용력 있는 여자인 척

뼛속까지 시린 이월의 금요일, 나는 찻집 비긋다가 안고 있는 심각한 문제에 직면했다.

　"저기, 점장님……. 오늘 손님이 있었던가요?"

　일주일 전부터 나의 상사가 된 점장 아마미야 이오리는 내가 뚫어져라 쳐다보는데도 나몰라라 한다. 어둑한 조명 아래에서 커피를 마시며 우아하게 컴퓨터 자판을 치고 있을 뿐.

　"오늘은 기무라 씨랑 정육점의 아다치 씨가 왔잖아."

　"기무라 씨랑 아다치 씨밖에 안 왔잖아요."

　"뭐, 그렇게 말할 수도 있지."

"그 아저씨들은 커피 한 잔 시켜 놓고 세 시간이나 죽치고 있었고요."

"그 나이대 남자들은 할 말이 많은 법이야."

내가 하는 추궁에는 아랑곳하지 않고 계산기만 두드리고 있다.

"커피 한 잔에 오백오십 엔이죠? 그렇다는 건 오늘 총매출이……."

"아니지, 아니지. 계산 실수하면 안 돼, 모모코. 기무라 씨랑 아다치 씨는 아주 오래전에 나눠 준 음료 쿠폰을 모아서 썼으니까 오늘 매출은 0원!"

아니, 저기요.

아니, 아니, 저기요.

"아니, 아니, 아니, 저기요! 점장님! 부탁이니까 제발 그런 멋진 표정 짓지 말라고요!"

더 이상 참을 수가 없어 나도 모르게 벌떡 일어났다.

"너무 멋진 얼굴을 하고 있으니까 구박을 못 하겠잖아요!"

"그런 불평은 생전 처음 들어 보네요……."

옆자리에서 크림소다를 빨대로 콕콕 찌르던 구로다 씨가 머리를 쥐어 싸매고 끙끙대는 나를 어이없다는 듯 바라봤다.

"그렇잖아요, 구로다 씨! 저는 비긋다에 뼈를 묻을 각오로 회사를 그만뒀다고요! 그런데 일하기 시작하고 일주일 동안 매일, 매일, 매일, 매일 손님이라고는 기무라 씨랑 아다치 씨밖에 없었다고요!"

"프루츠 파라다이스에서 일하는 다카무라 아저씨도 있잖아."

"다카무라 씨도 쿠폰족이잖아요!"

나는 참지 못하고 괴성을 질렀다.

"구로다 씨의 크림소다도 매장위원회 개런티고……."

'뭐, 뭔가 먹기 불편해지는데요'라고 말하면서도 아이스크림을 퍼먹는 구로다 씨의 손은 멈출 줄을 몰랐다.

"이대로면 가게가 망하는 건 시간문제라고요……."

원해서 한 일은 아니지만 전 직장에서 점포를 운영한 경험이 있어서인지 머리가 멋대로 계산기를 두드리기 시작했다. 지난 일주일 동안의 매출은 과거에 마구 뿌린 쿠폰 때문에 0원에 가깝다. 새 손님이라고는 지나가다 점심을 먹으러 들른 여성 한 명뿐이었다. 그 와중에 구글 리뷰에는 점장님에 대한 악플만 늘어나고 있으니 그야말로 최악의 상황이다. 이대로라면 매상이 내 월급만큼도 안 나올 거다. 회사를 그만둘 때 생활이 불안정해질 것을 어느 정도 각오했어도 이 정도로 위험한 상황일 줄은 꿈에도 몰랐다. 경비 삭감을 위해 다운라이트 하나만 켜서 전기세를 절약하고 있지만 그건 그저 아끼는 기분만 내는 정도다.

"어떻게든 될 거야. 모모코가 만든 카레도 단골들한테 반응이 좋고."

일이 일단락되었는지 이제야 컴퓨터 화면에서 눈을 뗀 점장님이 고개를 들고 안경을 벗었다.

"매장위원회만 인기를 얻으면 만사 해결이라고…… 어, 마침 상담자가 등장한 거 같은데?"

딸랑딸랑.

고개를 돌리는 것과 동시에 어색하게 벨이 울렸다. 아, 그러네. 이제 슬슬 매장위원회가 열릴 시간이다. 끼익. 나무문이 삐걱거리는 소리를 내면서 아주 천천히 열렸다.

입구에 호리호리한 여성의 실루엣이 나타났다. 안 그래도 공간이 어둑어둑한데 긴 앞머리를 늘어뜨리고 마스크를 써서 얼굴이 잘 보이지 않았다.

"저기, 죄송한데요……. 매장, 할 수 있나요?"

그녀는 모기만 한 목소리로 말하며 손바닥을 이쪽으로 내밀었다. 왠지 상태가 조금 이상한 것 같지만……. 일단 나가서 맞이해야지.

"안녕하세요. 추우시죠? 어서 들어오세요."

"유키 씨, 잠깐만요."

안내하려 소파에서 몸을 일으키는 순간, 묵직한 힘이 느껴졌다. 구로다 씨가 앞치마 자락을 붙잡고 있었다.

"왜 그래요, 구로다 씨?"

"왠지 심상치가 않아요. 뭔가 들고 있다고요."

"들고 있다고?"

"모모코, 손, 손! 저 손님 손에!"

모처럼 손님이 왔는데 왜들 이러는 거야, 대체?

"손? 두 사람 다 왜 그러는……."

어둑한 조명 아래 눈을 비비고 손님의 손을 본 나는 숨을 삼켰다. 고깃덩어리 같은 무언가를 쥐고 있었기 때문이었다. 목 안쪽이 꿀꺽, 하고 움직였다. 온몸이 뼛속까지 차갑게 식는 느낌이 들었다.

틀림없다. 잘게 갈린, 무언가의 살덩어리야.

"그게, 밖에 전남친 매장위원회라고 적혀 있었던 거 같은데……. 아……."

입구 문턱에서 주저하던 손님이 털썩 무릎을 꿇자 허리까지 내려오는 긴 머리가 힘없이 흔들렸다. 오래된 나무 바닥에 날고기 뭉텅이가 툭툭 떨어졌다. 가게 안에 유일하게 켜진 다운라이트 조명에 반사된 고깃덩이가 섬뜩하게 빛났다.

"아…… 어쩌다 이런……."

손님이 몸을 비틀며 신음하더니 여기저기 흩어진 물컹거리는 고기를 주섬주섬 끌어모았다. 그러면서 이쪽을 힐끗거리며 말했다.

무언가의 살덩어리.

"전남친, 매장, 해 주는 거 맞죠……?"

설마, 저게, 전남친의?

"꺄, 꺄아아!"

나는 온 힘을 다해 뒤로 물러났다. 벽에 등이 부딪히는 바람에 엄청난 통증이 온몸을 휩쓸고 지나갔다. 하지만 그런 걸 신경 쓰고 있을 때가 아니다!

"그, 그런 거 아니에요! 이름이 매장위원회이긴 하지만 그런 매장을 뜻하는 게 아니라고요!"

세상에, 대체 왜 이런 일이! 아무리 손님이 귀하다지만 이런 걸 바란 적은 없다고!

큰일 났다. 어떡하면 좋아. 도망가고 싶어도 무서워서 발이 떨어지지 않았다. 맞아, 점장님과 구로다 씨가……. 도움을 청하려 했지만 두 사람 역시 뻣뻣하게 굳은 채 덜덜 떨고 있었다. 그렇게 구석에 숨어 있지 말고 어떻게 좀 해 보라고!

남은 살점들이 달라붙어 축축하게 번들거리는 손이 한 뼘, 또 한 뼘 가까워진다.

나는 각오를 다지며 눈을 꼭 감았다. 돌아보면 내가 뭘 원하는지조차 알지 못했던 인생이었다. 악덕 회사에 다니다 만신창이가 되었고 결혼을 꿈꾸던 남자에게는 버림받았다. 그러다 비긋다를 만나 이제부터 인생을 바꿔 보겠다며 의욕을 불태우고 있던 차였다.

아아, 이제야 즐거운 삶이 펼쳐지겠구나, 하는 생각에 두근거렸는데.

"……해요. 죄송합니다."

"네?"

눈을 뜨자 마스크를 턱까지 내린 손님이 미안한 듯 나를 바라보고 있었다.

"저어, 손 좀 씻을 수 있을까요……? 그리고, 햄버그스테이크, 죄, 죄송해요, 바닥을 더럽혀서……."

"햄버그스테이크?"

"네, 햄버그스테이크요. 요리하던 도중에 충동적으로 집을 나오는 바람에……."

이렇게 말한 그녀는 바닥에 떨어진 고기 뭉텅이를 가리켰다. 퍼뜩 정신이 들어 서둘러 불을 켰다. 벽에 딱 달라붙어 있던 점장님과 구로다 씨도 이제야 안심이 됐는지 가까이 다가왔다. 그러고는 쭈그리고 앉아서 바닥에 떨어진 고기를 뚫어져라 살펴보며 말했다.

"……햄버그스테이크, 맞네."

"양파도 들어가 있어요."

확실히 프라이팬에 구우려고 준비한 햄버그스테이크용 고기였다.

"화장실은 저쪽이에요."

온몸에 힘이 쭈욱 빠졌다.

하아. 우리 셋, 이대로 괜찮은 거야? 역시 너무 성급하게 이직해 버린 걸까?

"아, 지난번에 오셨던 그!"

긴 머리를 하나로 묶어 올리자 동그랗고 큰 눈이 드러났다. 병아리처럼 귀여운 인상이었다. 아까와는 완전히 다른 사람 같은 그 모습을 보고 나서야 나는 이 손님이 얼마 전

홀쩍 가게에 들어와 점심을 먹고 갔던 사람이라는 사실을 깨달았다.

"아, 아까 얘기하긴 했는데……."

"네에?"

"죄송해요……. 안 그래도 목소리가 작은데 마스크까지 쓰고 있어서……."

"아뇨, 아뇨. 죄송해요. 저희가, 그, 그러니까, 세 명 다 귀가 엄청 어두워서요!"

무척 힘든 일이 있었는지 전에 봤을 때와는 분위기가 사뭇 달라져 있었다. 얼굴도 민낯이었고 스웨터에 청바지를 입은 모습이 집에서 입던 옷차림 그대로 나온 것 같았다. 무엇보다 그녀 주변에만 황천길이 깔리기라도 한 듯 질척질척한 어둠의 기운이 맴돌고 있었다.

"……고지마 나기라고 합니다. 스물네 살이에요. 직업은…… 회계사무소에서 보조로 일하고 있고요. 취미는…… 저축입니다."

가장 안쪽 소파에 넷이 모여 앉아 점장님이 내린 커피를 마시며 사연을 들었다.

저금이 취미인 사람답게 나기 씨의 즐거움은 주말에 찻집에 앉아 느긋하게 가계부를 정리하는 일이라고 한다. 작업하기 편한 찻집을 찾을 겸 주변을 산책하다 비긋다를 발견했고, 그때 포스터를 보고 매장위원회의 존재를 알게 됐단다.

"아, 전남친 '최애음식' 매장위원회였군요! 전남친 매장위원회라니, 그럴 리가 없죠……. 하아, 저 정말 수상해 보였겠네요……. 창피해라……."

"아니에요, 나기 씨는 잘못한 거 없어요. 저희가 멋대로 넘겨짚고 오해한 거니까. 그렇죠, 점장님?"

"그, 그럼! 그래도 우리를 찾아와 줘서 기뻐. 햄버그스테이크를 만들다 뛰쳐나온 걸 보면 무슨 큰일이 있었던 거지?"

점장님이 미소를 띠며 말을 건네자 나기 씨는 부끄러운 듯 시선을 피하더니 꾸벅하고 고개를 끄덕였다.

"조금 전에 도저히 참을 수 없는 일을 겪어서 그대로 뛰쳐나왔어요. 헤어져야 한다는 걸, 머리로는 이해하고 있었지만 이런 식으로 행동에 옮긴 건 처음이에요. 헤어지려 해도 같이 있다 보면 이 사람은 나 없이 안 되는데, 하는 생각이 들어서……. 물론, 그 사람을 좋아해요. 분명 사랑하거든요? 그런데……. 아아, 역시 지금이라도 집에 가는 게……."

"잠깐, 잠깐만요. 나기 씨! 스톱!"

"이성과 감정이 심하게 괴리되어 균형을 잃은 상태네요."

"구로다 씨, 뭘 냉정한 전문가처럼 분석하고 있는 거예요!"

앉았다 일어섰다 어쩔 줄을 몰라 하는 나기 씨를 서둘러 멈춰 세웠다. 아마 아직도 혼란스러운 모양이다. 느닷없이 비굿다에서 뛰쳐나가지 않도록 자리를 바꿔 나기 씨를 창가 쪽에 밀어 넣었다. 우선은 이걸로 안심이다.

"후우……. 일단 커피라도 좀 마시고, 진정한 다음 정리해 보자."

"아, 네. 죄송해요……."

이게 다 무슨 일이야. 매장위원회 이거, 보통 일이 아니잖아? 단번에 열이 올랐다. 스웨터 소매를 걷어 올리고 나도 커피를 한 모금 마시며 한숨 돌렸다.

"저기, 이런 말 기분 나쁘다면 미안한데, 혹시 나기 씨 남자 친구 말도 안 되게 한심하고 나쁜 남자 아니야?"

점장님이 예고 없이 뾰족한 질문을 던졌다. 하마터면 커피를 쏟을 뻔했다.

나기 씨는 원래도 동그란 눈을 더욱 동그랗게 떴다.

"그걸 어떻게 아셨어요?"

"아니, 왠지 그냥. 그런 남자한테 끌릴 것 같은 느낌이 들어서. 안 팔리는 밴드 멤버랑 얽힐 것 같은 분위기랄까?"

"아니, 점장님. 아무리 그래도……."

그렇게까지 뻔한 전개일 리 없잖아요.

"혹시…… 제 비공개 계정, 팔로우하고 계신가요?"

나기 씨는 믿을 수 없다는 듯이 새하얗게 질린 얼굴로 물었다.

"으악! 정말로 남친이 밴드 멤버예요?"

"이거……."

주뼛주뼛 내미는 핸드폰 화면을 들여다보자 어딘가 불온해 보이는 글이 끝없이 적혀 있었다.

하아. 역시 더는 무리인가. 돈 좀 갚으라고. 내가 왜 이렇게까지 하는지 정말 알 수가 없다. 밴드 멤버랑 사귀기 시작한 순간 이미 인생 쫑 난 거야. 누가 정답이 뭔지 좀 알려 줘.

완전히 병들었잖아, 이 사람!

"제 친구들이 맨날 저한테 '나쁜 남자 제조기'라고 그러거든요."

핸드폰을 주머니에 넣으며 나기 씨가 말을 이었다.

"상대방한테 뭘 해 주지 않으면 불안해요. 나랑 사귀는 가치가 없다고 느낄 것만 같고. 뭔가 내 쪽이 너무 기우는 기분이 들거든요."

"왠지 알 것 같아. 나도 굳이 따지자면 그쪽에 가까우니까."

교헤이와 만나던 시절의 내 모습이 머릿속에 스쳤다. 교헤이의 집에서 잔 다음 날이면 일찍 일어나 아침 식사를 준비하거나 셔츠를 다려 옷장에 걸어 놓곤 했다.

"좋아하니까 뭐라도 해 주고 싶은 거랑은 좀 다른 느낌이잖아. '이렇게라도 하지 않으면 공평하지 않다'는 느낌에 가깝다고 할까?"

"네, 맞아요. 그런 건지도 몰라요. 내가 이렇게 좋아하는 남자랑 연애를 하는데, 거기에 걸맞은 무언가를 주지 못하는 것 같은 기분이 들어서……."

나기 씨는 작은 새 같은 입술로 호호 불어 가며 커피를 식혔다.

"육 년 전부터 쭉 쫓아다니던 밴드였거든요. 그 사람을 위해 뭘 해 주는 게 당연했죠. 공연이 끝나면 선물을 주고, 티켓이 안 팔리면 할당량을 채울 만큼 다 사 주고, 연습실 비용도 대신 내주고……. 처음엔 팬으로서 했던 일들이 결국 이렇게까지 이어진 거예요."

뭐? 연습실 비용을 대신 내줘? 아니, 원래 팬들이 그런 것까지 하는 거야? 걸리는 점이 한둘이 아니었지만, 우선

나기 씨가 보여 주는 밴드의 연주 영상부터 봤다. 이야기는 그다음이다.

사인조 록밴드였다. 인디밴드인데도 나름 인기가 많은 모양이었다. 빨간색과 보라색 조명이 번갈아 쏟아지는 스테이지. 하이템포 곡에 맞춰 관객들이 손가락을 천장 높이 뻗는다. 후렴이 끝나자 무대의 오른쪽 끝에서 기타를 치던 남자가 한 발짝 앞으로 나와 강렬한 기타 솔로를 연주하기 시작했다.

"이 사람이에요."

나기 씨는 살짝 부끄러운 듯 남자를 가리켰다.

그래, 그 사람이겠지. 그럴 만도 한 것이 카리스마가 장난 아니다.

긴 앞머리 사이로 가끔 드러나는 신비로운 눈동자. 헐렁한 티셔츠에 청바지. 그 심플한 차림이 늘씬한 체형을 돋보이게 했다. 마치 세상에 자신과 음악밖에 존재하지 않는다는 듯 황홀한 표정으로 기타를 친다.

연주할 때의 버릇인지 때때로 전자기타의 헤드를 느슨하게 내리고 뼈마디가 드러나는 손가락으로 넥을 쓸어내리는 몸짓이 마치, 마치.

"이 사람 엄청 야하지?"

뜬금없이 지금껏 본 적 없는 진지한 눈빛으로 점장님이 말했다.

"저기, 저기요, 점장님. 갑자기 무슨 말을 하는 거예요!"

"아니, 딱 보면 알아. 여기 멤버 중에 이 사람이 인기 제일 많을걸? 베이시스트도 그럭저럭 있을 거고. 드러머랑 기타 치는 보컬은 둘 다 한 삼 년쯤 사귄 애인이 있거나 이미 결혼했겠네. 아아, 나기. 상당히 어려운 사랑에 손을 대고 말았구나."

"이분이 또 아무 말을······."

구로다 씨가 점장님을 경멸하는 눈으로 쳐다본다.

"점쟁이······ 세요?"

"대체 왜 맞히는 건데요!"

나기 씨는 이제 무서운 것을 목격한 사람처럼 양팔을 문지른다. 이 쓸데없는 통찰력은 대체 뭐냐고! 이런 능력을 매상 올리는 데 쓰면 좀 좋아?

"말씀하신 게 다 맞아요. 쇼고는······ 아, 남자 친구 이름이 쇼고인데, 정말 인기가 많아요. '마치다의 모든 여자랑 잔 남자'라고 불릴 정도니까요."

"역시 내가 제대로 봤네. 참고로 말하자면 내가 전 세계를 떠돌 때는 '지구의 여자는 아마미야에게 두 번 반한다'

라는 소수민족의 속담이 생기기도 했지."

"이런 걸로 대결하지 말라고요! 아니, 애초에 뭐가 어떻게 두 번이라는 거야?"

우리가 이러쿵저러쿵 다투고 있는 사이, 이번에는 어디선가 꼬르륵 소리가 들려왔다.

나도 모르게 맞은편에 앉아 있는 구로다 씨에게 시선을 던졌다.

"나, 나 아니거든요!"

"네? 그럼 점장님?"

"무슨 소리야. 미남 배에선 꼬르륵 소리 같은 거 안 나."

"미남이라고 꼬르륵 소리가 안 날 리가……."

그 순간 머뭇거리며 오른손을 드는 한 사람.

"죄송합니다, 저예요."

나기 씨였다.

"배고파? 아, 그렇겠다. 저녁을 아직 못 먹었지."

뭐라도 먹여야 하지 않을까 싶어 주방으로 간 점장님이 냉장고 안을 확인했다.

"다진 고기랑 양파, 빵가루가 있으니 햄버그스테이크를 하면 될 것 같은데, 어때? 아, 아니다, 햄버그스테이크는 안 먹고 싶겠구나. 수프 같은 걸 만들까……."

"먹어, 먹어요, 먹을래요! 실은 이미 입맛이 햄버그스테이크에 맞춰져 있었거든요! 그런데 못 먹어서 속상하니까……."

나기 씨가 기세 좋게 일어났다.

"앗, 어떡해……. 죄송해요. 너무 뻔뻔했네요……."

말은 이렇게 하지만 배 속의 울림은 그칠 기미가 보이지 않았다.

벌겋게 달아오른 얼굴, 수줍은 듯 촉촉해진 눈이 '배고파요'라고 나에게 외치고 있었다.

"잠깐만 기다려요. 금방 준비할 테니까."

웃으며 건넨 말에 나기 씨는 진심으로 기쁘다는 듯 고개를 끄덕였다.

💔

쓱, 쓱, 쓱.

신선한 양파에 칼질하는 순간이 너무 좋다. 가로세로로 칼집을 넣어 위에서부터 툭툭 칼날을 누른다. 도마 위에 잘게 다져진 양파 더미가 생겼다.

"굉장하다, 무슨 기계 같아……."

주방을 들여다보던 나기 씨가 말했다. 요리 중에도 이야기를 나눌 수 있도록 세 사람의 자리를 카운터로 옮겼다. 실없는 대화를 하며 햄버그스테이크를 준비한다.

이 느낌, 왠지 좋네.

초등학교 오 학년 때 엄마가 세상을 떠났다. 그 후로는 내가 집안일을 떠맡았다. 매일 부지런히 음식을 만들어서 세 살 어린 동생과 함께 먹었다. 아빠는 대체로 새벽에 집에 돌아왔기 때문에 내 요리가 맛있는지 어떤지 소감을 물을 기회조차 없었다. 우리 집 부엌은 늘 조용했다. 맛을 봐줄 사람도, 배고프다고 재촉하는 사람도 없었다.

"그나저나 어쩌다 갑자기 뛰쳐나오게 된 건데? 참을 수 없는 일이라는 게 뭐였어?"

햄버그스테이크에 맞춰 고른 듯한 레드와인을 마시며 점장님이 물었다.

"아, 그게……"

나는 나기 씨의 이야기에 귀를 기울이면서 프라이팬에 기름을 두르고 잘게 다진 양파를 넣어 나무 주걱으로 볶기 시작했다.

"사실 오늘 쇼고한테 돈을 빌려줬거든요."

"뭐? 돈을 빌려줬다고? 앗 뜨거워!"

프라이팬을 흔들던 바로 그 타이밍에 충격적인 말을 들

는 바람에 싱크대 주변으로 양파가 후드득 떨어졌다. 안 되겠다. 이야기에 집중을 못 하겠어. 일단 불을 끄고 싱크대부터 닦자.

"빌려주다니, 얼마나?"

장난치다 들킨 강아지처럼 잔뜩 움츠러든 나기 씨가 천천히 손가락 세 개를 세운다.

"삼…… 삼만? 삼십만?"

"……삼백만이요."

"삼백만?!"

벌어진 입이 닫히지 않는다. 아니, 스물네 살이라며? 그 나이에 어떻게 삼백만 엔을……. 아니, 지금 그게 중요한 게 아니지.

"악기 사는 데 쓴 건가? 기타 꽤 비싸잖아."

"그런 적도 몇 번 있긴 한데, 이번엔 그게 아니고……."

그런 적도 몇 번 있다는 말이 걸렸지만, 일단은 끼어들지 않기로 했다. 치, 침착하자. 침착하게 들어 보자고! 평정심, 평정심…….

"쇼고의 두 번째 여자 친구가 유부녀였는데 그 여자 남편한테 불륜으로 고소를 당해서 오늘까지 삼백만 엔을 준비해야 했거든요. 쇼고는 대부업체에 돈을 계속 빌리던 상황이라 돈을 못 구한다고 해서 일단 제가 주기로 했고요."

"아니, 아니, 아니, 기다려 봐! 정보가 너무 많잖아!"

두 번째 여자친구? 유부녀? 고소를 당했다고? 대부업체?

"뭐야, 이 쓰레기 백화점 같은 남자는……."

"오케이. 자, 다들 심호흡하자. 일단 상황을 정리해 보자고."

패닉에 빠진 우리와는 달리, 점장님은 기품 넘치는 모습으로 와인 잔을 흔들었다.

"우선, 쇼고가 만나는 여자가 총 몇 명인데?"

"음, 그때그때 다른데요. 대여섯 명 정도려나……. 아, 참고로 저는 세 번째예요."

"무슨 그런 말을 출석번호에 답하는 것처럼……."

구로다 씨가 꿈인지 현실인지 확인이라도 하듯 눈을 꾹꾹 문질렀다.

"왜 그렇게까지 하는 거죠? 어차피 애정을 쏟을 거라면 더 좋은 남자한테 쏟아야죠."

"하아, 그런 건 우리가 제일 잘 안다고요, 구로다 씨!"

"왜 유키 씨가 답을 하는데요?"

왜라니? 이유 같은 거 몰라. 나도 알고 싶다고. 여자 친구에게 다정하고, 꼬박꼬박 연락하고, 생일에는 서프라이즈 이벤트를 빠뜨리지 않는, 그렇게 아낌없는 사랑을 주는 사람과 함께해야 행복하다는 거 나도 안다고. '여자는 자기가 사랑하는 사람보다 자기를 사랑해 주는 사람을 만나야 행복하다.' 여자들끼리 대화할 때는 물론이고 인터넷에서도 지겹도록 들었던 말이다.

맞는 말이지. 머리로는 알고 있어.

하지만……. 날 많이 사랑해 주는 사람일수록 왠지 끌리지 않고, 날 사랑해 주지 않는 사람에게만 빠지게 된다. 형편없는 방식으로 나를 찼던 교헤이의 얼굴이 여전히 마음속에 선명했다.

"역시 그의 곡을 좋아해서…… 아닐까요?"

이렇게 답한 나기 씨가 핸드폰을 꺼내 음악 앱을 열었다.

여러 곡이 나열되어 있다. 쇼고 씨가 멤버로 있는 밴드의 음악이다. 그중 한 곡을 클릭하니 방금 전 보여 줬던 영상 속 음악과는 전혀 다른 느릿한 곡이 흘러나왔다. 어딘지 모르게 쓸쓸한 분위기가 느껴지는 곡이었다.

애절한 기타 선율에 귀를 기울였다. 고독을 토로하는 듯한 묵직한 가사가 가슴속 깊이 파고들었다. 이런 곡을 만들 수 있는 사람이구나.

끝까지 음악을 들은 모두가 하아, 하고 길게 숨을 내쉬었다.

"우와, 끝내주는 곡이네……."

"그렇죠?"

나기 씨가 오늘 들은 것 중 가장 큰 목소리로 되물었다.

아아, 그런 거구나. 그 표정을 보고 알아 버렸다. 역시 나기 씨에게 쇼고 씨는 남자 친구이기 이전에 '최애'이자 존경해 마지않는 동경의 대상인 것이다.

"막 상경했을 때 이 밴드를 알게 됐어요. 대학 과제는 버겁고 주위 사람들과는 잘 어울리지 못하고. 친구도 없었죠. 그런 시기에 별생각 없이 놀러 갔던 라이브하우스에서 이 곡을 연주하는 쇼고를 발견한 거예요. 넓은 도시 속에서 혼자가 아니라는 느낌을 받은 건 그때가 처음이었어요. 이건 날 위한 곡이구나. 날 위해 노래하고 있어. 그렇게 이 곡이 힘이 되어 준 덕분에 힘든 대학 생활을 이겨 냈어요."

삼백만 엔이나 빌려주다니 그야말로 사랑에 눈이 먼 상태라고 생각했다. 하지만 틀렸다. 그렇게 단순한 문제가 아니었다. 괴로운 시절에 자신을 구원해 준 슈퍼히어로를 미워하는 일은 생각만큼 쉽지 않다.

외모가 마음에 든다든지, 다정하게 대해 준다든지, 데이트 장소를 고르는 센스가 좋다든지, '존경'에는 이런 조건들을 단숨에 초월해 버리는 힘이 있다. 진심으로 존경할 수 있는 점 한 가지를 지니고 있다는 사실만으로 한순간에 사랑에 빠지곤 한다.

"쇼고의 음악이 가진 훌륭함이 바로 그 '결함'에서 나오는 거니까. 여자 친구로서의 나는 괴롭더라도 팬으로서의 나는 쇼고를 부정하지 못했던 것 같아요. 오히려 결함을 간직한 채 있어 주기를 바랐는지도 모르겠어요. 그가 몸부림치는 모습과 그렇게 몸부림치며 만들어 내는 곡을 좋아하니까, 존경해 왔으니까……."

"그 마음이 뭔지 알 것 같아."

점장님이 팔짱을 낀 채 진지하게 말했다.

"너무 능숙한 사람보다 어딘가 서툰 사람이 만드는 곡이 더 흥미롭잖아. 사람들은 누구나 나만 이렇게 괴로운 게 아니라는 사실을 확인하고 싶어 하니까."

"석가모니의 말씀보다 그 제자의 말이 더 와닿는 것과 같은 이치일까요?"

"미안, 구로다 씨. 무슨 말인지 하나도 모르겠다."

"아니 그게, 제가 출가하기 전에 샐러리맨이던 시절 이야기인데요. 정신적으로 힘들던 때라 이런저런 책을 많이 읽었거든요. 그때 완전한 깨달음을 얻은 사람의 말보다 깨우치고자 애쓰는 사람의 말이 더 와닿았던 게 문득 생각나서요."

그랬구나. 구로다 씨, 회사에 다닌 적이 있었지.

"맞아요. 바로 그런 거예요. 전 그가 몸부림치며 애쓰는 모습을 좋아했어요."

나기 씨가 검지를 세워 흔들며 열변을 토했다.

"공연을 끝내고 새벽 세 시에 말도 없이 집에 찾아와 저를 꼭 끌어안고는 한참을 아무 말도 없다가…… '나 진짜 사랑하는 거 맞지?' 하고 몇 번이나 확인하듯 묻는 거예요. 그런 사람이었어요."

"자기는 몇 다리씩 걸친 주제에?"

"네, 몇 다리씩 걸친 주제에. 근데 어쩌면 그런 모습이 좋았던 거 같아요. 그의 마음속에는 아무리 발버둥 쳐도 메울 수 없는 커다란 구멍이 뚫려 있었고, 저는 기꺼이 그의 구멍을 메우는 하나의 수단이 되길 자처했죠."

구멍을 메우는 하나의 수단.

아아, 그런 마음……. 나도 안다. 알고 싶지 않았지만 안다.

"사람들은 다 나쁜 남자, 쓰레기 같은 놈이라고 하지만 나는 네가 본질적으로 지닌 좋은 점을 알고 있다는 그런……."

나의 말에 나기 씨가 깜짝 놀란 듯 고개를 들었다.

"난 다른 여자들과 다르다는, 알 수 없는 우월감에 젖어서 상대방의 나쁜 면을 그대로 받아들여 버리지."

"모모코 씨……."

"아, 미안. 그냥 내가 그랬다는 말이에요."

나도 모르게 감정이입해 버렸네.

"아뇨, 저도 마찬가지예요. '완벽하지 않아도 괜찮아' 같은 말을 해 주는 여자가 되고 싶었던 것 같아요. 그래서 세 번째 여자라도 상관없었던 거죠. 마음이 넓은 척했어요. 결함 같은 거 애써 채우지 않아도 돼. 성장하지 않아도 괜찮아. 넌 지금 그대로 멋져. 진심으로 이렇게 생각하는 사람은 나밖에 없어. 너는 내가 너를 가장 잘 이해하는 사람이라는 걸 아직 깨닫지 못했을 뿐이야……."

심장이 꽉 조이면서 괴로움이 밀려왔다.

언젠가 그가 성장하면 내가 운명의 사랑인 걸 알게 될 거야. 그때까지 기다리자. 괜찮아, 난 기다릴 수 있어. 포용력 있는 마음 넓은 여자니까.

교헤이에게 답장이 오지 않을 때면 몇 번이나 점을 보러 다녔다. 전생을 본다는 점쟁이에게 '그 사람의 영혼이 아직 성숙하지 못하구나. 그래서 네가 먼저 알아본 것뿐이야. 조금만 더 기다려 줘'라는 이야기를 듣고 그 말을 마치 부적처럼 소중히 품고 지냈다. 맞아, 그의 우선순위에 내가 일 번이 아니라도 괜찮았어. 괜찮을 것 같았지.

그는 아직 내가 운명의 상대라는 걸 깨닫지 못했을 뿐이니, 먼저 진정한 사랑에 도달한 내가 그 사람이 같은 단계로 올라올 때까지 너그러운 마음으로 기다려 줘야 한다고 믿었다.

어른스러운 척했지만 결국 속으로는 교헤이를 깔보고 있던 건지도 모른다.

아니면 그가 나만큼 애정을 주지 않는 현실이 두려워 마음 편한 쪽으로 멋대로 해석했던 것뿐일지도.

"아, 어쩌면……."

나기 씨가 문득 무언가를 깨달은 듯 턱에 손을 가져다 댔다.

"오늘 그런 내 모습에도 정이 떨어진 것 같아요. 그 사람한테만 마음이 식은 게 아니라요. 대체 언제까지 포용력 있는 여자인 척할 건데? 하는 마음이 들더라고요."

"충분히 포용력 있는 여자 같은데요. 다른 사람을 위해 거기까지 할 수 있다니."

구로다 씨의 말에는 아무 대답도 하지 않은 채, 나기 씨는 희미하게 미소 지으며 커피를 마셨다.

타이어가 물보라를 일으키는 소리가 난다.

"어? 일기예보에서 오늘은 종일 맑을 거라고 했는데?"

점장님이 혼잣말을 하며 문밖을 내다봤다. 나는 옛날부터 '비를 몰고 다니는 여자'라고 불리곤 했는데, 왠지 비긋다에서 일하기 시작한 후로 비 맞는 횟수가 더 잦아진 것 같다. 혹시 점장님도 비를 몰고 다니는 남자인가?

"그러고 보니 나기 씨, 쇼고 씨한테 연락은 왔어요? 뭐래요?"

"아, 마트에 간다고 하고 나왔으니까 아마 장 보는 데 시간이 좀 걸리나 보다, 하고 있을 거예요."

나기 씨가 핸드폰을 슬쩍 보며 말했다. 전화나 메시지는 오지 않은 모양이다.

"쇼고가 먹고 싶다고 한 메뉴거든요. 오늘 아침에 돈 얘기를 듣고 곧바로 회사에 연차 내고 은행을 돌면서 저금했던 돈을 찾았는데, 그걸로도 모자라서 제가 사 준 비싼 기타랑 기자재도 다 팔고, 결국에는 부모님께 거짓말까지 해서 돈을 빌렸어요……"

"대, 대단하네."

"저금이 취미라고 하지 않았어요? 그런데도 부족했나요?"

"그게…… 가계부도 쇼고한테 빌려줄 돈을 마련하느라 쓰기 시작한 거나 마찬가지라……."

"오오……."

"죄송해요. 제가 쓸데없는 질문을 했네요. 말씀 계속하세요."

구로다 씨 때문에 한순간 상갓집 분위기가 되었지만 얼른 정신을 차린다.

"그래서?"

"겨우 삼백만 엔이 준비됐는데 그 사람이 이런 말을 했어요. '이리저리 뛰어다녔더니 피곤하네. 뭐 맛있는 것 좀 먹자. 아, 햄버그스테이크 먹고 싶다'라고요."

나도 다시 햄버그스테이크를 만들기 시작했다. 볶은 양파와 다진 고기를 볼에 넣고 섞어 점도가 생기도록 반죽에 힘을 실었다.

"그래서 집에서 햄버그스테이크 반죽을 하다가 문득…… 잠깐만, 이리저리 뛰어다닌 건 네가 아니라 나잖아? 왜 네가 고단한 일을 마친 것처럼 후련한 얼굴을 하고 있어? 하는 생각이 들면서 머리가 차가워지더라고요."

"그건 그렇지. 야, 네가 만들어! 소리가 절로 나오겠다."

"어쨌든 돈을 빌려주겠다고 결정한 건 나라고 스스로를 설득하면서 햄버그스테이크를 빚고 있었어요. 오늘은 고생했으니까 평소에는 꾹 참고 안 먹던 치즈도 넣자. 내가 좋아하는 재료니까 먹으면 기운이 좀 날 거야. 이렇게 생각하며 잘 녹는 치즈를 빚은 고기에 넣으려는데, 쇼고가 뭐라고 한 줄 아세요?"

나기 씨가 조그만 손을 동글게 말고는 힘을 꽉 주면서 말했다.

"'아, 뭐야. 치즈를 왜 넣어? 속 더부룩하게. 깔끔한 맛으로 해' 이러는 거예요!"

나도 모르게 때마침 둥글게 빚고 있던 다진 고기를 꽉 움켜쥐고 말았다.

"삼백만 엔을 빌려 놓고 저녁 메뉴까지 멋대로 정한 주제에 자기는 꼼짝도 안 하고 여자 친구한테 요리를 시킨 걸로도 모자라서 뭐? 치즈를 왜 넣냐고? 이, 이런……!"

"이야……."

이번에는 점장님과 구로다 씨의 얼굴에도 잘게 경련이 일었다.

"미안, 미안. 쇼고는 무즙 올린 걸 좋아했지?'라고 답하니까 '역시, 날 잘 안다니까. 처음부터 잘하면 좋잖아'라고

하더라고요."

"사람을 우습게 보는 것도 정도가 있지!"

"모모코, 일단 그 그릇 좀 내려놓고 말할까?"

"아니, 점장님! 햄버그스테이크 만들기가 어디 쉬운 줄 알아요? 손이 얼마나 많이 가는데! 삼백만 엔이나 구해 온 날 요리까지 시켰다고요! 안 그래도 만들기 귀찮은데, 무즙이 어쩌고 어째?"

말을 하다 보니 점점 더 화가 솟구쳐 얼굴에 열이 올랐다. 육체적으로나 정신적으로나 녹초가 된 나기 씨에게 그나마 힘이 되어 줄 마지막 보루가 치즈 햄버그스테이크였을 터였다. 칼로리 높은 음식을 든든히 먹어야만 치유할 수 있는 상처였을 거라고. 그런데, 뭐?

"설마 나기 씨한테 무까지 갈라고 시킨 건 아니겠죠?"

"그것만 시키면 다행이게요. 전 애초에 그렇게 만들 생각이 없어서 무는 사지도 않았어요. 그래서 '미안, 지금 마트에 갔다 올게'라고 했더니 '괜찮아. 얼마든지 기다려 줄 테니까. 아, 얹어 먹을 차조기잎도 사 와' 이러던걸요."

"뭐어어어어?"

"뭔가…… 다음 생에 험한 일을 당할 것 같은 사람이네요."

"그러게. 축생(畜生)이라고 하던가? 다음 생에 짐승으로 태어나 괴롭힘당해도 할 말 없겠는데."

나는 고기 반죽을 내려놓고 손을 씻은 후 주방에서 나와 나기 씨에게 성큼성큼 다가갔다.

"나기 씨!"

"네?"

나기 씨의 어깨를 꽉 잡았다.

"치즈 햄버그스테이크 먹자!"

"……네?"

"당신은 오늘 반드시 치즈 햄버그스테이크를 먹어야만 해. 치즈를 아주 듬뿍 넣어서!"

"그, 그래도……. 식사까지 준비해 주시는데 미안해서 어떻게……."

나는 고개를 좌우로 흔드는 나기 씨의 말을 싹둑 잘라 버렸다.

"미안할 거 하나도 없어요. 먹는다는 건 몸뿐만 아니라 마음을 회복시키는 일이기도 하다고요. 나기 씨는 오늘 누구보다 애썼고, 마음의 에너지도 바닥난 상태니까 넣고 싶은 건 다 넣어 버리자고요! 치즈 말고 또 넣고 싶은 거 없어요?"

"어, 근데, 치즈가 있어요?"

"걱정할 거 없어요. 새벽까지 하는 슈퍼에서 사 오면 되니까. 그렇죠, 구로다 씨?"

점장님은 눈 깜짝할 새에 코트를 걸치더니 아이돌처럼 윙크를 날렸다.

나는 다시 한번 나기 씨를 바라보며 물었다.

"자, 어서요. 가끔은 요구하는 입장이 되어 보자고!"

그렇다. 늘 누군가의 부탁을 들어주거나 남을 돕기만 하는 사람은 부탁하는 방법을 잊어버린다. 자신도 무언가를 요구할 수 있다는 사실조차 잊어버리고 만다. 다른 이에게 의지하는 행위, 상대방이 부탁을 들어주는 상황 자체에 죄책감을 느낀다. 폐를 끼치고 있다는 생각이 든다.

한번 몸에 스며든 죄책감이라는 습관은 좀처럼 사라지지 않는다.

언제부터인가 상대방에게 무언가 가치를 제공해야만 공평하다는 감각이 온몸을 휘감기 시작하는 것이다.

물론 타인을 돕는 삶의 방식도 멋지지만, 비긋다를 찾을 때만큼은 누구든 부탁할 수 있는 입장이 되었으면 좋겠다는 생각을 했다.

나기 씨는 한동안 머뭇머뭇 옷자락만 만지작거리다 이내 결심한 듯,

"고기 안에도 치즈를 넣고, 위에도 녹는 치즈를 얹어 주

세요. 그리고 또…… 반숙 달걀이랑 커다란 소시지도 곁들여 먹고 싶어요!"

큰 소리로 이렇게 외쳤다. 구슬 같은 두 눈이 나를 똑바로 바라보고 있었다.

오늘이라는 하루를 어떻게든 살아 낸 사람이 건네는 '이거 먹고 싶어요!'라는 부탁을 들어줄 수 있다니, 이 얼마나 큰 행복인가.

"좋았어, 그걸로 갑시다!"

나이프로 두툼한 햄버그스테이크를 썰자 치즈가 녹진하게 녹아 철판 위에 흘러내린다. 햄버그스테이크 위에 올린 체더치즈도 함께 입으로 가져갔다. 따끈따끈한 육즙이 입안을 가득 채운다.

"후우 후우……. 따, 딱 제가 먹고 싶던 맛이에요!"

나기 씨가 볼에 두 손을 얹더니 눈을 꼭 감고 길고 긴 숨을 뱉었다.

"으음, 최고야……. 아, 너무 피곤했어."

온몸의 힘을 쭉 뺀 채 양팔을 소파 위에 추욱 늘어뜨리고 눈을 감은 나기 씨는 이제야 겨우 자신이 정말 지쳐 있었다는 사실을 실감한 모양이었다.

나기 씨의 요청대로 치즈를 가득 올리고 거기에 바삭하게 구운 치즈 칩까지 곁들였다. 확실히 속이 더부룩해질 만한 메뉴이긴 하다.

"어때요? 집에 가서 헤어지자고 제대로 얘기할 수 있겠어요?"

뜨끈뜨끈한 소시지를 꿀꺽 삼킨 후 나기 씨가 답했다.

"네. 이걸 먹고 나니까 드디어 결심이 섰어요."

"이거 먹고?"

"제가 먹고 싶은 음식을 먹는 게 정말 오랜만이라는 걸 깨달았거든요."

쇼고에게는 여자 친구가 여러 명 있으니 언제 집에 올지 예상할 수 없는 경우가 많았다며 나기 씨는 한숨을 쉬었다. '오늘 갈게'라며 갑자기 연락을 하는 일이 다반사였는데, 그럴수록 자기 집에 오는 날만큼은 확실한 기쁨을 느꼈으면 하는 마음에 쇼고 씨가 좋아하는 재료들만 챙겨 놓았다고 한다. 이 얼마나 갸륵한가!

"게다가, '속이 더부룩하니까 깔끔한 맛으로 해'라는 말을 듣는 순간 뭔가…… 이 사람, 자기 속이 더부룩한 건 그

렇게 신경 쓰는구나 싶어서 정이 떨어지더라고요. 유부녀
랑 바람을 피워서 남의 집안을 파탄 낸 것도, 여자 친구한
테 큰돈을 빌리는 것도 전혀 신경 쓰지 않는 인간이 자기
속 더부룩한 건 신경 쓴다는 게……. 빚을 지거나 불륜을
저질렀다는 사실보다 그게 더 거슬리더라고요."

"아하하, 맞는 말이네!"

마음이 식는 순간은 놀라울 정도로 의외의 순간에 찾아
오기도 한다.

주르륵 녹아내린 체더치즈를 햄버그스테이크에 골고루
묻혀 가며 점장님이 말했다.

"이래저래 스트레스가 쌓여 있던 차에 속이 더부룩하네
어쩌네 하는 이야기가 결정적 한 방이 된 거지. 그때 모성
필터가 완전히 벗겨져 버린 거 아닐까?"

"모성 필터라……. 맞아요. 사실 그 사람의 모든 걸 받아
들이는 척했지만, 속으로는 멋대로 '이상적인 나쁜 남자'의
이미지에 환상을 품었는지도 몰라요. 여러 여자를 전전한
다든가, 불륜을 저지른다든가, 마음의 상처를 품고 있다든
가……. 그런 예술가 같은 방황까지는 참을 수 있어도 속
이 더부룩하다고 투덜대는 평범한 모습은 알고 싶지 않았
던 거죠."

나기 씨가 자조하듯 웃었다.

"벌써 육 년도 더 된 얘기라 잘 기억이 나지 않지만, 아마 처음에는 적당히 똑 부러지는 여자와 적당히 못난 남자 정도로 균형을 이루었던 것 같아요."

"그 균형이 조금씩 깨지기 시작한 건가?"

"포용력 있는 척하는 여자와 상처 입은 척하는 나쁜 남자. 서로가 원하는 역할을 각자 연기해 가면서 둘 다 나름대로 애썼던 게 아닐까요. 네, 애썼죠."

나기 씨는 선언하듯 그렇게 말하고는 서둘러 밥을 삼키고, 수프를 마시고, 햄버그스테이크를 깨끗이 먹어 치웠다. 곁들여 나온 옥수수와 브로콜리까지 남김없이 싹 비웠다. 보고 있으면 기분이 좋아질 정도의 '먹부림'이었다.

"잘 먹었습니다. 감사해요. 후련하네요. 집에 가서 확실히 끝내고 올게요."

이렇게 말한 나기 씨가 다시금 기합을 넣듯 좋았어! 하고 외치고는 긴 머리칼을 하나로 질끈 묶었다.

"연애든 일이든 포용력 있는 여자인 척하다 또 지치면 여기로 와요. 언제든지 치즈 햄버그스테이크를 만들어 줄 테니까."

"근데, 전남친 최애음식 매장위원회는 헤어지고 나서 더 이상 만들 수 없게 된 레시피를 제공하는 거 아닌가요?"

"에이, 상관없어요! 실연 덕분에 좋아하게 된 레시피도 괜찮아! 그쵸, 점장님?"

점장님은 '회장님 말씀대로 하는 거지'라며 한 손을 팔랑팔랑 흔든다.

자 그럼, 하고 눈짓을 하자 구로다 씨가 헛기침을 한 번 하고 등을 쭉 편다.

다 같이 합장을 한 후 입을 모았다.

"애통한 일을 겪어 얼마나 상심이 크셨습니까."

나는 나기 씨의 육 년간의 사랑이, 복잡하게 얽혀 뒤틀린 애정이, 부디 성불할 수 있기를 빌었다.

꾹꾹 억눌러 온 마음속에서 웅크린 채 주저하는 나기 씨가 조금씩이나마 바깥세상으로 나갈 수 있기를 빌었다.

치즈 햄버그스테이크를 먹고 싶을 때는 망설임 없이 '먹고 싶어!'라고 말할 수 있기를.

"아다치 씨, 다카무라 씨, 기무라 씨, 모두 치즈 햄버그스테이크요!"

"네! 점장님, 여기 소파 자리 손님 음식 나왔습니다! 정식 두 개요."

평일, 주말 할 것 없이 텅텅 비어 있던 비긋다는 치즈 햄버그스테이크 정식이 상점가에서 화제가 된 덕분에 조금 손님이 늘었다. 스무 석밖에 없다고는 해도 주문이 계속 들어오면 꽤 정신이 없다.

인파가 밀려든 점심시간을 잘 넘기고서 손님이 뜸해진 뒤에야 물을 한 잔 들이켰다. 후우, 한숨을 쉬는데 딸랑, 하고 벨이 울렸다.

"모모코 씨! 아마미야 씨! 구로다 씨!"

문 앞에는 나기 씨가 서 있었다. 긴 머리를 싹둑 자른 모습이었다.

"우와, 못 알아볼 뻔했어! 이마를 드러내니까 더 예쁘네."

내가 건넨 칭찬에 나기 씨가 쑥스러운 듯 웃었다.

"잘 헤어졌어요?"

"깔끔하게요. 돈을 갚겠다는 각서도 쓰고 도장까지 받았으니 문제없을 거예요."

나기 씨가 당당하게 엄지를 치켜세웠다. 역시 회계 사무소 직원답다. 금전 문제는 확실히 처리한 모양이다.

"오늘은 꼭 치즈 햄버그스테이크가 먹고 싶은데 주문 가능할까요?"

"물론이죠! 아, 근데 그 메뉴의 정식 명칭은……."

나는 얼마 전 새로 만든 메뉴판을 나기 씨에게 건네며 말했다.

"짜잔! 실연 직후의 치즈 햄버그스테이크!"

"엄청 적나라하잖아요!"

나기 씨가 웃기다는 듯 큭큭거렸다.

"나는 사랑과 욕망의 햄버그스테이크로 하자고 했어."

"그건 쓸데없이 야한 느낌이라 안 된다니까요!"

"아, 아마미야 씨 생각이 그렇다면 그걸로 하셔도……."

점장님의 제안에 나기 씨가 뺨을 붉히며 머뭇거렸다.

"안 돼, 나기 씨. 멈춰요! 점장님을 부추기는 말 같은 거 하지 마세요! 그러다 큰일 난다고! 일단 먹어요! 응?"

와글와글 다 같이 떠들썩하게 맛있는 음식을 만들어 먹는다.

내가 뭘 하고 싶은지, 비긋다에서 어떤 일을 해야 할지 아직도 알 수 없지만, 우선 내가 할 수 있는 일을 해 보자.

따스한 공기가 밖에서 조금씩 흘러들어 오고 있다.

이제 곧, 봄이다.

실연 직후의 치즈 햄버그스테이크

재료(2인분)

다진 고기	300g
양파	작은 것 1개(약 200g)
빵가루	4큰술
육두구	1작은술
우유	4큰술
소금, 후추	원하는 만큼
녹는 치즈	원하는 만큼
체더치즈	원하는 만큼
아라비키 소시지	원하는 만큼

만드는 법

---

① 다진 양파를 프라이팬에 볶은 다음 꺼내서 식힌다.

② ①과 다진 고기, 우유에 담가 둔 빵가루, 육두구, 소금, 후추를 볼에 넣고 반죽한다.

③ ②의 반죽 속에 녹는 치즈를 넣어 동그랗게 빚는다. 그 위에 체더치즈를 얹어 굽는다.

④ 바싹 구운 치즈 칩과 구운 소시지에 치즈를 듬뿍 얹은 후 밥을 곁들여 맛있게 먹는다!

제3화

'착불로 보내'
포테이토 샐러드

성가시지 않은 여자인 척

전남친이 남기고 간 추억의 물건들.

예를 들면 생일에 준 편지, 예를 들면 커플 머그잔, 예를 들면 함께 갔던 디즈니랜드 티켓 같은 것들. 연인과 헤어지면 곧바로 정리하는 스타일인가요? 물건은 죄가 없으니 쓸 수 있는 건 쓰는 스타일인가요? 아니면…….

"쓸데없는 소리 좀 그만하고 손을 움직여요."

짜증을 숨기지 못하는 구로다 씨의 목소리에 강제 소환된다.

"예, 예, 알겠습니다. 참고로 난 거의 남한테 받은 물건으로 생활하기 때문에 버린다는 선택지가 아예 없는 스타일이야."

"그쪽한테 물어본 게 아닌 거 같은데."

"아, 진짜! 사람이 마음의 상처를 곱씹고 있는데 방해 좀 하지 마요!"

"유키 씨가 혼자서는 못 버리겠다면서요!"

후우, 그렇긴 하다. 구로다 씨가 지극히 맞는 말로 날린 지적에는 반론의 여지가 없었다. 나는 마음이 저릿해지는 걸 꾹 참으며 박스에 손을 넣어 물건을 분류했다.

차마 교헤이가 두고 간 물건을 버릴 수가 없었다. 쓰레기로 내놓으면 헤어졌다는 게 기정사실이 되는 기분이 들어서, 그의 칫솔이나 헤어 젤 같은 생활용품부터 선물받은 물건, 핸드폰에 남아 있는 데이터까지 몽땅 처분하려 해도 좀처럼 결심이 서지 않았다. 아직 마음 한구석에 교헤이와 다시 만날 수 있다는 희망을 품고 있었는지도 모른다.

그러나 비긋다의 손님이 조금씩 늘고 금요일 밤의 매장 위원회에서 이런저런 이야기를 듣다 보니 나도 슬슬 미련을 끊어 내야겠다는 생각이 들었다.

하지만 나처럼 구질구질한 성격의 소유자가 마음을 바꿔 먹기란 그리 쉬운 일이 아니라서, 일단은 추억의 물건이라도 처분해 볼 생각으로 방을 대청소하기 시작했으나…….

버릴 수가 없더라. 정리에는 조금도 진척이 없었다. 교혜이에게 받은 물건은 물론이고 예전부터 쓰던 향수만 봐도 '원피스 밑단에 이 향수를 뿌렸을 때 좋은 향기가 난다며 칭찬해 줬는데'라며 추억에 빠졌고, 심지어는 휴대용 티슈를 보고도 '신주쿠에서 데이트하던 날 길에서 받았던 거잖아……' 하고 눈물을 흘리는 지경이 되어 더 이상 견딜 수 없었다. 나는 주위의 물건을 대충 박스 안에 쓸어 넣고 비긋다에 들고 와 버렸다. 점장님은 흥미로워했고 구로다 씨는 질린 기색이었다. 뭐, 익숙한 반응이다.

"물건에 대한 집착은 곧 과거에의 집착입니다. 지금 유키 씨는 과거에 얽매여 있는 거예요."

구로다 씨가 옳은 말을 했다. 나는 입술을 꽉 깨물고 교혜이가 옆자리에서 곯아떨어졌던 날 봤던 영화 티켓을 쓰레기통에 버렸다.

"자자, 얼른 움직여요."

평소에는 그의 말을 무턱대고 되받아칠 때가 많지만, 오늘만큼은 고맙다. 척척 물건을 분류하는 구로다 씨가 어느 때보다 든든했다.

한편 점장님은 이러쿵저러쿵 말만 많아서 차라리 없는 편이…….

"아마미야 씨, 방해할 생각이에요?"

구로다 씨가 결국 한마디 한다.

"아니? 뭐 얻어갈 거 없나 해서. 어때, 이거 어울려?"

점장님은 'I LOVE NY'라고 프린트된 티셔츠를 자기한 테 가져다 댄다. 미국에 여행 갔을 때 산 기념품인데 교혜 이가 홈 웨어로 입곤 했다. 관광객 티가 폴폴 나는 촌스러 운 티셔츠인데 점장님의 얼굴에 갖다 대니 어째서 이토록 세련되어 보이냔 말이다.

"갖고 싶은 거 있으면 가져가도 되지?"

"상관은 없지만 남의 전남친이 입던 옷을 얻어 입고 싶 어요?"

"그야, 난 돈이 없으니까 챙길 수 있는 건 다 챙겨 놔야지."

신이 난 점장님은 이렇게 답하며 티셔츠를 개어 쇼핑백 에 넣었다.

그렇다. 이제 곧 여기서 일한 지 두 달. 점장님이 어떤 사 람인지 조금씩 알아 가는 중이다. 그런데 의외로 이 사람, 어마어마한 짠돌이었다. 조리 기구를 새로 사야 한다고 해 도 좀처럼 허락하지 않는다. 쿠폰과 포인트카드를 무척 좋 아해 지갑은 항상 빵빵하게 부풀어 있다. 그렇게 쿠폰을 마구 뿌리고 다닌 이유가 자기가 좋아해서였다는 걸 최근

에야 알았다.

어찌저찌 삼월의 금요일 밤이 되었다. 언제나 그랬듯 매장위원회의 상담자를 기다리며 부지런히 물건을 정리했다.

오늘은 비굿다의 단골인 니시노 마키코 씨가 오기로 되어 있다.

마키코 씨는 비굿다에서 도보 삼 분 거리에 있는 술집 골목에 '여월'이라는 작은 바를 운영하고 있는데, 이 동네에서는 나름 유명인이다. 점장님이 비굿다를 막 시작했을 무렵부터 종종 놀러 왔던 손님이라 꽤 오래 알고 지낸 모양이었다. 구체적인 이야기는 아직 알 수 없지만 '아무튼 내 푸념 좀 들어 줘'라며 점장님한테 연락이 왔다. 가게 문을 닫는 대로 여기로 오기로 했단다. 도대체 어떤 실연 스토리일까?

시계를 보니 여월의 마감 시간까지는 앞으로 삼십 분. 맞다, 마키코 씨에게도 전남친과의 추억의 물건을 버리는지 남겨 두는지 물어볼까? 이런 생각을 하고 있을 때였다.

"아마미야, 빨리 와 봐!"

쿠폰 삼총사 중 한 명인 정육점의 아다치 씨가 갑자기 뛰어 들어와 소리쳤다. 뒤를 이어 책방의 기무라 씨, 프루츠 파라다이스의 다카무라 씨도 따라 들어왔다. 아다치 씨와 다카무라 씨는 아직 육십 대인 데다가 체격도 좋아서 그리 지쳐 보이지 않았지만, 기무라 씨는 일흔네 살. 쌔액 쌔액, 죽어 가는 염소처럼 밭은 숨을 쉬며 문에 기대어 서 있다.

"무슨 일인데요? 괜찮으세요?"

점장님이 벌떡 일어나 세 사람을 부축해 의자에 앉히려 했다. 나도 서둘러 물이라도 내오려 했지만, 기무라 씨가 내 팔을 쭉 잡아당기며 저지했다.

"모, 모모코. 우린 됐으니까 일단 마키코 씨를……."

아다치 씨 역시 얼굴의 땀을 닦으면서 '그래, 모모코도 마키코 씨랑 친하잖아?'라며 부추겼다.

세 사람이 하는 말에 우리는 서로를 마주 봤다.

"마키코 씨한테 무슨 일이 생긴 거예요?"

아다치 씨가 불룩 나온 배를 누르며 깊게 숨을 내쉬었다.

"여월에서 한잔하고 있었는데 오늘은 왠지 이상하더라고. '안 마시고는 못 견딜 것 같은 기분이야'라면서 우리가 아무리 말려도 계속 마시는 거야……."

"원래도 많이 마시는 분이?"

"평소의 두 배는 마셨을 거야."

다카무라 씨가 호흡을 가다듬으며 답했다.

평소의 두 배?! 큰 목소리로 시원스레 웃고 호쾌하게 술을 마시며 따발총처럼 쉬지 않고 수다를 떠는 마키코 씨는 내가 지금껏 만나 본 어떤 사람보다도 술이 셌다. 평소에도 무지막지하게 술을 마시는 사람이라(점장님은 묵묵하게 자기 페이스로 마시고, 구로다 씨는 술을 못하기 때문에 항상 그녀를 상대하는 건 나였다) 덩달아 마시다 쓰러져 잠들었다가 눈을 뜨면 아침이었던 일도 많았다. 그런데 평소의 두 배라니. 생각만 해도 아찔했다.

"그러다 갑자기 '나 그 자식한테 복수할 거야!'라면서 나가 버렸어."

기무라 씨가 왜소한 등을 한층 더 움츠리며 말했다.

매장위원회에 상담을 의뢰했던 일이나 복수하겠다는 말을 생각해 보면 아무래도 연애와 관련하여 안 좋은 일이 있었던 것 같은데. 오늘 매장위원회에서 털어놓을 생각이었지만 도저히 밤까지 버틸 수 없어 취하도록 술을 마신 걸지도 모른다. 아무튼, 마키코 씨를 찾으러 가야 해!

"나, 들어본 적 있어……"

점장님이 느닷없이 묘한 표정을 짓더니 턱에 손을 올린다.

"파괴왕 마키코의 소문."

"파괴왕 마키코?"

모두가 목소리를 높였다.

"그게 뭔데? 프로레슬러 이름이야?"

장난치는 건가 싶었는데 점장님의 얼굴은 심각하기 그지없었다.

"마키코 씨는 프로 의식도 강하고 약한 모습을 보이지 않잖아? 항상 웃는 얼굴에 사람들이랑 즐겁게 술 마시는 걸 좋아하고. 피곤하거나 상처받아도 쉬지 않고 평소랑 똑같이 일하는 사람이야. 그러니까 오히려 스트레스를 풀 기회가 없어서 갑자기 한계가 오는 거지. 그렇게 스트레스가 정점에 이르렀을 때 술을 미친 듯 마시면 정체를 드러내는 것이……."

"파괴왕 마키코?!"

점장님은 아무 말 없이 고개를 끄덕였다.

듣고 보니 마키코 씨가 힘들어하는 모습을 한 번도 본 적이 없었다. 긴 앞머리를 우아하게 쓸어 올리며 하얀 이를 드러내고 크게 웃는 모습밖에 떠오르지 않는다. 마키코 씨가 웃지 않는 모습이라니, 상상하기 어려울 정도다.

"파괴왕 마키코로 변하면 어떻게 되는데?"

"좌우지간 이것저것 파괴하며 돌아다니는 모양인데…….

소문으론 예전에 파괴왕 마키코 손에 상점가 하나가 통째로 사라진 적이 있다고……."

이 말을 들은 쿠폰 삼총사가 몸을 맞대고서 덜덜 떨기 시작한다.

"어찌 그런 무서운 일이……!"

기무라 씨의 가느다란 팔이 폭풍에 쓰러지는 나무의 잔가지처럼 속절없이 흔들렸다.

"설마, 거짓말이겠죠."

구로다 씨가 냉정하게 말했다.

소문에 살이 붙고 눈덩이처럼 커져 도시 전설처럼 부풀려진 이야기겠지만, 어쨌든 한계치에 다다를 때까지 마시고 정신을 잃을 정도로 취해 있는 것만큼은 확실해 보였다.

점장님이 정신을 가다듬으며 말했다.

"우선 마키코 씨가 갈 만한 곳들을 찾아봅시다. 다들 술을 꽤 드신 것 같으니까 일단 집에 가 계세요. 저희가 어떻게든 할 테니까."

결국 우리는 휘청거리는 아저씨들을 상점가까지 배웅한 후, 각자 흩어져 마키코 씨를 찾기 시작했다.

♥

"찾았어요! 바에 돌아와 있더라고요."

구로다 씨로부터 이런 연락을 받은 것은 한 시간 후였다.

어디를 돌아다녔는지는 알 수 없지만 나와 점장님이 달려갔을 때 마키코 씨는 맨발로 가게 앞에 주저앉아 있었다. 청바지의 엉덩이 부분에 옅은 얼룩이 묻어 있다.

"하아, 다행이다. 구로다 씨가 용케 찾아냈네요."

신발은 없어졌고 화장도 지저분하게 번졌지만 크게 다친 곳은 없어 보였다.

"어떻게든 집에 돌아오는 이가 진정한 주정뱅이다, 라는 말을 들었던 기억이 나서요."

"역시 놀라운 추리력!"

"근데 이미 파괴왕으로 변신했어요. 저거 봐요."

시선을 돌리자 마키코 씨가 가게 입간판에 칠해진 검은색 페인트를 구석부터 조금씩 벗겨 내고 있었다. 마치 장롱에 붙은 스티커를 떼어 내는 꼬마처럼 손톱으로 꼼지락 꼼지락 긁어 댔다.

"생각보다 소박한 파괴라 다행이네."

점장님이 안도한 듯한 표정으로 말했다.

여러 차례 말을 걸고 페트병에 담긴 물을 건네기도 하고 등도 흔들어 봤다. 하지만 마키코 씨는 뜨끈하게 달아오른 팔을 대충 휘적거릴 뿐 움직일 기미가 없었다. 이거 곤란하게 됐는데. 점장님이 어깨를 으쓱이며 말했다.

"저기요, 나 마키코 씨 연애 스토리 기대하고 있었다고요."

옆에 쪼그리고 앉아 말을 걸자 마키코 씨가 이제야 내 존재를 인식한 듯, 지금 막 정신이 든 것처럼 '우와' 소리를 내며 눈썹을 치켜올렸다.

"마키코 씨, 일단 가게로 들어가죠?"

"모모키치잖아! 모모키치!"

"그래요, 그래. 모모키치가 아니라 모모코지만요."

모모키치는 술에 취했을 때 마키코 씨가 내게 붙여 준 별명이었다. 그나저나 으윽, 술 냄새! 대체 얼마나 퍼마신 거야? 평소에는 똘망똘망 힘 있게 굴러가던 눈동자가 검은 크레파스로 칠한 듯 칙칙하다. 내가 이렇게 뚫어져라 쳐다보는데도 시선이 제대로 마주치질 않는다.

"남자 따위……. 하, 남자 놈들은 진짜 너무해. 안 그래? 너무하지 않냐고!"

마키코 씨가 내 옷깃을 잡더니 이리저리 흔들어 댔다. 그러더니 금방 간판 앞에 다시 붙어 파괴 작업을 이어 갔다. 보아하니 꿈쩍도 안 할 모양이었다. 털썩 주저앉은(게다가 키까지 큰) 마키코 씨를 옮기는 일은 아무래도 만만치 않을 것 같다.

흐음, 이를 어쩐다. 이렇게 된 거, 최후의 수단을 쓸 수밖에. 괴력을 자랑하는 구로다 씨에게 마키코 씨를 들라고 한 다음 억지로 문 안쪽으로 밀어 넣어야겠다. 가게 앞에서 어떻게 할지 머리를 맞대고 있는데 마키코 씨가 여전히 쭈그린 채로 느닷없는 말을 던졌다.

"있지, 실연 전문가 여러분께 물어볼 게 있는데."

"물어볼 거요?"

"걔는 대체 어쩔 작정이었을까?"

기껏 예쁘게 네일아트를 해 놓고 그 손톱으로 거리낌 없이 긁적긁적 간판을 할퀴어 댄다. 땅 위로 뜯어진 페인트 조각이 후두두 떨어졌다.

"어쩔 작정?"

"일 년을 같이 산 남자가 어느 날 갑자기 집에 안 들어오더니 불쑥 연락해서 '내 짐 좀 보내 줘. 착불이라도 상관없으니까' 이러는 거야. 심지어 받는 사람 이름이 여자네? 그럼 이건."

머리가 아찔하다. 뭐? 여자 이름?

"인터넷에 검색해 보니 예쁘고 어린 요즘 여자애 느낌이 라면?"

간판을 파괴하던 마키코 씨의 손이 멈췄다.

"나랑은 사귄 적도 없다, 뭐 이런 뜻인가."

점장님이 마키코 씨 옆에 무릎을 꿇고 앉아 가만히 물을 건넸다.

"대체 어떤 마음으로 택배 전표에 그 이름을 써야 돼? 사랑하는 사람의 짐을 다른 여자 집에 보낼 때 어떤 기분이어야 하는데?"

마키코 씨의 등이 가늘게 떨렸다.

"하아, 다들 미안. 금방 돌아올 테니까 먼저 마시고 있어. 알았지?"

이렇게 말하며 등을 돌린 마키코 씨가 손을 휘적휘적 흔들었다.

우는 건가? 아마 그렇겠지. 땅 위에 마키코 씨의 눈물이 뚝뚝 떨어지고 있을 거야.

하지만 마키코 씨가 고개를 떨구고 있었기 때문에 표정을 확인할 수 없었다.

사랑하는 남자에게 배신당하고 이렇게 엉망으로 술에 취하고도 여전히 다른 사람에게 우는 얼굴을 보이지 않는 마키코 씨의 모습에, 심장 깊은 곳이 꽉 오그라드는 기분이 들었다. 이럴 때는 그냥 마음껏 울었으면 좋겠는데. 도대체 무엇이 그녀로 하여금 '사람들 앞에서 눈물을 보이지 않는 여자'의 모습을 연기하게 만든 걸까.

그 자리에서 꾸벅꾸벅 졸기 시작한 마키코 씨를 가까스로 들어 여월로 옮긴 뒤 겨우 한숨을 돌렸다.

마키코 씨는 한동안 화장실에 틀어박혔지만 문을 열고 나왔을 때는 여느 때와 다름없는 또렷한 얼굴로 돌아와 있었다.

"후우, 민폐를 끼쳤네. 미안해. 바텐더로서 실격이다."

아, 이 사람. '씩씩하고 밝은 마키코 씨'로 돌아갈 생각이구나. 너덜너덜해져 벗겨지려던 가면을 화장실에서 두껍게 고쳐 쓰고 나온 것인지도 몰랐다. 자세히 보니 부스스했던 머리는 핀으로 깔끔하게 정리되었고 눈 밑에 지저분하게 번졌던 마스카라 자국도 말끔하게 지워졌다. 셔츠의 옷깃 주변과 소매는 미세하게 젖어 있었다. 세수를 하고 마음을 다잡고 나왔을 테지.

"이제 괜찮으니까 다들 집에 가도 돼. 어휴, 꼴사나운 모습을 보였네."

마키코 씨는 민망한 듯 웃으며 빠르게 카운터를 치우기 시작했다.

"아까 했던 얘기는……."

"아아, 미안, 미안. 별거 아니었어. 우리 집에 얹혀살던 길고양이가 알고 보니 집고양이었다, 뭐 그런 흔한 얘기야."

"그 얘기, 다 털어놓고 싶었던 거 아니었어요?"

"에이, 됐어. 벌써 열두 시가 넘었네. 진짜 미안하다. 나 때문에."

분명 여태까지 계속 세수를 하고 아무렇지도 않은 척 말끔한 미소를 지으며 사람들을 걱정시키지 않도록 노력하며 살아왔겠지. 지금처럼.

이 사람을 붙잡아야 한다.

직감적으로 이런 생각이 들었다. 오늘 안에 이 모든 울분을 토해 내지 않으면 '모두가 바라는 마키코 씨'라는 가면이 더욱 두꺼워질 거야. 물론 그 자체가 나쁘다는 것은 아니다. 나 또한 약한 모습을 결코 보이지 않는 마키코 씨에게 무턱대고 동경심을 품기도 했다.

하지만, 괜한 참견일지도 모르지만, 오늘만큼은 '모두의 마키코 씨'를 그만뒀으면 좋겠다.

"마키코 씨."

나는 테이블을 닦으려던 그녀의 손목을 움켜쥐었다.

"오늘만…… 아니, 딱 오늘 밤만이라도 좋으니까 '성가신 여자가 아닌 척'은 때려치워 보는 게 어때요?"

마키코 씨가 뜨끔한 얼굴로 나를 바라봤다.

"가끔은 마음껏 성가신 여자, 부끄러운 여자가 돼 보자고요."

"……모모코."

마키코 씨의 이야기를 요약하면 이러했다.

일 년 반 정도 전부터 여월에 한 청년이 드나들기 시작했다. 새까만 옷으로 온몸을 휘감고 동그란 선글라스를 낀 특이한 스타일 덕에 마키코 씨는 금세 그 손님의 얼굴을 익혔다고 한다. 그는 대부분 밤 열 시가 넘은 시간에 가게를 찾았고 항상 카운터 끝자리에 앉았다. 그러고는 진토닉을 마시며 한 시간가량 스케치북에 그림을 그렸단다.

그가 건넨 명함에는 '화가'라는 글자와 함께 '나가야마 아키라'라는 이름이 투박한 모양새로 찍혀 있었다. 아직 이십 대였지만 나름의 결과를 내 온 모양이라, 주목할 만한 신인 아티스트라는 평가와 함께 개인전도 꽤 화제를 불러 일으키고 있는 듯했다.

아키라는 점차 여월에 눌러앉게 되었고 마키코 씨의 사생활도 서서히 침범당했다. 그렇게 일 년 정도 같이 살았는데 어느 날 갑자기 집에 오지 않았다고 한다.

무슨 사고라도 당한 것 아닌가 걱정하던 마키코 씨에게 연락이 온 것은 그가 자취를 감춘 지 이 주가 지난 후의 일이었다.

"그래 놓고 '내 짐 좀 보내 줘. 착불이라도 상관없으니까'라고? 뭔 소리를 하는 거야!"

나는 분노에 부들부들 떨리는 손을 진정시키느라 필사적이었다.

"이별이고 나발이고 갑자기 그딴 소리를 하는 게 말이 돼? 착불이라도 상관없다고? 헛소리도 작작 해야지! 어디서 어설프게 배려하는 척이지? 그 전에 사과부터 해야 할 거 아니야?"

"마키코 씨는 워낙 다정하니까……. 그런 남자들이 달라붙는 것도 이해는 가지만."

점장님이 쓴웃음을 지으며 말했다.

"역시 내가 좀 그런가? 달라붙기 쉬울 것 같은 느낌?"

"응. 전에는 결혼 사기에도 휘말렸잖아?"

"으아? 그랬어요?"

"아마미야, 뭐 그런 옛날얘기를 꺼내고 그래…….."

마키코 씨가 손을 들어 벌게진 얼굴을 가렸다.

"그래……. 결국 아키라한테 나는 연인도 뭣도 아니었던 거야."

구로다 씨가 토마토주스를 마시며 물었다.

"처음에는 어떻게 교제를 시작하게 되셨는데요?"

"아픈 데를 찌르네?"

마키코 씨가 미간을 찌푸리며 끄응 소리를 냈다.

"마, 마키코 씨?"

마키코 씨는 입술을 깨문 채 말이 없었다.

"그쪽이 사귀자고 하던가요?"

"그런 말은 들은 적 없어."

"그럼 마키코 씨가 먼저 사귀자고?"

"내가 말한 적도…… 없고."

마치 거인이 마키코 씨를 손에 넣고 쥐어짜고 있기라도 한 것처럼 쉰 목소리였다. 처음 들어 본다, 저런 목소리. 그러더니 이번에는 자리에서 벌떡 일어섰다. 닌자인가? 싶을 정도의 속도로 바 카운터 안에 들어가 선반에 늘어선 위스키 한 병을 붙잡았다.

"안 돼, 마키코 씨! 더 마시면 큰일 난다고요!"

"아니! 그냥 마시게 해 줘! 부탁이야! 맨정신으로 못 있 겠다고!"

익숙한 손놀림으로 병뚜껑을 따고 잔에 얼음을 넣어 위 스키를 붓더니 순식간에 레몬 슬라이스까지 곁들인다. 역 시 프로 바텐더는 다르다…… 가 아니지! 지금 감탄하고 있을 때가 아니잖아!

"그만, 그만, 그만!"

점장님이 아슬아슬한 타이밍에 마키코 씨의 팔을 붙잡 고 컵을 들어 올렸다. 그 대신 탄산수를 냉장고에서 꺼내 왔다.

"마키코 씨는 이거. 술은 내가 마실게."

"아마미야…… 이 잔인한 사람….."

마키코 씨가 힘없이 자리로 돌아가 홀짝홀짝 탄산수를 마시기 시작했다. 그러고는 하아아, 하고 마치 세상이 끝난 것 같은 깊은 한숨을 내쉬었다.

"사실…… 결국 다 내 잘못이라는 걸 나도 알아. 그래서 얘기 안 하려고 했던 거야. 자업자득이지 뭐."

"다 마키코 씨의 잘못이라니, 뭐가요?"

"그게……."

마키코 씨가 긴 앞머리를 쥐어뜯는다.

"겁이 나서 물어보질 못했거든. 그저 섹스 파트너일 뿐이라는 말을 대놓고 듣게 될까 봐 무서웠어. 우리는 굳이 사귀자는 말을 주고받지 않아도 마음으로 통하는 사이일 거라고, 그 얼마 안 되는 가능성에 전부를 걸고 싶더라."

"마키코 씨……."

아아, 그랬겠지. 어떤 기분인지 알 것 같다. 상대방의 마음을 확인하는 건 무서운 일이니까.

어? 그런데 뭔가 찝찝하다. 딱히 말이 안 되는 부분은 없는 것 같은데, 한편으로는 왠지 모를 묘한 위화감이 느껴졌다.

"근데 아키라 씨가 마키코 씨 집에 들어와 살았다면서요?"

"그렇지."

"일 년이나 집에서 머물게 했는데 자기에게 아무 감정이 없다고 생각했을 리는 없잖아요? 조금만 생각해 보면 바로 답이 나오는데. 그 정도로 둔한 사람이었어요?"

그렇다. 아무리 사귀자는 말을 제대로 나눈 적이 없다고 해도 여자 집에 들어와서 사는데 그 정도 생각도 안 했다고?

"아니, 그런 게 아니라."

126

마키코 씨가 탄산수 페트병을 움켜쥔다. 빠지직, 플라스틱이 뒤틀리는 소리가 났다.

"애초에 우리 집에서 사는 게 어떻겠냐고 제안한 게 나였어……."

"네? 마키코 씨가요?"

"그러니까 내가 말했잖아. 다 내 잘못이라고."

마키코 씨가 얼굴을 가린 채 신음한다. 아무래도, 긴 밤이 될 것 같다.

💔

"그러니까 정리하면……."

빈 위스키 잔을 흔들며 점장님이 하나하나 짚어 간다.

"아키라 씨는 좌우지간 생활력이 떨어지는 사람이었고, 마키코 씨는 그 사람을 알아 갈수록 점점 걱정되기 시작한 거네."

밥도 하루 한 끼밖에 먹지 않고, 아예 안 먹는 날도 심심치 않게 있었으며, 핸드폰 전원이 며칠씩 꺼져 있는 일도 다반사인 데다가, 집 우편함에는 우편물이 가득 쌓이는데 어쩌다 한 번 열어 본다 해도 각종 청구서와 구청에서 온 중요 서류는 뜯지도 않은 채 그냥 버리기 일쑤였단다. 마키코 씨 눈에는 도대체 어떻게 살아가고 있는 건지 걱정스러울 정도였다고.

'그 애는 분명 예술적 재능에 에너지를 다 써 버렸을 거야'라고 말하며 마키코 씨가 한숨을 쉬었다.

"그리고 뭐랬지? 원래 살던 임대아파트의 재계약 기한이 끝났다는 걸 새까맣게 까먹고 있다가 마땅히 이사 갈 준비도 못 한 채로 집에서 나왔다고? 살 곳을 못 구해서 지인들의 집을 전전하고 있었고. 여월에 눌러앉아 있던 것도 실은 그날 밤 잘 곳이 구해질 때까지 시간을 벌었던 거였다, 이런 얘긴가요?"

"그래! 그런 상황에서 우리 집으로 갈래? 라는 말을 안 할 수가 없잖아!"

"아직 아무도 뭐라고 안 했는데……."

"모모코도 내 입장이었으면 절대로 그냥 두지 못했을 걸? 구로다 씨도!"

"아뇨, 저는 다른 사람을 집에 들이지 않습니다."

마키코 씨는 짜증스럽다는 듯 새끼손가락 손톱으로 이마를 벅벅 긁었다.

"당장 몸 누일 곳 하나 없는데 '이것도 다 인생 경험이죠'

같은 태평한 소리나 하고 있으니 나도 모르게 어디서 큰일을 당하지나 않을까 걱정이 되는 거야."

"그때부터 마키코 씨 집에 들어와 시간을 끌며 지냈다, 그 말이죠?"

구로다 씨의 물음에 마키코 씨가 눈썹을 팔자로 늘어뜨리며 고개를 끄덕였다.

"위험해 보여서 도저히 그냥 둘 수가 없었어. 그래서 '지낼 곳이 정해질 때까지는 우리 집에 있어도 된다'고 말해 버린 거야. 그때부터는 내가 시간 있을 때 사무 관련 일을 도와주기도 하고, 밥도 해 주고."

뭐랄까, 정말 너무나 마키코 씨답다고 해야 할까.

내가 처음으로 마키코 씨를 만났을 때도 그랬다. 비긋다의 주방에서 일하게 됐다고 인사하자 식료품을 싸게 살 수 있는 업자부터 산겐자야 지역에서 인사해 둬야 할 사람들의 목록까지, 묻기도 전에 하나하나 다 알려 줬다.

아무튼 마키코 씨는 그냥 지나치지 못하는 사람이다. 뭐든 자신이 나서서 어떻게든 도울 수 있다는 생각이 들면 무시하지 못한다. 본인한테 어떤 이득이 있는지를 판단 기준으로 삼는 사람이 아니다. 그저 '도울 수 있는데 돕지 않는 자신'을 용서할 수 없는 사람.

"뭐, 안주라도 좀 먹을까? 배가 고파지기 시작했어······."

"아, 이제 술은 안 돼요!"

"알았다니까."

마키코 씨가 뻣뻣한 목과 팔을 돌리며 냉장고 문을 열었다.

"맞다, 전남친 레시피를 깜빡했네."

"어? 전남친 레시피가 있어요?"

"먹어 볼래?"

마키코 씨가 가져온 반찬 통에는 포테이토 샐러드가 들어 있었다. 바짝 구운 베이컨과 삶은 달걀, 그리고 흑후추. 일부러 거칠게 으깬 건지 굵직한 감자 조각이 군데군데 보인다.

"걔가 정말 입이 짧거든. 한번 붓을 들면 멈출 줄을 몰라서 초췌한 모습으로 며칠씩 지내는 일이 허다했어. 요리를 해서 냉장고에 넣어 둬도 손도 안 댔는데, 유일하게 잘 먹던 음식이 이거야."

스푼으로 샐러드를 떠서 앞접시에 나눠 담았다. 잘 먹겠습니다. 모두가 손을 모아 인사하고 샐러드를 입에 넣었다. 전통적인 포테이토 샐러드지만 때때로 크리미한 풍미가 입안을 채운다. 이 맛은······.

"이건…… 훈제 치즈?"

"역시 모모코. 맞아. 감자가 식기 전에 훈제 치즈를 찢어 넣고 녹이는 거야."

그렇구나, 이런 아이디어가 있을 줄은. 훈제 향과 베이컨이 잘 어울린다. 마키코 씨 역시 감자를 무척 좋아해서 다양한 연구를 했고 그 결과 이 레시피를 개발하게 됐다고 한다. 술에 어울리는 메뉴만 먹는 아키라 씨를 위해 일부러 진하게 간을 했다고.

"확실히 술꾼들이 환장할 맛이긴 하다……."

점장님은 어느새 가지고 온 하이네켄 병뚜껑을 능숙하게 따더니 꿀꺽꿀꺽 시원스레 마셨다.

"설마 나 들으라고 하는 말이야, 아마미야?"

"아냐. 진심 어린 칭찬이라고. 그나저나 마키코 씨."

느닷없이 점장님이 다리를 꼬며 자세를 고쳐 잡았다. 그러고는 마키코 씨의 얼굴을 물끄러미 바라보며 묻는다.

"아키라랑 처음 한 게 언제야?"

"……하다니, 육체적 관계를 말하는 거야?"

"응. 동거하자마자? 아니면 같이 살기 전에?"

두 사람의 대화에 구로다 씨가 민망한 듯 헛기침을 했다.

"아마……."

마키코 씨는 천장을 올려다보며 기억을 더듬었다.

"같이 살기 시작한 지 두 달쯤 됐을 때였나?"

"계기는? 마키코 씨가 먼저 유혹했어? 아니면 그쪽에서?"

질문을 던지는 점장님의 표정은 여전히 진지했다. 왜 그러지? 무슨 생각으로 이런 걸 묻는 걸까?

마키코 씨가 페트병 뚜껑을 만지작거리며 답했다.

"원래부터 한 침대에서 같이 잤어. 손님용 이불이 없어서."

"같은 침대에서?"

"같이 자도 쭉 아무 일도 없었으니까 아키라가 날 그런 상대로는 보지 않는 줄 알았어. 그냥 같이 살기만 하는 사이랄까……. 하숙집 엄마 정도로 생각하나, 싶었지. 그래서 나도 친구들이랑 자는 것처럼 별생각 없이 같이 잔 거야. 근데 그날은 갑자기 나를 만지더라고……. 나도 딱히 거부할 마음은 안 들었고, 그래서 자연스럽게."

"그때부터 좋아진 거야?"

말이 끝나기가 무섭게 점장님이 되묻는다.

마키코 씨는 항복했다는 듯 순순히 고개를 끄덕였다.

"그래……. 그랬어. 좋아하게 됐지. 끌렸던 마음에 불이 붙었던 것 같아."

한숨이 흘러나온다. 맞아, 그럴 때가 있지. 그렇게까지 좋아했던 것도 아닌데 하룻밤을 같이 보낸 후에 그 사람에게 갑자기 빠지게 되는. 나도 경험한 적이 있다. 남자들은 한번 몸을 섞고 나면 마음이 식는다고들 하는데 여자는 아무래도 반대인 것 같다. 곤란한 일이다.

"하나만 더 물어봐도 돼? 마키코 씨, 정말로 그 사람 마음이 어떤지 확인 안 해 본 거야? 은근슬쩍 물어본 적도 없어?"

점장님의 말에 마키코 씨의 손가락이 그대로 멈췄다.

"아마미야, 당신 진짜 무섭다. 원래부터 무섭긴 했지만."

"그것참 고맙네."

"있었어. 응. 정말 딱 한 번."

마키코 씨가 마치 참회하듯 한숨을 툭 내뱉었다.

"우리 집에서 지낸 지 꽤 됐을 때였어. 하고 나서 침대에서 뒹굴뒹굴하며 얘기를 나눴는데 아키라가 살짝 졸린 표정으로 내 머리를 돌돌 말아 가며 손가락 장난을 치는 거야. 뭐랄까, 그때의 분위기가 정말 연인 사이 같았어. 그래서 기회는 지금이라는 생각으로 최대한 가볍게 물어봤어."

"뭐라고?"

"아키라는 어떤 마음인 거야? 라고."

마치 두툼한 손바닥이 짓누르는 것처럼 심장께가 아려 온다.

같은 집에 사는 사이. 안락한 공기. 함께 있으면 즐겁고, 섹스도 한다. 하지만 이 관계를 뭐라고 불러야 하는지 남자는 말해 준 적이 없다. 당시 마키코 씨를 혼란스럽게 했을 불편하고 견디기 힘든 감정이 마치 내 것인 양 마음이 울컥댄다.

"그랬더니 아키라는? 뭐라고 했는데?"

눈 앞머리를 손가락으로 꾹꾹 누르던 마키코 씨가 이내 결심한 듯 점장님을 바라보며 답한다.

"그야……. 그런 마음이지."

하아, 모두가 숨을 삼킨다.

"……라고. 딱 이 말만 하고 나를 끌어안더라. 더 이상 물을 수도 없어서 그대로 그냥 잠들었어."

"아, 그건……."

점장님이 머리를 감싸 쥐었다.

그런 마음.

그런 마음?

"그게 뭔…… 어어?!"

나는 주먹으로 무릎을 세게 쳤다.

"뭐야 그게! 너무 비겁하잖아!"

이야, 미꾸라지처럼 잘도 빠져나갔다. 세상에 이렇게까

지 교묘하게 도망칠 구석을 남겨 두는 말이 또 있을까. 정말이지, 생활력도 없다는 사람이 그럴 때만 머리가 이렇게 쌩쌩 돌아간다고? 도대체 이게 앞뒤가 맞는 거야?

"미안한데, 한 대 피워도 되지?"

도저히 참을 수 없었는지 마키코 씨가 자리에서 일어나 카운터 안쪽을 더듬더듬하더니 담배를 꺼내 든다. 비닐 포장에 묻은 먼지를 툭툭 털고 테이프를 잡아당겨 담배 한 개비를 꺼냈다.

"아마미야도 한 대 피울래?"

담뱃갑을 기울이며 물었지만 점장님은 조용히 고개를 저었다.

마키코 씨가 일회용 플라스틱 라이터로 불을 붙였다. 망설임 없는 정확한 손놀림이었다. 라즈베리 향의 달콤함과 담뱃잎이 타들어 가는 냄새가 어우러졌다.

"아키라가 담배 냄새 때문에 작업에 집중이 안 된다고 해서 계속 금연했거든. 하아, 이제야 마음대로 피울 수 있겠네."

이렇게 다정한 사람이 왜 이런 일을 당해야 할까.

세상에는 가끔 터무니없이 다정한 사람들이 있다. 자신의 모든 것을 희생하고 상대방을 위해 애쓰는 그런 사람이 있다. 그런 사람들이 보상받아야 하는데. 그랬으면 좋겠는데. 세상은 왜 이토록 부조리한 걸까?

네 사람 사이에 갑작스러운 침묵이 감돌았다. 우리는 저마다 엄지의 손거스러미나 스테인리스 재떨이에 떨어진 담뱃재, 언제 묻었는지도 모를 벽의 얼룩을 멍하니 바라보며 이 답답함과 맞서고 있었다. 나는 왠지 가만히 앉아 있을 수가 없어 잠시 바깥 공기를 쐬고 오기로 했다.

때마침 정수리 근처가 차가워서 고개를 들어 보니 빗방울이 떨어지고 있었다. 황급히 가게 처마 밑으로 몸을 피했다.

"전남친 최애음식 매장위원회가 열리는 날은 왠지 늘 비가 오네……."

그러고 보니 언젠가 구로다 씨가 이렇게 중얼거렸었다. 곰곰이 생각해 보니 금요일 밤에는 늘 이렇게 촉촉한 비 냄새에 둘러싸여 있었던 것 같다. 그렇지만 이 정도로 축축한 느낌이 매장위원회에는 딱 맞을지도 모르겠다.

핸드폰을 들여다보니 조금 있으면 두 시였다. 벌써 시간이 이렇게 됐나. 마키코 씨를 찾아 뛰어다녀서 그런가. 밤이 유난히 더 길게 느껴졌다.

아키라 씨는 대체 무슨 생각이었을까?

마키코 씨는 얼마나 큰 용기를 짜내어 그 말을 입에 담았을까? 분명 이제라도 확실히 해 두지 않으면 못 견디겠다 싶을 정도로 괴로웠던 것 아닐까.

설령 그 물음에 대한 답이 '사귈 생각은 없어'였다 해도 관계를 확실히 정의했으니 그걸로 됐다고 생각했을 게 분명하다. 그런데 아키라 씨는.

"그건 너무하잖아."

완벽한 타인인 내가 눈물 흘릴 이유는 어디에도 없지만, 생각하면 할수록 코끝이 찡해져 고개를 젖히고 손바닥으로 팔랑팔랑 부채질을 하며 눈동자의 물기를 말렸다.

문득 떠오른 것이 있어 핸드폰을 꺼내 검색 앱을 열었다. 검색창에 '나가야마 아키라'라는 이름을 치기 시작했다. '나가야마 아'까지만 썼는데 자동완성으로 이름이 뜨는 걸 보니 어느 정도 이름이 알려진 아티스트라는 사실이 실감 나서 점점 더 울화가 치밀었다.

나가야마 아키라: 본명 나가야마 아키라. 스물다섯 살. 화가. 후쿠오카 출신. 대학 재학 중 제21회 태양예술문화상을 수상하며 현대미술 작가로 데뷔했다. 본인의 작품 전시와 함께 TV 광고 및 브랜드 패키지의 아트디렉팅도 담당하고 있다.

아키라 씨에 관한 정보는 쉽게 찾을 수 있었다. 인터뷰 사진 속 그는 언제나 검은 옷에 동그란 선글라스 차림이었다. 늘 머리부터 발끝까지 검은색으로 입고 다니는 이유를 묻자 '물감이 묻어도 티가 나지 않아서'라고 답했고, 왜 항상 선글라스를 쓰냐는 질문에는 '제가 부끄러움을 많이 타서요(웃음). 사람들이랑 눈을 잘 못 마주쳐요'라는 답이 달려 있었다. 하나같이 종잡을 수 없는 말들뿐이라 갈수록 속이 메슥거렸다.

"자기 입으로 부끄러움 많이 탄다고 말하는 사람 중에 진짜 부끄럼쟁이를 본 적이 없다, 내가."

아스팔트에 빗물이 스며드는 냄새가 난다.

어떻게 할까. 어떻게 매장해야 할까. 우리는 전남친 최애 음식 매장위원회야. 상담자의 이야기를 듣고 추억의 메뉴를 먹고 그을린 마음을 묻어 버릴 방법을 생각해야만 해.

하지만 우리가 아무리 애써도, 아무리 마키코 씨에게 위로의 말을 건네도, 아키라 씨의 진심을 알지 못한다면 마음이 후련해질 수 있을까.

그런 생각에 빠져 있을 때 가게의 문이 슬며시 열렸다. '뭐 해?' 하고 마키코 씨가 얼굴을 내밀었다.

"나도 그냥 밖에서 피우려고……. 어머, 비가 오네."

마키코 씨가 새 담배를 꺼내 물었다. 핸드폰 화면을 봤는지 내 손에서 쓱 빼내 아키라 씨의 기사를 스크롤 한다.

"이야, 말 한번 멋들어지게 하네."

"있죠, 마키코 씨."

"으응?"

마키코 씨가 담배를 깊게 빨아들였다가 후욱, 하고 내뱉었다. 매캐한 연기가 소용돌이를 일으키듯 이슬비 사이로 흩어졌다.

"아무래도 말이 안 되는 것 같아요."

"뭐가?"

"아키라 씨는 마키코 씨 마음을 다 알고 이용한 거잖아요. '그런 마음'이라는 애매한 답으로 교묘하게 피해 가고 도망갈 구석도 다 만들었어요. 아무 말도 없이 다짜고짜 짐을 보내라고 하고요. 마키코 씨랑 제대로 마주하면 자기가 나쁜 놈이 될 게 뻔하니까 도망간 거라고요."

마키코 씨는 아무런 말이 없었다.

"무슨 그런 사람이……. 마키코 씨한테 이렇게 상처 주면서 비겁하게 굴다가 귀찮아지니까 아무 일도 없었던 것처럼 또 다른 잘 곳을 찾아서 떠도는 주제에…… 밖에서는 '묵묵히 고독과 맞서는 시간이 새로운 예술을 탄생시킨다'

같은 소리나 하면서 거창하게 개인전을 열고."

"모모코."

정신을 차려 보니 나도 모르게 울고 있었다. 방금 전까지만 해도 꾹 참고 있었는데 꼭지가 고장 난 것처럼 눈물이 멈추질 않았다.

마키코 씨는 가게 안에서 휴지를 들고 와 가만히 내 등을 어루만졌다. 이래서는 어느 쪽이 상담을 받는 건지 알 수가 없잖아!

"그런 놈이 사람들한테 인정받고, '나가야마 아키라의 작품은 누구에게도 말하지 못한 마음의 상처를 대변해 준다'라며 칭송받다니 말도 안 되는 거잖아요. 어딜 도망치려고? 자기 마음의 상처를 운운하기 전에 다른 사람한테 상처 줬다는 것부터 인정해야 할 거 아냐!"

아, 그런 거였구나.

일렁일렁 일그러진 시야 사이로 추운 겨울날 러브호텔에서 교헤이에게 실연당하던 장면이 떠오른다.

딱히 교헤이에게 상처받았다는 사실 자체에 화가 난 건 아니었다.

네가 헤어지자고 말하길 바랐어. 네 입에서 헤어지잔 말이 나오도록 만들었어.

화가 나서 쏘아붙이는 내게 교혜이는 민망하다는 듯 그렇게 말했다. 미안해하는 듯한 분위기 속에서도 이십 퍼센트 정도 섞인 귀찮은 기색을 나는 눈치챌 수 있었다.

아니.

아니야.

사실은, 상처받아도 상관없었다.

사랑해서 하는 연애니까 나도 그 정도 각오는 했었다.

내가 슬펐던 이유는 교혜이가 상처받을 각오도, 나를 상처 줄 각오도 없이 사 년이라는 시간을 보냈다는 사실을 깨달았기 때문이었다.

진심으로 부딪치고 마주했다면 납득할 수 있었다.

하지만 나만 진심이었고, 마지막의 마지막 순간까지 이런 온도로 사랑했던 건 나뿐이라는 사실을 알게 되었다. 그 후 나는 어떻게 해야 하는 걸까?

이 마음은 어떻게 매장해야 하는데?

"그건 나도 마찬가지야."

속삭이는 소리가 들려 고개를 들었다. 마키코 씨가 미안한 기색으로 미소 짓더니 내 옆에 쪼그리고 앉아 담뱃불을 땅바닥에 비벼 끈다.

"성가신 여자라고 생각되는 게 싫었어. 서른여섯 살에 독신이라는 입장이 되면 그것만으로도 나를 '성가신 여자'로 분류해 버려. 나는 달라진 게 없는데, 딱히 결혼하고 싶은 게 아니라 보통의 연애를 하고 싶은 건데도 '성가시다'라는 편견이 자꾸 쌓여 가. 너무 무거워. 어깨가 뭉칠 것 같아."

"마키코 씨……."

"실은 나도 어렴풋이 알고 있었어. 아키라한테는 '성가시지 않은 관계'가 될 마음이 없다는 걸. 알고 있으면서도 성가시지 않은 여자인 척, 진심이 아닌 척, 언제든 헤어질 수 있는 여자인 척했어."

마키코 씨가 내 눈을 지그시 바라봤다. 그리고 앞머리부터 꼬리 부분까지 깔끔하게 다듬어진 눈썹을 축 늘어뜨리며 감정을 감추려는 듯 또 웃었다.

"아키라가 도망친 게 아니야. 그냥 애초에 아무것도 시작되지 않았던 거지. 성가시지 않은, 부담 없는 관계를 흉내 낸 것 뿐……. 하아, 이런 거구나."

이야기를 하는 사이 마키코 씨의 얼굴이 조금씩 찌푸려진다. 눈꺼풀과 뺨이 경련하듯 일그러지더니 꽉 깨문 입술의 입꼬리가 아래로 처졌다.

마키코 씨가 운다.

"상처받기를 미루면 나중에 이렇게나 힘들어지는 거구나."

눈물을 흘리며 억지 미소를 지어 보려 했지만 마키코 씨의 얼굴은 점점 심하게 일그러졌다. 나는 덥석 그녀를 끌어안았다.

고마워. 이 한마디를 남긴 후 마키코 씨는 숨죽여 울었다. 나도 울었다.

두 사람이 코를 훌쩍거리는 소리가 땅 위에 떨어지는 빗소리에 뒤섞여 사라진다.

만나서 제대로 대화를 나눴다는 연락이 온 것은 그로부터 일주일 후의 일이었다.

"실은 아키라한테……."

수화기 너머로 이야기를 시작하려는 마키코 씨를 서둘러 저지하고 다시 한번 매장위원회를 여는 것이 어떠냐고 물었다. 이번에는 비긋다에서 정식으로 위원회를 열자고 제안했다.

밥을 먹으며 이야기하기로 한 후 마키코 씨와 내가 주방에서 음식을 준비했다. 원치 않게 보조를 맡게 된 구로다 씨가 삶은 달걀 껍질을 깠다. 점장님은 삼월 말까지 마무리 지어야 할 재고 정리 작업에 쫓겨 다크서클이 짙게 내려온 채로 컴퓨터를 들여다보고 있다.

마키코 씨는 익숙한 손놀림으로 스모크 치즈를 가늘게 찢었다. 오늘이야말로 포테이토 샐러드 만드는 법을 제대로 배울 예정이다.

"그러고 보니 아키라 씨가 두고 간 짐은 어떻게 됐어요? 결국 그쪽으로 보냈어요?"

내 질문에 마키코 씨는 후후, 그게 있잖아, 하며 소리 없이 웃었다.

"가져다줬어."

"가져다줬다고요? 설마 직접?"

"응. 개인전이 열리는 전시장에 가지고 갔어."

"네에?"

태연하게 말한 마키코 씨가 감자를 으깨며 맥주를 한 모금 마셨다.

"그래, 맞아. 진짜 여자 친구인 그 사람도 있었어. 업계 사람들한테는 이미 공인된 커플인 모양인지 아키라 옆에 나란히 서서 인사하고 있더라고."

나는 대놓고 가족처럼 구는 여자 친구의 모습을 상상하며 괜스레 입술을 꽉 깨물었다. 빌어먹을. 그 여자에 대한 다른 정보를 아는 것도 아닌데 몹시 화가 났다.

"그 남자랑 사귀는 사이였다고 말했어요?"

구로다 씨가 몸을 내밀며 묻는다.

"그럴 생각도 없진 않았는데 더 좋은 아이디어가 떠올라서 작전을 변경했지."

마키코 씨는 자신만만한 표정으로 웃으며 핸드폰을 내밀었다.

"우와, 엄청난 미인!"

거기에는 지금껏 봤던 모습 중에 가장 아름다운 마키코 씨가 있었다. 하얀 셔츠에 재킷과 청바지를 입은 심플한 복장이 마키코 씨의 매력을 한껏 돋보이게 했다.

그 옆에는.

"어? 아키라?"

어색하게 웃는 예술가가 그 옆에 서 있다.

"뭐, 뭐가 어떻게 된 거예요? 사진 속 마키코 씨 너무 예쁜데요?"

"그지? 아키라랑 일하는 스태프들이 다들 칭찬했다고."

"와, 인사를 했어요?"

"물론이지. 가게 명함을 주면서 영업도 했어. 유명인들도 좀 있던데 앞으로 매상이 엄청나게 느는 거 아닌지 몰라."

"씩씩하네요……."

아키라 씨가 거절하지 못하는 상황을 이용해서 가게 영업을 하고 오다니, 역시 마키코 씨. 그 모습을 떠올리자 나까지 덩달아 웃음이 났다.

"그래서 짐은요?"

"마지막에 아키라가 우리 집에 두고 간 짐을, '센비키야' 알지? 그 유명한 디저트 가게의 큼지막한 쇼핑백에 다 욱여넣고 '여기, 나가야마 아키라 씨가 부탁한 물건 가져왔어요. 나중에 확인해 보세요'라면서 아키라한테 직접 건네주고 왔지."

마키코 씨는 장난기 가득한 어린애처럼 싱글거렸다.

"어? 그럼 주변 사람들은……."

"글쎄. 바로 나와 버려서 모르겠지만 그냥 디저트를 선물한 사람 정도로 보지 않았을까? '우와! 센비키야잖아! 감사해요!'라면서 다들 기뻐하는데 아키라 얼굴만 굳어 있는 걸 보니 내가 좀 심했나 싶긴 했지만."

마키코 씨는 어깨를 으쓱하더니 고개를 휙휙 저으며 덧붙였다.

"내가 딱히 거짓말한 것도 아니고. 이 정도면 무승부 아니야?"

정육점의 아다치 씨는 메뉴를 몇 번이나 다시 훑으며 말했다.

"저기, 마키코 씨의 포테이토 샐러드는 언제 먹을 수 있는 건데?"

비긋다 창가에 따스한 햇살이 쏟아지는 오후, 여느 때와 다름없이 쿠폰 삼총사가 나타났다. 세 명 다 티셔츠 차림이었다. 아저씨들 모두 봄맞이 의상으로 싹 갈아입은 모양이었다.

"그건 기간 한정 메뉴라고요. 파괴왕의 계절이 올 때까지 기다리세요."

"파괴왕? 마키코 씨의 별명인 파괴왕?"

"아녜요. 그런 소문이 돈 건 '디스트로이어 마키코'라는 말 때문이었는데, 알고 보니 그건 마키코 씨가 파괴자라는 뜻이 아니라 감자 이름을 가리키는 단어였대요."

레시피를 배울 때 들었다. 이 포테이토 샐러드는 '디스트로이어'라는 품종의 감자를 써야 제일 맛있다고 한다. 이름에서 알 수 있듯 불길하게 생긴 감자인데 붉은 보랏빛 반점이 있는 모습이 프로레슬러의 마스크처럼 보인다고 해서 디스트로이어라는 이름이 붙었다고. 이런저런 감자를 먹어 보며 비교하던 마키코 씨는 감칠맛 나고 풍미가 진한 디스트로이어를 발견한 후 직접 집에서 재배할 생각까지 했었다고 한다.

디스트로이어는 '남작'이나 '메이퀸'처럼 유명한 품종이 아니라서 관동 지역에선 초여름 외에는 좀처럼 구할 수도 없다. 그런 소문이 퍼진 것은 가게에서 '디스트로이어가 먹고 싶다'고 노래를 부르던 마키코 씨한테 술에 취한 손님이 장난삼아 '디스트로이어 마키코'라고 부르기 시작한 것이 계기였는데, 앞뒤가 잘린 채로 '산겐자야의 파괴왕 마키코'라는 별명만 널리 퍼졌다고 한다.

"뭐야. 그럼 여름이나 돼야 먹을 수 있는 거네……."

"기대감이 더 커지니 좋잖아."

기무라 씨가 버드나무 같은 가녀린 팔로 물수건을 펼쳐 얼굴을 닦았다.

"아, 그래도 메뉴 이름은 미리 정해……"

커피를 내놓으며 말하는데 맥없는 벨 소리가 울렸다.

"다녀왔습니다. 다행히 마감 시간 전에 냈네."

점장님이다. 밤새우며 정리한 결산 서류를 제출한다며 서두르더니 어찌어찌 시간 안에 마무리한 모양이다. 차림

새에 신경 쓸 여유도 없었는지 다 늘어난 'I LOVE NY' 티셔츠 위에 셔츠를 걸쳐 입었고 앞머리에는 집게 핀이 꽂혀 있었다. 서, 설마 저러고 갔다 온 거야? 잘생긴 얼굴로 커버하는 데도 한계가 있다고……

소파에 쓰러지듯 누운 점장님에게 찬물을 따른 컵을 건넸다.

"수고하셨어요, 점장님."

점장님은 단번에 물잔을 비웠다.

"하, 이제야 살 것 같네……. 올해에는 모모코가 들어왔으니 보험이랑 이것저것 조건이 바뀌어서…… 어?"

점장님은 말을 하다 말고 눈을 동그랗게 뜨고서 삼총사를 바라봤다.

"뭐예요, 그 티셔츠? 나랑 똑같은 거네?"

"모모코가 줬어. 괜찮지?"

아다치 씨가 자랑하듯 가슴팍의 NY 로고를 들이밀었다.

"안 괜찮거든요! 심지어 저게 더 새것 같은데?"

점장님은 아다치 씨의 티셔츠 소매를 잡아당겨 자기가 입은 옷에 대보며 버럭거렸다.

그렇다. 미국 여행에서 지인들 주려고 여러 장 사 왔던 티셔츠가 비닐에 싸인 채 옷장 안쪽에 잠들어 있었던 것이다.

결국 그날 이후 나는 교헤이의 모든 짐을 정리했다. 편지와 앨범도 버렸다. 핸드폰에 들어 있던 사진과 동영상도 다 지웠다. 교헤이의 흔적이 완전히 사라지자 왠지 내 일부가 없어진 듯한 기분이 들었다.

하지만.

"근데 이렇게 촌스러웠어? 내가 지금껏 이런 촌스러운 옷을 입고 다닌 거야?"

쿠폰 삼총사를 보고 나서야 촌스러운 옷이란 사실을 깨달은 점장님은 잠을 못 자서 그런지 평소답지 않게 난리를 피웠다.

그러나 언제까지나 교헤이를 마음 가득 담고 있으면 지금 소중히 여겨야 할 사람들이, 소중히 여겨야 할 장소가, 제대로 들어올 틈이 없을 것 같은 기분이 들었다.

얼마 전 마키코 씨가 마지막으로 했던 말이 떠올랐다.

"모모코, 고마워. 나 잘한 것 같아. 제대로 성가시게 굴어보길 잘했어. 시원하게 펑펑 울고 어른스러운 척 안 하고 복수하러 가길 잘했어. 나이가 몇이든 성가셔야 할 때는 성가시게 굴어야 하는 거구나, 하고 깨달았어."

나는 분명 앞으로도 많은 사람을 만나 많은 상처를 입게 되겠지.

그런 일을 겪으며 조금씩 감정을 정리하는 방법을 배울 것이다. 점점 더 아무것도 느끼지 않는 척에 능숙해질 테다.

언젠가는 연애 한 번에 꺄아, 꺄아 하고 소란을 피운 일을 회상하며 '그땐 참 젊었네' 하고 웃어넘기는 날이 올지도 모른다.

하지만 그런 것들에 다 능숙해지더라도, 상처 입었을 땐 그리고 누군가에게 상처를 줬을 땐 제대로 꺄아, 꺄아 소란을 피우자. 몸부림치자. 누군가에게 도움을 청하자.

점장님과 아저씨들이 옥신각신하는 모습을 곁눈질하며 펜을 꺼내 메모지에다 이렇게 적었다.

'신메뉴! 마구 성가셔지고 싶은 날의 포테이토 샐러드.'

옆에 놓인 달력에 메모를 붙인다.

형편없이 촌스러운 티셔츠를 입은 네 명이 따뜻한 햇볕을 받아 반짝이는 모습을 바라보는 것만으로 풉, 하고 웃음이 새어 나왔다.

"저기, 크림소다 하나요."

"앗, 구로다 씨. 내 얘기 좀 들어 봐. 글쎄 모모코가…… 으악? 구로다 씨도 입고 있잖아! 말도 안 돼! 모모코, 일부러 그런 거지?"

아, 이제 다섯 명이네.

마구 성가셔지고 싶은 날의 포테이토 샐러드

재료

감자	중간 크기 4개(약 350g)
얇게 썬 베이컨	40g
달걀	2개
스모크 치즈	4~5개(캔디 타입)
마요네즈	4큰술
소금, 후추	조금
조미료	세 번 뿌리기
흑후추	원하는 만큼

만드는 법

---

① 감자의 껍질을 벗기고 싹을 도려내 적당한 크기로 잘라 물에 헹군다.
    900w 전자레인지에서 6분간 돌린다. 포크로 으깰 수 있을 만큼 부드
    러워질 때까지 추가로 돌린다.

② 감자가 식기 전에 스모크 치즈를 찢어 넣고 섞는다(새끼손톱만 한 크기로).

③ 베이컨을 5mm 두께로 잘라 바삭해질 때까지 프라이팬에 굽는다.

④ ②에 베이컨, 마요네즈, 소금, 후추, 조미료를 넣어 잘 섞는다.

⑤ 달걀을 반숙한다(끓인 물에 7분 정도 삶고 곧바로 흐르는 물에 식힌다).

⑥ 삶은 달걀을 으깨고 ④에 넣어 대충 섞는다.

⑦ 그릇에 담은 후 내키는 만큼 흑후추를 뿌린다.

제4화

할머니의
비밀스러운 주먹밥

당신을 위해 애쓰지 않는 척

"진짜 재현할 수 있겠어요? 삼 년 전에 먹어 본 맛이라는데."

익숙한 손놀림으로 빠릿빠릿하게 주먹밥을 만들던 구로다 씨가 대답했다.

"해 봐야죠. 내가 마지막 희망이라잖아요. 어떻게든 해 주고 싶지 않아요?"

"그야 그렇지만……."

예쁘게 만들어진 세모난 주먹밥에 김을 두르더니 곧바로 다음 주먹밥을 만들기 시작한다. 세상에, 구로다 씨가 이렇게 주먹밥을 잘 만들 줄이야.

"왜 그렇게 봐요?"

"아니, 주먹밥이 너무 예뻐서요. 무슨 장인 같아요."

"뭐, 늘 직접 도시락을 쌌으니까요. 그래서 다음 건 뭐라고요?"

"어디 보자……. 다음은 가마니 모양 주먹밥. 아, 동그란 것도 부탁해요."

오늘 비긋다의 주방 카운터에는 여러 가지 모양의 주먹밥과 다양한 종류의 우메보시*가 나란히 놓여 있다. 이 무한한 조합 속에서 정답을 찾아야 한다고 생각하니 현기증이 날 것만 같다.

발단은 이 주 전 저녁.

비긋다의 쿠폰 삼총사인 정육점의 아다치 씨, 책방의 기무라 씨, 프루츠 파라다이스의 다카무라 씨는 평소와 다름없이 상점가의 소문이나 정치인들의 부정부패 이야기를 질리지도 않는지 한참 동안 이어 가고 있었다. 요즘 들어 부쩍 더워졌다며 셋이 나란히 앉아 아이스크림을 맛있게 먹더니 두 시간도 더 지나서 겨우 자리에서 일어나는가 싶

---

* 소금에 절인 매실을 말려 만든 일본식 절임 음식의 하나. 주로 밥과 함께 먹는다.

던 때였다.

"저기, 모모코."

계산을 기다리던 기무라 씨가 갑자기 주방에 있는 내 쪽을 돌아보며 말했다.

"그…… 맨날 무슨 희한한 요리를 만드는 모양이던데. 사람들 사연을 듣고 재현해서……."

"아, 전남친 레시피요?"

내가 되묻자 기무라 씨는 계산 중인 아다치 씨와 다카무라 씨를 힐끔힐끔 곁눈질하더니 다급히 내 귀에 대고 속삭였다. 아무래도 두 사람에게 알리고 싶지 않은 모양이다.

"오래전에 먹어 본 맛을 재현하는 건…… 아무래도 어렵겠지?"

기무라 씨가 꼭 먹고 싶어 하는 음식. 그것은 삼 년 전 세상을 떠난 아내 마쓰코 씨가 만들어 주던 주먹밥이었다.

책방의 기무라 씨, 그러니까 기무라 야스나리 씨는 비긋다에서 걸어서 육 분 정도 거리에 있는 '기무라 서점'의 주인이다. 젊었을 때부터 늘 가게를 지키던 기무라 씨를 지탱해 준 것은 다름 아닌 마쓰코 씨가 손수 싼 도시락이었다고 한다.

"요즘 매일 밤 같은 꿈을 꿔."

기무라 씨가 가늘고 길게 한숨을 쉬며 말했다.

"마쓰코가 '이거 잊지 말고 챙겨 가야죠'라면서 도시락을 건네는 거야. 나는 늘 그랬듯이 그걸 가져가서 가게에서 먹어. 보자기를 풀고 주먹밥을 입에 넣지. 근데 맛을 모르겠어. 기억이 안 나. 어떤 맛이었는지 늘 기억하고 있었는데……."

이런 이야기를 듣고 어떻게 거절할 수가 있겠는가. 정신을 차렸을 땐 이미 '제가 어떻게든 해 볼게요!'라며 여리여리한 그의 어깨를 움켜쥐고 있었다.

이래저래 해서, 구로다 씨에게도 도움을 받아 수많은 종류의 주먹밥을 만들고 그때마다 기무라 씨에게 맛보게 하는 일을 최근 이 주간 반복해 왔는데.

"마쓰코 씨의 손맛이랑 조금이나마 비슷해지고 있긴 하대요?"

아무래도 구로다 씨는 반신반의하는 모양이다.

"으음. 기무라 씨도 마지막으로 먹은 게 꽤 예전이라 기억이 확실치 않은 모양이에요."

"그럼 어차피 먹어 봤자 모르는 거 아닌가요?"

"그렇긴 한데, 미각이랑 후각은 기억과 직결된다고들 하잖아요. 먹으면 탁! 하고 기억의 스위치가 켜질 거예요. 분명히……."

이렇게 말하며 강한 척하기는 했지만 내심 나도 불안감에 휩싸이기 시작했다. 지금까지의 매장위원회에서는 다들 레시피를 가르쳐 주거나 실제 음식을 가져왔다. 하지만 이번에는 다르다. 아는 거라곤 주먹밥의 속 재료가 우메보시였다는 사실뿐이다.

"정말 레시피가 없는 걸까요?"

"기무라 씨가 찾아봤는데 없었나 봐요. 주먹밥 같은 건 일일이 레시피를 메모해 두지 않았을 확률도 높고……."

오늘도 영업이 끝나면 기무라 씨가 맛을 보러 올 예정이다. 온라인으로 새로운 우메보시 몇 종류를 주문하고 밥을 쥐는 방법도 여러 가지로 시도해 봤다. 이 중에 비슷한 게 있으면 좋을 텐데.

"너무 이것저것 계속 먹어서 더 헷갈리는 거 아닐까요? 좀 쉬었다가 다시 하는 것도……."

컴퓨터를 들여다보던 점장님이 맛을 보겠다며 카운터 안으로 몸을 내밀던 순간이었다.

"아, 생각났어!"

갑자기 문이 벌컥 열렸다.

기무라 씨였다. 어깨를 들썩이며 가쁜 숨을 쉬더니 테이블에 기대어 앉고서는 조끼를 벗고 목덜미의 땀을 닦았다. 급하게 오느라 몸에 무리가 왔는지 굽은 등과 허리가 후들후들 떨리고 있었다.

"잠깐만요, 괜찮으세요?"

"생각났어, 모모코. 매실이야."

기무라 씨가 점장님이 내온 물을 홀짝이더니 숨을 고르며 말했다.

"엄청나게 시었어. 마쓰코가 넣은 매실은. 항상 서점 카운터 안에서 얼굴을 찡그리며 먹던 게 오늘 갑자기 생각나더라고."

기무라 씨는 늘 가게를 보며 그 도시락을 먹었다고 한다. 너무 시어서 몸이 비틀릴 정도였다고.

"앗, 그럼 이건요?"

나는 오늘 준비한 재료 중 가장 신 우메보시를 넣은 주먹밥을 기무라 씨에게 내밀었다.

오물오물 주먹밥을 씹던 기무라 씨가 고개를 가로저었다.

"아냐, 더 시큼했어."

"어? 이것도 꽤 시던데? 어떤 품종이었는지는 기억 안 나시고요?"

일본 전역에 있는 우메보시는 찾아도 찾아도 끝이 없을

것이다. 마쓰코 씨가 사용한 것과 완벽히 똑같은 우메보시를 찾으려면 그야말로 지난한 작업을 해야 했다.

아니, 잠깐. 생각해 보니 요즘은 저염식을 선호하는 사람들이 많잖아. 애초에 옛날처럼 맛이 진한 우메보시를 요즘 상품 중에서 찾을 수 있긴 할까?

그렇다는 건.

"혹시 마쓰코 씨는 우메보시를 직접 만들었던 것 아닐까요?"

기무라 씨는 눈을 껌뻑거리며 나를 바라봤다. 혈관이 튀어나온 손으로 이마를 문지르더니 무언가 번뜩 생각난 듯한 표정을 지었다.

"그러고 보니 샛노란 매실들이 매년 집으로 배달됐었어."

"아, 역시!"

나는 주방 안에서 카운터 쪽으로 몸을 내밀었다.

"근데 그건 매실주를 담그려고 산 건 줄 알았는데……."

"매실주랑 우메보시는 같이 만드는 사람이 많으니까 아마 맞을 거예요. 마쓰코 씨가 칠월이나 팔월의 엄청 더운 날에 마당이나 베란다…… 아무튼 바깥에서 종일 일하고 그러지 않았어요?"

"그랬어. 맞아! 왜 해마다 굳이 굳이 더운 날에 저러나 싶었거든."

아아, 틀림없어. 직접 만든 것이 분명해.

"마쓰코 씨는 직접 우메보시를 만들어서 주먹밥에 넣었던 거예요!"

"그랬구나……. 하지만 우메보시는 집에 남아 있는 게 없는데."

신맛의 정체를 알아낸 것까지는 좋았으나 이렇다 할 방법이 없자 기무라 씨가 어두운 표정으로 한숨을 쉬었다. 안경을 벗고 눈꺼풀에 맺힌 땀을 닦는다.

무슨 방법이 있을 거야. 아랫입술을 깨물고 두뇌를 열심히 회전시키며 곰곰이 생각한다. 그러다 문득 떠오르는 것이 있어 핸드폰을 집었다.

오늘이…… 유월 이십사 일. 아슬아슬하지만 이 날짜라면 아직 희망이 있다.

"우리가 직접 만들어 보자, 우메보시!"

나는 양손을 꽉 쥐고 외쳤다.

"뭐? 모모코, 우메보시도 만들 줄 알아?"

"기무라 씨, 걱정하지 마세요! 예전에 할머니를 도와드린 적 있거든요? 제가 이래 봬도 수많은 전남친 레시피를 재현해 낸 사람이라고요. 우메보시도 만들 수 있을 거예요."

정말 괜찮겠어요? 하는 구로다 씨의 의심스러운 눈초리가 느껴졌지만 에이, 내가 아니면 누가 하겠어?

기무라 씨가 조용히 일어나 두 손으로 내 손을 감쌌다.

"부탁할게. 내가 도저히…….."

무언가 더 하고 싶은 말이 있는 듯했지만 기무라 씨는 이내 입을 다물었다.

"아니, 고맙다고. 아무쪼록 잘 좀 부탁해."

기무라 씨네 집은 아담한 이층집이었다. 현관 앞에는 꽃을 피우지 못하고 마른 흙만 가득 남은 화분들이 여러 개서 있었다.

거실을 지나 나무로 된 발을 걷어 올리고 들어서자 마쓰코 씨가 생전 대부분의 시간을 보냈을 부엌이 눈에 들어왔다.

"와아…….. 대단하다. 너무 굉장해! 진짜 멋있다!"

팔 전체에 오도독 소름이 돋았다.

"이야, 이건 정취가 넘친다고 해야 하나?"

"우와! 무슨 옛날 드라마에 나오는 집 같아요."

세월이 묻어나는 붉은색 법랑 주전자에 오밀조밀 줄지

어 있는 양념통. 냉장고에는 손 글씨로 메모해 둔 레시피 여러 개가 자석으로 붙어 있었다. 상당한 달필이다. 메모 속 날짜는 대부분 사 년 전이었고 'NHK 방송에서' 같은 글자가 급하게 흘려 써져 있었다. 티브이에 나온 레시피를 다급히 적어 놓은 모양이었다. 좁은 공간을 꼼꼼히 활용해 잘 정리해 뒀지만 꽤나 물건을 쟁여 두는 타입이었는지 노란 고무줄이나 랩 같은 물건이 여분으로 대여섯 개씩 있었다. 젓가락도 어지간한 부족 하나가 파티를 열어도 될 정도로 가득했다.

"최대한 원래 모습 그대로 남겨 두고 있어."

이야기를 듣고 자세히 들여다보니 양념 대부분은 유통기한이 지나 있었다. 손으로 만지면 먼지가 끈적하게 달라붙은 것이 느껴졌다. 마쓰코 씨의 손길은 아직도 고스란히 남아 있는데 시간은 삼 년 전에 그대로 멈춰 있구나.

"집 안 어디든 마음대로 찾아봐도 돼. 요리책은 제일 안쪽, 부엌 앞 책장에 넣어 뒀을 거야. 나는 이제 슬슬 가게에 가 봐야 할 것 같아서……."

손목시계를 확인한 기무라 씨가 말했다.

나는 기무라 씨를 안심시키기 위해 주먹을 꽉 쥐고선 가슴팍을 툭툭 쳤다.

"괜찮아요, 걱정 말고 맡겨 주시라고요! 요리사의 감으로 후딱 찾아낼 테니까!"

"저, 정말?"

"그럼요, 그럼요! 자, 기무라 씨는 어서 가게에 가 보세요!"

기무라 씨는 살짝(실은 무척?) 불안해 보이는 얼굴이었지만 '그럼, 미안하지만 잘 부탁할게'라는 말을 남기고 집을 나섰다.

두 시간 후.

없다.

진짜 없다. 놀라울 정도다. 아예 없다.

"대체 왜?"

이상하다. 슬슬 나올 때도 됐잖아?

"아, 난 이제 눈이 침침해지기 시작했어."

점장님이 안경을 벗고 왼쪽 눈을 문지르며 말했다. 아직 삼십 대인데도 깨알 같은 글자가 흐릿하게 보인다는 점장님은 레시피를 찾아내는 데 꽤 애를 먹고 있었다.

부엌에 있는 마쓰코 씨의 책장에는 수많은 레시피 책이 빼곡하게 진열되어 있었다. 언뜻 보기에도 삼백 권은 족히 넘을 것 같다. 책뿐 아니라 신문이나 요리 잡지의 스크랩

파일도 있었다.

그래도 한 번씩은 다 들춰 본 것 같은데…… 혹시 몰라 키가 큰 구로다 씨에게 책장 위도 살펴봐 달라고 했지만, 먼지 쌓인 야채주스 캔이 놓여 있을 뿐이었다.

"역시 우메보시 레시피는 따로 안 적어 놓은 거 아닐까?"

점장님이 어깨를 으쓱거리며 말했다.

"그럴지도요. 매년 만드는 거니까 머릿속에 남아 있었을 수도 있고, 버렸을지도 모르고……."

"일단 기무라 씨한테 가 보자."

"그렇긴 한데……."

뭔가 석연치가 않다. 아주 중요한 무언가를 놓치고 있는 것 같은 그런 찝찝함.

나는 다시 한번 주위에 있는 레시피 책을 팔랑팔랑 넘겨 보았다.

책에는 대부분 메모가 잔뜩 붙어 있었다. 분홍색 형광펜 으로 선을 그은 곳도 있고, 재료 분량에 줄을 긋고 그 위에 '2작은술만 넣기'라는 식으로 자신의 입맛에 맞게 수정해 놓은 곳도 있었다. 무척 꼼꼼하다고 해야 할까, 진심으로 요리를 좋아하는 사람의 흔적 같았다. 연구자 스타일인 데 다가 수고를 아끼지 않는다. 공 하나를 던져도 전력투구하는 그런 인물이 떠올랐다.

이런 사람이 정말로 우메보시 레시피를 따로 안 적어 뒀을까? 누카즈케**나 잼, 유자 후추, 누룩 된장을 만드는 법까지 하나하나 다 정리해 둔 사람인데?

비가 오나 바람이 부나 부지런히 가게에 나와 무거운 박스를 열고 책을 진열하고, 쉬는 날도 없이 힘든 일을 하는 남편을 위해 매일 만들어 주던 바로 그 주먹밥에 들어가는 우메보시다. 마쓰코 씨라면 큰 정성을 쏟았을 터였다.

"그렇게 특별한 요리의 레시피가 어디에도 없다는 게 오히려 이상하지 않아요?"

레시피 책을 정리하던 점장님과 구로다 씨의 등에 대고 물었다.

"이렇게 세세하게 기록해 뒀는데 우메보시 레시피만 없다니 부자연스러워서요. 우메보시는 무척 섬세한 요리잖아요. 아, 직접 만들어 본 적은 없지만 염분의 비율이 살짝 달라지거나 말리는 시간만 조금 바뀌어도 맛이 완전히 달라진다고 할머니가 그러셨거든요."

점장님이 손으로 턱을 문지르며 곰곰이 생각한다.

** 쌀겨를 유산균으로 발효시켜 야채 등을 담가 만드는 일본의 대표적인 절임이다.

"가족들 눈에 띄지 않는 곳에 둔 이유라든가, 뭐 그런 게 있을 거란 뜻이야?"

나는 고개를 끄덕였다.

만약 나라면 어디에 그 레시피를 뒀을까?

'모모코. 네가 아무리 부엌을 좋아해도 자기만의 서랍 하나는 반드시 따로 있어야 해. 아무도 모르는 모모코만의 장소를 꼭 만들어 두렴.'

"그래……."

왜 갑자기 이 말이 떠올랐을까. 지금까지 까맣게 잊고 있었다. 내가 요리에 막 빠지기 시작했을 무렵 할머니가 느닷없이 이런 말씀을 하셨다.

나만의 서랍!

몸이 멋대로 움직이기 시작했다. 거실에 있던 서랍장을 위에서부터 하나씩 열었다. 위장약, 반창고, 볼펜, 손톱깎이, 귀이개. 없어. 아니야. 여기가 아니다.

"또 시작됐네요, 유키 씨의 발작……."

"모모코, 우리한테 설명이라도 좀 하고 움직여 줄래?"

구로다 씨와 점장님이 어이없는 듯한 목소리로 말했다. 나는 서랍을 여는 손을 멈추지 않고 말했다.

"이런 얘기를 들은 적이 있어요. 아이가 태어나면 모든 생활공간이 가족 공용이 되는 경우가 많다고요. 침실도 가족 모두의 것이 되고, 아이 방이나 남편의 서재는 있어도 어째서인지 엄마만의 방은 없대요. 여자는 집 안에 자기만의 공간을 만들기가 어려워요. 그러다 보면 자신의 물건도 가족 공용이 되고, '나만의 나'가 점점 작아지는 거죠. 그러니 특별히 신경을 써서 아주 작은 곳이라도 자신의 공간을 만들어 둬야 한다더라고요."

"그렇긴 해. 어차피 자기는 계속 아이랑 있으니까 본인 방은 따로 필요 없다고 그러더라고."

점장님이 혼잣말처럼 쓱 흘린 이야기에 내 고개가 휙 돌아갔다.

"네에?"

"자, 그럼. 다같이 찾아볼까나."

하지만 점장님은 아무 일도 없었다는 듯 셔츠 소매를 걷어 올리더니 내 옆에 나란히 서서 레시피 수색을 다시 시작했다.

기무라 씨는 거실에서 생활하는 일이 많은지 책 여러 권과 장부, 출판사의 연락처를 정리한 전화번호부 등이 테이블 위에 흩어져 있었다. 여기에는 없겠다 싶어 옆에 있던 플라스틱 서류 케이스를 열어 봤는데 반으로 접힌 얇고 긴 종이가 잔뜩 들어 있었다.

"이게 다 뭐지?"

종이마다 책 제목과 출판사의 이름, 금액 등이 인쇄되어 있었다. 책갈피 크기였다. 그러고 보니 책방에서 책을 살 때 종종 봤던 것 같다.

"그거, '슬립'이라는 거예요."

구로다 씨가 불쑥 뒤에서 얼굴을 내밀며 말했다.

"신간 도서에는 대부분 끼어 있는데 도서 매출을 책정하기 위한 전표 같은 거죠. 손님이 책을 계산하러 오면 계산대에서 그 종이를 빼서 모아 둬요. 그 가게에서 어떤 책이 얼마나 팔렸는지 체크할 수 있어서 편리하거든요."

"무슨 서점 직원 같은 말투네."

"아, 제가 말 안 했나요? 저 대학 시절 내내 서점에서 알바했는데."

"우와……."

"뭐죠, 그 우와는?"

"아니, 너무나 그랬을 것 같은…… 딱이다 싶어서요."

"그거 칭찬인가요?"

아무튼 옛날 생각나네요. 구로다 씨는 슬립 뭉텅이를 손에 들고 팔락팔락 넘겼다.

"맨날 여기에 메모하고 그랬는데. 주변에 메모지가 없으면 얼른 슬립을 집어서 적어 놓고."

"여기다 메모해도 돼요?"

"원래는 안 되는데, 갑자기 전화가 왔을 때 계산대 근처에 있으면 급한 대로 대충……."

"모모코, 구로다 씨. 잠깐 이리 좀 와 봐!"

갑자기 점장님의 목소리가 들렸다. 고개를 들어도 모습이 보이지 않았다. 그러고 보니 거실 문이 열려 있었다.

"여기, 여기."

거실을 나가자 또 다른 미닫이문이 있었는데 그 사이로 점장님이 얼굴을 빼꼼히 내밀고 있었다.

"찾았어요?"

"아니, 아직 열어 보진 않았어."

점장님의 손짓을 따라 안에 들어가 보니 다다미 네 장반 정도 될 듯한 방이 있었다. 킁, 코가 근질근질하다. 한동안 안 썼는지 곰팡이 냄새가 났다. 오래된 안마 의자에는 뽀얗게 먼지가 쌓여 있었다. 유리 케이스 안에 들어 있는 박제된 새와 눈이 마주치는 바람에 몸서리를 쳤다.

"나 말고 아무도 열어 보지 않을 비밀의 장소라면 여기가 아닐까 싶어서."

점장님이 가리킨 곳에는 구식 화장대가 있었다. 내 어깨 폭보다 살짝 넓은, 비교적 자그마한 화장대였다. 상반신이 전부 비치는 크기의 거울에 서랍이 여러 개 달려 있다. 화장대 앞에는 벨루어 소재의 쿠션이 붙어 있는 네모난 스툴이 있었다.

"여자들한테 화장대는 꽤 특별한 장소 아냐? 게다가 기무라 씨가 절대 안 건드릴 것 같은 곳이라면 여기가 아닐까 해서. 어떨 거 같아?"

"역시 점장님……."

왜 이 생각을 못 했을까? 거울을 보며 단장을 하고 '근사한 내가 되기 위해' 기합을 넣는 곳. 그러다 아이들이 잠들고 나면 '근사한 나'인 척을 내려놓고 마음 편히 한숨 돌릴 수 있는 장소.

서랍에 손을 가져다 댄다. 분명, 있어. 여기에 있을 거야. 나의 직감이 그렇게 외치고 있었다.

목이 바짝바짝 말랐다. 침을 삼켜 보았지만 목 안쪽에 막이라도 생긴 것처럼 까슬했다. 좀처럼 실감이 나지 않았다.

"열게요."

힘을 실어 확 서랍을 열었다.

역시 여기에도 물건이 한가득이다. 립스틱 여러 개와 분

첩, 향수, 눈썹 그리는 펜슬 등이 뒤섞여 있다. 레시피로 보이는 물건은 없었다.

"여기는?"

오른쪽의 조그만 서랍도 다 열어 봤지만 보이지 않았다.

"이상하다. 꽤 그럴듯한 추리라고 생각했는데. 결국 다시 원점인가……."

점장님이 머리를 긁적이며 스툴에 앉았다.

"어떻게 할래? 모모코."

어깨를 으쓱이는 점장님 쪽을 보며 생각한다.

무조건 여기에 있을 줄 알았는데. 마쓰코 씨가 우리를 부르는 듯한 느낌이 들었는데. 내 감 따위는 어차피 아무 도움도 안 된다는 건가. 하긴, 여기라면 아이들이 열어 볼 가능성도 없진 않고. 숨겨진 장소라고 말하기는 어려울지도…….

숨겨진 장소.

숨겨진, 장소?

"그거……."

"응?"

무릎을 꿇은 채로 점장님 쪽으로 다가갔다.

"왜 이래, 모모코."

"그거요!"

나는 점장님이 걸터앉아 있는 네모난 스툴을 가리켰다.

"잠깐 비켜 봐요, 점장님. 이런 스툴에는 보통 안쪽에 수납공간이 있는……."

스툴 위의 쿠션 부분을 들어 올리자 안쪽에 깊숙한 공간이 있었다.

"이 봐, 역시. 잠깐, 뭐가 있어!"

"우와, 정말이네?"

"그냥 평범한 의자인 줄 알았는데……."

안을 잘 볼 수 있도록 조명 바로 아래로 스툴을 옮긴 다음 들여다보았다. 나는 흥분한 마음을 진정시키기 위해 손에 찬 땀을 청바지를 입은 허벅지 위에 닦았다.

쓰윽, 안쪽으로 손을 집어넣는다.

그 안에 노트 한 권이 있었다.

표지에는 역시나 멋진 글씨체로 제목처럼 보이는 무언가가 적혀 있었다.

"야스, 나리, 노트. 야스나리 씨의 노트라는 걸까요?"

"야스나리라면……."

나는 두 사람과 눈을 마주쳤다.

"기무라 야스나리의 그 야스나리."

"마쓰코 씨, 함부로 열어 봐서 죄송해요. 우메보시 레시피가 있는지만 확인할게요."

두 손을 모아 머리를 숙인 후 큰맘 먹고 노트를 펼쳤다.

"이, 이건⋯⋯."

H15. 11. 5. 프로의 가라아게 레시피

"에이치 15⋯⋯. 헤이세이 15년이라는 뜻인가?"

"헤이세이 15년이면 2003년이니까 꽤 옛날부터 쓰셨나 봐요."

자세히 들여다보니 노트에 손때가 제법 묻었고 페이지 가장자리가 갈색으로 변해 있었다. 작은 좀 한 마리가 '가라아게'라는 글자 위를 슬금슬금 지나가고 있다.

"어? 뒤에 뭐가 있는데요?"

문득 뭔가가 느껴졌다. 가라아게 레시피가 적힌 페이지 뒷부분이 불룩 튀어나와 있었다. 펼쳐 보니 조금 전 거실에서 봤던 길고 얇은 종이들이 있었다.

"구로다 씨, 이게 뭐라 그랬죠?"

"슬립이요. 매출 슬립."

왜인지 그 슬립이라는 것을 테이프로 붙여 놓았다. 책 제목은 '중학 영어 단어 상급편'. 이런 걸 왜 이렇게 소중하게 간직하고 있었을까?

"영어 공부라도 하셨나?"

"잠깐만요."

구로다 씨가 슬립에 손을 내밀더니 접힌 부분을 슬며시 펼쳤다.

쿵, 하고 심장이 흔들렸다.

종이 뒷면에 굵은 매직으로 뭔가가 쓰여 있었다.

"이거 설마……."

마쓰코 씨

잘 먹었습니다.

가라아게, 힘이 나는 맛이었습니다.

오늘도 고마워요.

나리야스가.

순간 입을 틀어막았다.

"말도 안 돼, 러브레터잖아……."

길쭉한 슬립 뒷면에 쓰인 마쓰코 씨 버금가는 달필의 글자들. 기무라 씨가 마쓰코 씨에게 보낸 편지인 게 틀림없었다. 게다가 노트에도 조그맣게 마쓰코 씨의 메모가 적혀있었다.

점장님이 안경을 고쳐 쓰더니 소리 내어 메모를 읽는다.

"어디 보자⋯⋯. '날이 쌀쌀하길래 야스나리 씨가 가장 좋아하는 가라아게를 만들었다. 힘이 나는 맛이었다니 기쁘다. 아이들도 좋아했다. 오늘도 고생 많았어요'라고 쓰여 있어."

"너무 근사한 부부네요."

"정말로. 이거 봐. 다른 페이지에도 슬립이 잔뜩 붙어 있어. 평소엔 저런 모습이라 몰랐는데 기무라 씨, 꽤 로맨틱하다. 그치? 모모코⋯⋯ 모모코?"

"어라, 벌써 우는 거예요?"

"아니, 그게!"

소중한 공책에 내 눈물 콧물이 떨어지지 않도록 고개를 젖혀 천장을 봤다.

이렇게 예고 없이 울리기 있냐고요, 기무라 씨!

다시 한번 자세히 들여다봤더니 그 노트는 기무라 씨가 특별히 좋아하는 음식들만 엄선해 모아 놓은 레시피집이었다. 기무라 씨 부부는 기무라 씨가 서점에서 장사를 하면 마쓰코 씨가 집안일을 하며 아이를 키우는 방식으로 완전히 분업화되어 있던 터라, 두 사람이 차분히 대화를 나눌 시간이 그리 많지 않았던 모양이다.

그래서인지 도시락 가방을 부엌에 가져다 둘 때 슬립에 적은 편지를 함께 놓는 것이 습관이 되었던 것 같다. 그 슬립들을 다 모아 뒀는지 스툴 바닥에는 미처 노트에 붙이지 못한 수많은 슬립이 다발로 묶여 있었다.

그리고 그 노트의 마지막 페이지를 넘겼을 때, 바로 그곳에⋯⋯.

"찾았다, 찾았어!"

"아, 긴 여정이었다."

"지금까지 중 제일 힘든 매장위원회 아니었을까요?"

"아직 그런 말 하긴 일러요. 이제부터라고! 만들어 봐야지!"

이렇게 해서 마침내 마쓰코 씨의 자체제작 우메보시 레시피를 발견하게 되었다.

기무라 씨에게 이렇게 심쿵하는 날이 올 줄이야!

7월 29일, 금요일. 천국에 계신 할머니, 잘 지내시나요?

오늘의 도쿄는 무척 맑습니다. 사생 대회에서 이렇게 하늘을 그리면 '실제 하늘은 조금 더 복잡한 색을 띱니다'라고 지적을 받을 것만 같아요. 그 정도로 현실감이 없는 선명한 푸른 하늘입니다. 말도 못 하게 덥지만, 매실을 말리기는 더할 나위 없는 최고의 날!

기무라 씨 댁에 갔던 날로부터 한 달이 지났습니다.

우메보시 만들기가 이렇게나 힘들 줄이야. 매실을 소금에 절이고, 붉은 차조기잎을 넣고 또 절이고, 비긋다의 건물 옥상에 소쿠리에 죽 늘어놓고 말렸습니다. 매실 뒤집기는 점장님, 구로다 씨와 같이하는데 무척 즐겁습니다. 구로다 씨의 빡빡머리가 햇볕에 빨갛게 익는 바람에 난리가 났었어요.

오늘이 드디어 마지막 날입니다. 오늘 밤 매실을 거둬들이면 완성될 거예요. 아아, 기대된다. 마침내 기무라 씨의 마음을 매장할 수 있겠어요.

할머니도 먹어 보면 좋았을 텐데.

실은, 할머니의 도움을 받고 싶었어요.

마음 같아서는 할머니를 고용하고 싶었다고요.

할머니는 정말 야무지게 일하니까 비긋다의 주방에 있었다면 이 정도 부탁은 바로 처리해 주지 않았을까요.

있잖아요, 할머니. 생각 있으시면 천국에서 비긋다 직원으로 취직이라도 해 보세요.

"……코! 모모코! 카레랑 치즈 햄버그스테이크 추가! 카레는 사이드로 포테이토 샐러드. 듣고 있는 거야? 저기요! 모모코. 모모코 씨! 유키 모모코!"

팡! 하고 뭔가가 부딪치는 소리가 났다.

엄마야.

깜짝이야!

눈앞에 걱정스러운 표정의 점장님이 보였다. 카운터, 테이블 할 것 없이 만석인 가게. 창밖으로 보이는 끝없는 줄.

팡! 점장님이 한 번 더 얼굴 앞에서 손뼉을 친다.

"잠깐, 모모코. 괜찮아? 더위 먹은 거야?"

점장님이 자연스럽게 내 이마에 손을 올리려 했다.

그 순간 번뜩 정신이 들었다. 오늘은 기름종이로 이마도 닦지 않았는데. 지금 이마에 점장님의 손이 닿으면 내 안의 소중한 무언가가 망가진다고!

"아, 죄, 죄송해요. 괜찮습니다! 너무 바빠서 그만. 영혼이 잠깐 어디에 갔다 왔나 봐요."

나는 고개를 돌리고 서둘러 카레를 준비하기 시작했다. 안 돼, 정신 차려야지. 아침부터 정신없이 움직인 탓에 티셔츠 안쪽이 축축해서 영 찝찝했다. 하지만 옷 갈아입을 틈도 없다. 하아, 텅텅 비어 있던 반년 전에 비하면 배부른 투정일 뿐이니 기쁜 마음으로 이 피크 타임을 넘겨야 한다.

"아니야, 이해해. 설마 이렇게까지 바쁠 줄이야."

점장님은 냉장고를 열고 놀라운 스피드로 잔 두 개에 얼음을 넣는다.

"역시 티브이의 영향력은 엄청나구나."

오늘의 비긋다는 역대 최고로 붐빈다.

이유는 확실했다. 어제 시청률이 높은 시간대의 티브이 프로그램에 소개되었기 때문이다. 동네의 숨겨진 멋진 장소를 보여 주는 버라이어티 방송에서 개그맨이 비긋다에 방문하는 모습이 나왔다. 손님이 많아지면 좋겠다고 막연히 생각했는데 아무리 그래도 이렇게까지 사람이 몰릴 줄이야. 게다가 오늘은 평일이잖아? 금요일 낮이라고. 토요일과 일요일은 구로다 씨에게 와 달라고 부탁해 뒀지만, 오늘은 절에서 할 일이 있는지 저녁 시간에만 올 수 있다고 했다. 점장님이랑 둘이서 어떻게든 해내야 한다!

"지금 당장은 너무 힘들긴 한데요."

햄버그스테이크를 뒤집던 나는 점장님의 옆모습을 보며 말했다.

"매상도 최고를 찍을 테고, 말린 매실도 곧 완성될 거고……. 아, 맞다. 저녁에는 맛볼 수 있을 거예요. 기무라 씨도 주먹밥을 먹어 보실 테니, 오늘은 여러 가지로 최고의 날이잖아요? 오늘 마시는 맥주는 진짜 맛있을 거야!"

"이 정신없는 와중에도 그런 말이 나오다니, 대단해."

점장님은 런치 세트용 샐러드와 수프를 담으며 쓴웃음을 지었다.

"힘들었지만 멋진 하루였다, 이런 보람찬 기분을 앞당겨서 느끼고 있는 거예요."

이렇게 말하자 점장님이 조금 놀란 표정을 짓고는 금세 푸스스 웃었다.

"모모코의 그런 마음가짐이 너무 멋지다고 늘 생각해."

반쯤은 스스로를 응원하려고 해 본 말일 뿐인데 의외로 점장님한테 꽂힌 모양이다.

"제가 전에도 이런 말을 했었나요?"

"뭔가, 힘든 경험일수록 인생의 조미료로 삼는달까. 늘 그런 태도잖아."

"거야 그렇죠. 요리에 쓸쓸함이나 떫음이 없으면 레퍼토리가 너무 적어지니까요."

지금까지의 내 인생을 돌아보면 항상 그런 식으로 극복해 왔던 것 같다. 그래, 오늘도 해낼 수 있다. 손님들이 맛있다는 말을 하고 돌아갈 수 있도록 정성을 다해야지.

괜한 폼을 잡았네. 살짝 민망해하며 밥솥 뚜껑을 열었다. 아직 피크가 끝날 기미는 보이지 않지만, 주말에 팔려고 준비해 놓은 재료들을 쓰면 어떻게든 버틸 수 있을 것 같다. 머릿속에서 재료의 양을 계산하는 동안 몸이 알아서 움직였다.

"아, 근데 모모코."

테이블에서 가져온 잔과 그릇을 주방 싱크대에 올려놓던 점장님이 생각난 듯 말했다.

"구로다 씨가 말했잖아, 매장위원회 날에는 꼭 비가 온다고."

헉.

마침 햄버그스테이크 위에 치즈를 올리려던 손이 멈칫한다.

"부, 불길한 소리 좀 하지 말아요."

"아니, 실제로 매번 비가 오긴 했잖아."

하지 마. 그런 말 하지 말라고요! 확실히 매장위원회 날이면 꼭 한 번씩은 비가 왔다. 폭우든, 소나기든 아무튼 오긴 왔다. 신이 할당량을 채우려고 무리하는 거 아닌가 싶을 정도였다.

"지금 옥상에서 말리는 매실, 비에 젖으면 안 되지 않나?"

점장님이 한층 더 불길한 소리를 했다.

"그냥, 우연이죠. 어쩌다 우연히! 밖을 봐요. 햇볕이 쨍쨍하다고요. 일기예보도 확실히 체크했고. 아무리 내가 비를 부르는 여자라지만……."

"하긴. 그런가."

점장님은 납득했다는 듯이 이렇게 말하며 밖에서 대기 중인 손님을 안내하러 나갔다.

우메보시를 만들 때는 '토왕 말리기'라는 풍습이 있다. '여름 토왕'이라 불리는 칠월 이십일경부터 팔월 육일까지가 매실 말리기에 최적인 기간이라고 알려져 있다. 장마의 축축함이 물러가고 날이 활짝 개는 시기에 햇볕에 말리는 것으로, 맛도 제일 좋을뿐더러 오랫동안 보존이 가능한 우메보시를 만들 수 있기 때문에 마쓰코 씨의 노트에도 '작년에는 시기를 놓쳤다. 엄청난 충격. 칠월 중에 말릴 것!'이라는 문장이 꾹 눌러쓴 글씨로 또박또박 적혀 있었다.

그래서 토왕 기간에 접어들자마자 곧바로 만들 예정이었는데, 웬일인지 흐린 날씨가 계속되고 부슬부슬 가랑비가 내리는 날도 있어서 결국 '이건 확실히 맑은 날이야'라고 자신 있게 말할 수 있는 사흘 전에야 겨우 건조 작업을 시작할 수 있었다.

점장님이 했던 말이 사실이 될까 봐 스멀스멀 걱정이 밀려왔다. 철판 위에 녹아내려 부글부글 거품이 이는 치즈가 아스팔트에 떨어지는 빗방울으로 보였다.

일단 확인이라도 해 둘까. 혹시 모르니까. 일단. 그냥 내 마음 편하려고 확인만 하는 거야.

치즈 햄버그스테이크를 카운터에 내놓고 주문이 끊긴 틈을 타 얼른 핸드폰을 꺼내 일기예보 앱을 켰다.

"세타가야구 날씨……."

그럴 리 없어, 그럴 리 없다고, 그럴 리가 없잖아, 그렇지?

"맑음. 때때로 비……?"

헉. 거짓말. 어제 봤을 때는 분명 맑음이었어. 확실히 맑음이었다고!

아냐, 아냐. 예보는 안 맞을 때도 많고, 이런 걸 무조건 믿을 필요는 없어.

"죄송합니다. 우산 좀 빌릴 수 있을까요?"

바로 그때였다.

지옥 같은 대사가 귓속을 파고든다.

"갑자기 빗방울이 뚝 뚝 떨어지는데, 아무도 우산을 가진 사람이 없어서."

으아아, 말도 안 돼애애애애애!

고개를 돌리니 막 가게를 나섰던 손님이 문틈으로 얼굴을 내밀고 있었다. 손수건으로 눌러 닦는 앞머리 끝이 물기에 젖어 있다.

진짜였다.

비가 온다.

게다가 빗방울도 꽤 굵다.

창문 너머로 비가 내리는 것이 보인다. 빗방울이 아래로 떨어지는 모습이 눈에 박혔다.

핸드폰이 손에서 미끄러져 툭 하고 주방 바닥에 떨어진다.

자, 잠깐만. 침착하자고. 지금은 일단 밖에서 매실을 들여와야 해.

"어머, 비 오네?"

"어라, 진짜네. 나 빨래 널어 놨는데."

먼저 일어선 사람은 식사 후 커피를 다 마시고도 세상 돌아가는 이야기를 늘어놓고 있던 이웃 아주머니들이었다. 우르르 자리에서 일어나더니 '갑작스럽게도 오네' '저 거 봐, 꽤 쏟아질 것 같은데?'라며 너도나도 한마디씩 했고, 그 덕에 식사를 마친 다른 손님들도 앞다퉈 일어나기 시작 했다.

"네네, 잠깐만요. 순서대로 계산해 드릴게요!"

잠깐, 잠깐마아아안!

제발요. 꼭 지금 하셔야겠어요? 저도 매실 걷으러 가야 한단 말이에요!

그러나 간절한 바람이 무색하게도 아주머니들의 대화가 발단이 되어 가게 안은 '비가 많이 오니까 얼른 집에 가야 겠다'는 분위기로 가득 찼다. 계산대 앞에는 줄이 생겼다.

아주머니들은 일주일에 네 번씩은 점장님을 보러 가게 에 오는 소중한 단골이지만 지금 이 순간만큼은 그렇게 얄 미울 수가 없었다.

저기요, 우리 우메보시의 운명이 달려 있다고요! 진짜 잠깐이면 되는데…… 하아…….

망했다. 갑자기 쏟아지는 비. 하지만 줄 서 있는 손님들 을 그냥 둘 수는 없었다. 모처럼 와 주셨는데…….

아, 이제 다 끝이야! 우메보시! 우리의 우메보시…….

최근 한 달간의 일이 주마등처럼 스쳐 간다.

셋이서 노란 매실의 꼭지를 똑똑 떼어 내던 일. 옥상에서 작업하는 시간이 길어지자 사장님에게 캠핑용품을 빌려 간이 작업장을 만들었던 일. 햇볕에 탄 피부가 따끔따끔 아팠던 일.

아아, 솔직히 번거로웠어. 내가 지금까지 만든 요리 중에서 제일 손이 많이 갔는데. 온 힘을 쏟아 만든 조각품을 누군가 부숴 버릴 때의 예술가 심정이 바로 이런 걸까.

죄송해요, 기무라 씨, 죄송합니다…….

머릿속은 눈물범벅인데 몸뚱이는 가게 안을 종횡무진 누비며 씩씩한 목소리로 손님을 안내하는 나란 인간. 도대체 얼마나 음식점 직원이 적성에 맞는 걸까. 멍하니 이런 생각이나 하고 있었다.

"이제 그냥 좀 갔다 오지 그래?"

"보고 싶지 않아요."

"씁쓸하고 떫은 맛이 있으니까 인생이 즐거운 거라면서."

"그건 그냥 '만석 하이'가 와서 아무렇게나 한 말이고……. 그냥 분위기 타서……."

188

"뭐야, 이 껍데기만 남은 사람이 유키 씨라니……. 말도 안 돼."

점장님이 '우메보시가 대낮에 내린 비에 다 젖었을 텐데……. 아직 보러 가지도 못했거든'이라고 소곤대자 구로다 씨가 딱하다는 표정으로 나를 본다.

"나같이 비를 부르는 여자가 뭘 하겠어……. 뭘 해도 안 될 거야……."

원래대로라면 지금쯤 '이제 얼마 안 남았어!'라고 옥상에서 야단법석을 피우며 매실의 상태를 체크하고 있을 터였다. 하나쯤은 맛을 봤을지도 모르지. 하얀 쌀밥을 옥상에 들고 가 당장 그 자리에서 매실과 붉은 차조기잎을 씹으며 시식을 했을 것이다.

점장님은 기다리다 지쳤다는 듯 한숨을 푸욱 내쉰다.

"구로다 씨, 내가 가게 보고 있을 테니까 모모코 좀 데리고 가 봐."

"별수 없네. 자, 갑시다."

"웃, 으으윽……."

구로다 씨의 손에 이끌려 무거운 몸을 어떻게든 일으켜 밖으로 나섰다. 문을 나서자마자 바로 옆에 보이는 바깥 계단을 올랐다.

한 계단, 한 계단. 발걸음을 옮길 때마다 기억이 되살아난다.

"또 만들면 되잖아요."

나를 쳐다보지도 않은 채 구로다 씨가 말했다.

"올해는 글렀어요. 매실 철도 지났고."

"그럼 내년에 다시 만들면 되고요."

"기무라 씨를 일 년이나 더 기다리게 한다고?"

"잘된 거 아닐까요? 오래 살 이유가 하나 더 생긴 거니까."

구로다 씨의 말에 또르르, 다시 눈물이 흘렀다.

나도 안다. 현실을 받아들여야 한다. 이런 일도 있는 거야. 오히려 지금까지가 너무 잘 풀린 거라고. 어떤 요리든 재현해 낼 수 있다는 착각에 빠져 자만했다. 요리를 너무 만만하게 생각했다. 우메보시도 뚝딱 만들 줄 알았다. 이렇게 많은 수고를 들여야 하다니, 생각도 못 했다.

이윽고 옥상에 도착했다. 녹슨 철 난간에 아직 물기가 맺혀 있었다.

두려움이 밀려와 나도 모르게 고개를 떨궜다. 현실을 받아들이고 싶지 않았다. 발길이 떨어지지 않는다.

"……없네?"

구로다 씨가 말했다.

"……뭐라고요?"

"없어요. 저쪽에서 말리고 있었잖아요?"

깜짝 놀라 구로다 씨가 가리키는 쪽을 봤다.

매실이 없다. 커다란 대나무 소쿠리 두 개가 있었다. 한 소쿠리당 마흔 개 정도, 다 해서 여든 개쯤 되는 매실을 말리고 있었단 말이다. 그런데 그것들이 있어야 할 자리가 텅 비어 있었다. 그 자리에는 비에 젖은 고무 깔개만 덩그러니 남아 있을 뿐이었다.

"뭐지, 누구한테 도둑맞은 건가?"

"아니, 누가 매실 말린 걸 훔쳐 가요? 그것도 소쿠리째로? 대체 뭐 얻을 게 있다고?"

"그건 그렇죠."

진정하자. 내가 또 무슨 짓을 벌인 걸지도 몰라. 더위를 먹어 나도 모르게 뭔가를 했을 가능성도 있다. 작업하다 넋을 놓고 엄한 자리에 옮겨 놨을지도 모르고. 이런 생각을 하며 대충 쳐 놓은 텐트 그늘 안을 들여다보았을 때였다.

실하고 새콤해 보이는 말린 매실과 눈이 마주쳤다.

"여기 있어……. 여기 있다고!"

작업장으로 쓰던 텐트 안에 여든 알 남짓의 매실이 떡하니 자리 잡고 있었다.

떨리는 손으로 매실의 상태를 하나하나 확인한다. 무사하다. 곰팡이가 핀 것 같지도 않다. 젖지도 않았어!

납치당했던 아이를 되찾기라도 한 것처럼, 온몸에 힘이 빠져 그 자리에 주저앉았다.

"어? 근데…… 어떻게……."

비가 내리기 전에 누가 여기에 들여놨다는 말인가? 점장님도 아니고 구로다 씨도 아니면, 대체 누가?

구로다 씨가 무언가 발견했는지 손을 쭉 뻗었다.

"유키 씨, 이것 좀 보세요."

자세히 보니 소쿠리 가장자리에 종이 같은 것이 붙어 있었다.

기무라 씨 댁에서 본 적 있는 서점의 매출 슬립이었다. '화제의 베스트셀러'라는 글자가 인쇄된 종이를 뒤집자 짧은 메시지가 보였다.

'비 냄새가 나길래 넣어 둡니다 – 기무라'

급히 오느라 밖에 나와 쓴 것인지 매직으로 쓴 글자 모양이 삐뚤빼뚤했다.

"기무라 씨……."

비 냄새라니! 역시 상점가에서 오십 년 넘게 장사를 한 베테랑은 다르구나.

"세상에! 이렇게 멋있을 수가 있어? 마쓰코 씨가 반할 만해!"

그냥 울어 버렸다. 마음 놓고 펑펑 울었다.

여든 알의 우리 아이들이 엄마, 왜 울어? 하고 속삭이는 기분이 들었다. 엄마는 너희가 무사해서 안심했단다!

"그래요, 그래. 정말 다행입니다."

새콤달콤한 매실 향에 둘러싸인 나는 이 세상 모든 것에 감사해야겠다고 생각했다.

💔

"어떻게 이걸……"

쪽빛 보자기에 싼 도시락통을 테이블 위에 올려놓자 기무라 씨가 저세상의 물건이라도 본 사람처럼 눈을 크게 떴다.

"마쓰코 씨의 노트에 다 적혀 있었어요. 기무라 씨가 좋아하는 색, 주먹밥 모양내는 법, 도시락통의 종류까지 하나하나 세세하게요."

지금 기무라 씨의 눈앞에 있는 도시락은 하나부터 열까지 마쓰코 씨가 남긴 메모대로 만든 것이다. 마쓰코 씨의 꼼꼼한 성격 덕에 아주 충실하게 재현할 수 있었다.

기무라 씨가 천천히, 천천히 손을 뻗었다. 뼈가 불거진 손으로 조심스레 주먹밥을 움켜쥔다. 그리고는 우려 섞인 눈빛으로 나를 보았다. 내가 괜찮다는 뜻을 담아 힘있게 고개를 끄덕였다. 그러자 기무라 씨가 마침내 결심한 듯 보자기의 매듭을 만졌다.

스르륵. 천이 스치는 기분 좋은 소리가 난다. 보자기 끝이 흘러내려 테이블 위에 닿는 순간, 기무라 씨가 흐읍 하고 숨을 들이마셨다.

"마, 마쓰코…… 도……."

나무 도시락통에는 알루미늄포일에 싼 주먹밥이 두 개 담겨 있었다.

"마쓰코도…… 그래, 늘 이렇게. 뭐라 그러지. 은색으로."

"포일이요?"

"아아……. 그래. 포일."

"맞아요. 그것도 마쓰코 씨가 메모해 놨어요. 저는 늘 랩으로 쌌었는데 마쓰코 씨가 꼭 포일로 싸야 한다고 적어 두셨더라고요. 그래야 김이 너무 들러붙지 않는다고."

"그랬구나…… 난 정말 아무것도 모르고……."

기무라 씨가 이내 엄지를 들어 포일을 끄트머리부터 벗

기기 시작했다. 손이 저리는지 오른쪽 손가락을 움직이는
게 쉽지 않아 보인다. 어색한 손짓에 은색 포일이 조금씩
벗겨져 갔다.

마침내 포일이 벗겨진 자리에 새하얀 밥이 빼꼼히 얼굴
을 내밀었다.

주먹밥은 삼각형 모양이다. 갓 지은 밥을 식힌 후 손바
닥 위에서 모양을 잡았다. 주먹밥을 쥐는 방법에도 마쓰코
씨 나름의 룰이 있었기에 나는 최대한 똑같이 따라 하려
애썼다.

기무라 씨는 아무것도 몰랐다지만, 나는 기무라 씨가 무
심했다기보다 마쓰코 씨가 들키지 않으려 최선을 다한 것
이라 생각했다. 아마도 마쓰코 씨는 가족을 위해 노력하
는 모습을 별로 보여 주고 싶지 않았던 것 아닐까. '열심히
애써서 이런 맛있는 음식을 만들어 냈다'라고 알리기보다
'원래부터 요리를 잘하는 여자'로 보이고 싶었던 것 같다
는 생각이 들었다. 레시피를 그런 곳에 숨겨 둘 정도였으
니까.

"주문이 있대요."

두 손에 주먹밥을 들고 아직도 긴장한 채 굳어 있는 기
무라 씨에게 말했다.

"주문?"

"마쓰코 씨가 매일 주먹밥을 만들며 걸었던 주문이요. 들어 본 적 있으세요?"

절레절레. 아까의 모습 그대로 움직임이 없던 기무라 씨가 고개를 저었다.

"이렇게 하는 거예요."

나는 허공에서 주먹밥을 쥐는 시늉을 했다.

"주먹밥 신이여, 주먹밥 신이여……. 오늘도 야스나리 씨가 맛있게 먹어 주기를."

"주먹밥 신? 너무 귀여운 거 아니야?"

점장님이 후후 웃는다.

"옛날부터 쌀 한 톨에 일곱 명의 신이 함께한다고들 하잖아요."

만약 그게 사실이라면 주먹밥에는 작은 콘서트홀 하나가 꽉 찰 정도의 신들이 모여 있을 테다. 꽤나 남는 장사겠군.

"그렇게 주문을 걸면서 주먹밥을 만들면 훨씬 맛있어진 대요. 그래서 오늘은 저도 주문을 외우며 만들었어요."

내 말에 기무라 씨는 각오를 다진 듯, 주먹밥을 살며시 입으로 가져갔다. 내가 할 수 있는 일은 다 했다고 자부한다. 다만, 요리의 맛은 만드는 이의 아주 작은 움직임 차이

만으로도 놀라울 정도로 달라진다. 이제 남은 것은 그야말로 주먹밥의 신에게 비는 일뿐이다.

마침내 기무라 씨가 하얀 밥을 한 입 물었다. 오물오물 작은 입을 움직이며 다시 한 입, 또 한 입, 주먹밥을 입에 넣었다.

그리고.

우앙, 크게 한 입 먹은 기무라 씨의 얼굴 전체에 주름이 확 잡혔다.

"이, 이건……."

기무라 씨가 깜짝 놀란 듯 주먹밥의 단면을 들여다보았다. 거기에는 붉게 물든 우메보시가 들어 있었다. 우와, 정말 굉장한 색이다. 보기만 해도 침이 나오고 목구멍이 시큰하다.

한 입씩 먹을 때마다 기무라 씨의 얼굴도 쪼글쪼글한 우메보시처럼 구겨졌다.

"으, 으아, 시, 시큼해……."

우리 셋은 얼굴을 마주 보고 웃었다.

그런 표정을 짓는 것도 무리가 아니다. 마쓰코 씨의 우메보시는 꿀이 들어가 먹기 좋은 마트 우메보시와는 전혀 다르니까. 옛날 방식을 그대로 고수한 짜고 신 우메보시다.

우리도 맛을 봤는데 너무 시어서 한동안 눈도 제대로 못 떴다. 뾰족하게 튀어나온 입 모양이 좀처럼 돌아오지 않을 정도였다.

기무라 씨도 마찬가지인지 시큼함을 진정시키려는 듯 '쓰읍, 쓰읍' 하며 나무 도시락의 뚜껑을 열어 다급하게 달걀말이를 입에 넣었다.

눈 깜짝할 새에 주먹밥 하나를 먹어 치우더니 다음 포일을 벗겨 두 번째 주먹밥을 입안 가득 넣었다. 가라아게를 먹고, 톳 콩 무침도 익숙하게 집어 먹고는 또다시 주먹밥을 먹는다.

이렇게 잘 먹는 사람이었나. 놀랄 정도로 우걱우걱 호탕하게 먹었다.

그리고 두 번째 주먹밥이 반 정도 남았을 때 기무라 씨의 손이 멈췄다.

오른손에는 젓가락을, 왼손에는 먹다 만 주먹밥을 들고 고개를 떨군 채 미동이 없다.

"아아, 시큼해……. 진짜 시다."

또르르. 눈물방울이 우메보시 위로 떨어졌다.

"이렇게 시큼한 주먹밥…… 정말 오랜만이야."

웃으면서, 시큼함에 얼굴을 일그러뜨리더니, 운다. 주름

가득한 얼굴 위로 눈물이 물길을 찾듯 조금씩 흘러내렸다.
입가에서 밥알이 흘러 보자기 위로 뚝뚝 떨어졌다.

"너무 시어서 눈물이 다 나네."

흐르는 눈물과 콧물을 닦지도 않고 기무라 씨가 다시 주먹밥을 덥석 물었다.

아아, 다행이다. 말하지 않아도, 듣지 않아도 안다.

나는 여분으로 남겨 둔 주먹밥을 주방에서 가져 와 테이블 위에 놓았다.

"우리도 먹어 볼까?"

"그러자."

"기무라 씨가 너무 먹음직스럽게 먹으니까 배고파졌어요."

통통한 밥알을 씹은 순간 강렬한 맛이 갑자기 확 덮친다.

"으아, 셔. 진짜 시큼하네요, 이거."

"어어, 마쓰코는 봐주지 않는다고."

기무라 씨가 재미있다는 듯 웃었다.

오늘도 맛있게 먹어 주기를.

그렇게 바라던 마쓰코 씨의 마음을 알 것도 같다.

맛있는 한 끼를 먹는다는 건 언뜻 당연한 듯 보여도 쉽지 않은 일이다.

마음이 울적해서 밥이 잘 넘어가지 않는 날도 있다.

밥맛이 느껴지지 않을 정도로 사는 게 버거울 때도 있다.

"기무라 씨, 내년에도 우메보시 만들 거예요. 매년 만들게요."

나도 모르는 새에 입이 움직였다.

"매년 만들 거예요. 그리고 비긋다에서 팔게요. 그러니까 드시고 싶으면 언제든 오세요."

기무라 씨가 눈물로 범벅이 된 새빨간 눈으로 나를 빤히 쳐다보았다.

그러고는 웃느라 주름이 한껏 잡힌 얼굴로 말했다.

"그렇게 말하면 나 매일 온다?"

"그것도 쿠폰 드릴게요."

"그래도 돼? 역시 아마미야는 다르다니까."

"잠깐, 그건 안 돼요! 돈 내고 드세요!"

"이런 이런……."

맛있는 밥.

좋아하는 사람들과 함께 맛있는 음식을 먹는 것.

어쩌면 이것이야말로 내가 꿈꾸는 행복의 형태일지도 모른다.

다 같이 주먹밥을 나눠 먹으며 이런 생각을 했다.

너무 시큼해서 가슴이 다 시렸다.

할머니의 비밀스러운 우메보시

재료

잘 익은 매실	2kg
굵은 소금(매실 양의 18%)	360g
증류주(35도)	0.25컵
붉은 차조기(매실 양의 20%)	다듬은 후의 양 400g
붉은 차조기용 소금(붉은 차조기 양의 20%)	80g

볼, 보존 용기, 누름돌(잘 익은 매실이라면 매실과 비슷한 정도의 무게. 덜 익은 매실이라면 매실 무게의 2배)

만드는 법

매실 사전 준비(6월 무렵)

① 매실의 물기를 닦아 내고 꼭지를 따고 물로 씻는다.

② 법랑 등의 볼에 매실을 넣고 증류주를 고루 묻힌다. 용기 바닥에 소금을 뿌리고 매실과 소금을 번갈아 넣는다(소금은 위로 갈수록 양을 많이 하고, 마지막에는 남은 소금을 전체에 뿌린다). 속 뚜껑과 누름돌을 올린다. 종이로 덮어 서늘하고 어두운 곳에서 7일 이상 두고 흰 매실초(소금에 녹으며 매실에서 나온 즙)가 충분히 생기면 누름돌의 무게를 반 정도로 줄인다. 이때 매실이 흰 매실초에 완전히 잠기도록 한다.

붉은 차조기 사전 준비

③ 붉은 차조기의 잎만 따서 세 번 정도 물을 갈아 가며 씻는다. 이후 물기를 확실히 제거한다.

④ 최대한 큰 볼에 씻은 붉은 차조기를 넣고 소금을 반쯤 뿌린다. 소금이 골고루 묻도록 버무린다. 탁한 보라색 즙이 나올 때까지 문지른 후 양손으로 꽉 짜서 나온 즙을 버린다. 다시 볼에 담고 남은 소금을 뿌려 문지른 다음 즙을 버리는 작업을 똑같이 반복한다.

붉은 차조기를 절인다

⑤ 보존 용기를 열고 매실이 잠길 만큼의 흰 매실초만 남기고 꺼낸다. ④의 붉은 차조기를 볼에 넣고 흰 매실초를 자박하게 부은 후 뭉치지 않게 풀어 주듯 가볍게 문지른다. 붉은 즙이 나올 것이다.

⑥ 매실 위에 ⑤의 차조기잎을 얹고 즙도 끼얹어 준다. 속 뚜껑을 덮고 차조기잎이 뜨지 않도록 누르며 가벼운 누름돌을 올린다. 2주일 이상 두고, 장마가 멎을 때까지 기다린다.

토왕 시기에 약 3일 동안 말린 후 보존한다(7월 20일경)

⑦ 맑은 날씨가 이어지는 기간을 파악해 야외에서 말린다. 우선 붉은 차조기를 짜낸 다음 매실을 소쿠리에 올려 붉은 매실초를 걸러 낸다. 소쿠리에 매실과 붉은 차조기를 나란히 놓고 볕이 좋은 곳에서 말린다. 낮 동안 한 번씩 매실을 뒤집어 전체적으로 햇볕을 쬘 수 있게 한다. 용기 안에 있는 붉은 매실초도 같이 태양 빛을 쬐게 한다.

⑧ 첫째 날, 붉은 매실초가 식기 전에 매실을 용기에 다시 넣는다.

⑨ 둘째 날, 다시 매실을 말린다. 차조기는 저녁에 먼저 넣어 두되, 매실은 밤이슬을 맞도록 그대로 둔다. 셋째 날 이후로도 똑같이 한다. 붉은 매실초는 걸러서 병 등에 담아 냉장고에서 보관하며 요리에 쓴다.

⑩ 껍질을 만져 봤을 때 부드러우면서도 찢어지지 않으면 완성이다. 도자기 항아리 등에 옮겨 서늘하고 어두운 곳에 보존한다.

제5화

'친구, 그 너머의 풍경이 보고 싶어' 당근케이크

상대방이 바라는 나인 척

벌써 여섯 번째 점장님에게 전화를 걸고 있지만, 받지 않는다.

"아직도 안 받나요?"

"하필 이럴 때……."

나도 모르게 손톱을 물어뜯었다. 어쩌지? 역시 경찰에 연락해 보는 게 나을까. 소파에 앉아 멍하니 창밖을 바라보고 있는 소녀에게 시선을 돌린 나는 한숨을 쉬었다.

이 소녀를 만난 것은 바로 몇 시간 전이었다.

부모님이 야채를 잔뜩 보내 줘서 구로다 씨에게 비긋다에 함께 옮겨 달라고 부탁했다. 둘이 같이 무거운 박스를 들고 낑낑대며 가게에 도착해 보니 낯선 아이 한 명이 몸을 동그랗게 말고 앉아 있었다. 초등학교 삼 학년쯤 되어 보이는 여자아이였다.

아이는 왠지 모르게 신비한 분위기를 풍겼다.

긴 머리칼을 두 갈래로 땋아 늘어뜨리고 있었다. 여름방학 동안 열심히 뛰어놀았는지 팔뚝에 선명한 반소매 자국이 나 있고 팔부터 손끝까지 빨갛게 익었다. 그런가 하면 얼굴은 마치 포토샵을 한 것처럼 뽀얗고 투명했다. 마치 하늘에서 내려온 천사가 사람처럼 보이기 위해 억지로 살을 태운 것 같은 느낌이었다.

소녀는 무슨 영문인지 양손에 스노 글로브를 꼭 쥔 채 뒤집었다 바로 세우기를 반복했다. 반짝이들이 동그란 유리구슬 안에서 눈보라처럼 반짝반짝 흩날린다.

눈높이를 맞추려고 쪼그리고 앉아 말을 걸었다. 아이는 잠깐 입을 떼려나 싶더니 금세 가느다란 입술을 꼭 감쳐물고 눈을 피했다.

나와 구로다 씨가 방법을 바꿔 가며 이렇게 저렇게 말을 걸어 봤지만 결국 답은 돌아오지 않았다. 아이는 그저 그렇게 앉아 물끄러미 스노 글로브만 바라보고 있을 뿐이었다.

"날이 너무 더워서 열사병에 걸릴까 걱정되는데 일단 가게 안으로 들이는 게 어떨까요? 경찰한테 연락할지 말지는 나중에 아마미야 씨가 출근하면 그때 결정하고요. 애들도 그 사람은 좋아하지 않겠어요?"

구로다 씨와 의논한 결과 최종 결정은 상사인 점장님에게 맡기기로 했다.

그래서 아까부터 메시지에 전화에 열심히 연락해 보고는 있는데, 가는 날이 장날이라고 오늘 무슨 볼일이 있다더니 영 응답이 없다. 아무튼 출근은 한다고 했으니까.

아이는 벌써 몇 번이나 다녀왔던 화장실로 향했다. 창밖으로 해가 저물기 시작했고 맞은편의 외딴집 담벼락 너머로는 나무 그늘이 지고 있었다. 이제는 안 되겠다 싶어 경찰에 연락하러 핸드폰을 꺼내 든 순간, 소란스러운 소리를 내며 문이 열렸다.

"아후, 더워! 다 같이 바다에 가자. 바다로 떠나자고!"

드디어, 점장님이 왔다!

"얼마나 기다렸는데 대체 어디 갔다 오…… 어? 근데 옷차림이…….."

"아아, 이거? 뭐 그냥 일이 있어서. 아, 너무 덥다!"

점장님은 이렇게 말하며 검은 넥타이를 휙 풀더니 셔츠의 단추를 끌렀다.

슈트 차림의 점장님을 보는 것은 처음이었다. 포멀한 검은 재킷에 빳빳하게 다려진 와이셔츠. 항상 자연스럽게 내려 두던 앞머리도 오늘은 올백으로 깔끔하게 올려 빗었다. 음영이 확실한 깊은 이마와 콧날이 두드러진다.

"어때, 오늘 비주얼 나쁘지 않지?"

점장님은 어째서인지 구로다 씨에게 뽐내듯 윙크를 날렸다. 구로다 씨가 성가시다는 듯 휘이휘이 손을 저었다.

"그보다 곤란한 일이 좀 생겼는데. 모르는 여자아이가 와 있어요."

점장님의 잘난 척을 더 이상 듣고 있을 수 없던 구로다 씨가 곧바로 본론을 꺼냈다.

"여자아이?"

점장님은 재킷을 대충 벗어 의자 등받이에 걸쳐 두고는 셔츠의 소매를 걷어 올렸다. 더위 때문인지 얼굴이 벌겋게 달아올라 있길래 물을 한 잔 따라 건네자 단숨에 다 들이키더니 깊은숨을 내쉬었다.

출근해 보니 조그마한 여자아이가 앉아 있더라. 말을 걸어 봐도 좀처럼 반응이 없다. 나와 구로다 씨는 오늘 있었던 일을 간추려 설명했다.

이야기를 들은 점장님은 두 잔째 물을 마시면서 흐음……

하고 턱을 손에 가져다 댔다.

"그랬구나. 그런 상황이라면 어떻게든 해 줘야겠네."

"아, 마침 화장실에서 나오나 봐요."

타이밍 좋게 가게 안쪽에서 쏴아, 하고 물 내리는 소리가 들렸다. 여자아이가 단아한 베이지색 손수건으로 그 조그마한 손을 닦으며 이쪽으로 돌아오는 길이었다.

"안녕, 어디서 이렇게 멋진 아가씨가……."

점장님이 밝은 목소리로 기다렸다는 듯 말을 걸자 땅을 보며 걷던 소녀가 고개를 들었다. 그리고.

점장님의 얼굴을 보자마자 우뚝, 발걸음을 멈춘다. 손수건을 꼭 쥔 채 호박색 유리구슬처럼 맑은 눈동자로 점장님을 가만히 바라보고 있다.

"뭐야, 뭐야. 두 사람 왜 그러는데?"

한쪽에서는 점장님 역시 아이에게 시선을 고정한 채로, 눈 한 번 깜빡이지 않고 미동조차 없이 서 있었다. 마치 두 사람 사이의 시간이 멈춘 듯했다.

"……시즈쿠?"

갑자기 자리에서 일어난 점장님이 천천히 여자아이에게 다가갔다.

"시즈쿠, 맞지?"

왠지 모르게 심상치 않은 분위기를 감지하고 구로다 씨에게 눈짓, 손짓으로 '뭐예요 이거, 무슨 상황인데?' 하고 묻자 '그걸 왜 저한테 물어요'라는 듯 험상궂은 표정을 짓는다.

눈을 동그랗게 뜨고 점장님을 바라보던 소녀가 드디어 확신이 들었는지 마침내 그 조그만 입을 열었다.

"……아빠?"

"아빠아?"

나와 구로다 씨가 동시에 소리쳤다.

어? 어어어? 점장님이 아빠라고? 그러니까 저 아이가 점장님의 딸? 거짓말이지?

점장님이 몇 살이더라? 서른세 살이라고 들었던 것 같은데……. 그 나이면 이만한 딸이 있어도 이상할 게 없긴 한가? 아니, 잠깐. 점장님은 지금 비긋다 위층에 살고 있다. 가게 사무실도 겸하고 있어 나도 몇 번이나 들어가 봤으니 틀림없다. 살풍경한 방 안에서 누구와 함께 사는 흔적은 찾을 수 없었다. 그래, 머그잔도 하나, 칫솔도 하나였다(내 눈은 틀림없다고!).

"시즈쿠, 여기를 어떻게 알고?"

점장님이 시즈쿠와 눈을 맞추려 무릎을 굽힌 후 슬며시 아이의 손을 잡았…… 아니, 잡으려 했다. 시즈쿠는 부드럽

게 그 손을 뿌리치더니 테이블 위에서 스노 글로브를 들고
왔다.

"엄마가 신경 쓸 것 같아서 몰래 왔어."

시즈쿠는 점장님의 질문에 답하는 대신 이렇게 말했다.

"혼자 온 거야? 어떻게 찾아왔어, 멀었을 텐데."

"이 정도는 올 수 있어."

"그렇구나. 장하네."

점장님은 그렇게 말하며 아이가 쓰고 있던 모자를 벗기
고는 땀에 젖은 앞머리를 부드럽게 쓰다듬었다. 아, 점장님
은 분명 지금껏 몇 번이고 몇 번이고 이렇게 시즈쿠의 머
리를 쓰다듬었겠구나. 그 익숙해 보이는 손길에 가슴이 살
짝 흔들렸다.

내가 모르는, 내가 관여할 수 없는 점장님의 세계가 여
기에 있었다.

당연한 일이다. 나와 구로다 씨에게도 각자의 세계가 있
으니까. 서로의 인생을 살다 지금 이 타이밍에 우연히 함
께 있을 뿐이다.

당연한 일 아닌가?

"이거 뭐야? 나 주는 거야?"

시즈쿠는 가지고 있던 스노 글로브를 고스란히 점장님

의 손에 건넸다.

"지금껏 많이 받았으니까 나도 줄게."

"이건 내가……."

"받기만 하는 건 싫으니까."

유난히 어른스러운 말투네, 하고 감탄하고 있자니 시즈쿠가 테이블 위에 펼쳐 놓은 노트와 필통을 척척 챙겨 배낭에 넣기 시작했다. 얼떨떨해 보이는 점장님을 두고 집에 갈 채비를 한 시즈쿠는 마지막으로 치마의 먼지를 팡팡 털어 낸 후 우리를 보며 정중하게 인사했다.

"신세가 많았습니다."

나도, 구로다 씨도 덩달아 꾸벅 고개를 숙였다. 신세가 많았습니다? 열 살짜리 여자아이 입에서 이렇게 똑 부러진 말이 나오다니.

"바이바이."

시즈쿠가 마지막으로 점장님을 향해 손을 흔든 후, 마치 할 일을 다 했다는 듯이 가게를 나섰다.

"아, 잠깐만 기다려. 시즈쿠!"

점장님이 황급히 그 뒤를 쫓아 나갔다.

"지금 뭐가 지나간 거야……."

내 마음의 소리가 튀어나왔나 싶었는데 옆에 있던 구로

다 씨의 목소리였다. 비긋다에 다시 정적이 찾아오자 어깨에 들어갔던 힘이 한순간에 탁 풀렸다. 우리는 카운터에 기대어 축 늘어졌다. 불과 몇 분간의 일이었는데도 알 수 없는 피로감이 몰려왔다.

창문으로 뜨거운 오후의 햇볕이 쏟아져 바닥에 커다란 사각형을 그렸다.

뭔가, 뭔가…….

애틋하다고 해야 하나, 안타깝다고 해야 하나……. 어쨌든 점장님의 저런 얼굴을 본 건 처음이었다.

"저녁에서 밤 사이, 저기압의 영향권에 들면서 오늘 밤에는 비가 내릴 예정입니다. 외출하실 때 우산 꼭 챙기세요."

마치 타이밍을 엿보고 있었다는 듯 티브이 뉴스가 일기예보를 전한다.

"전남친 최애음식 매장위원회가 열리는 밤엔 어찌 된 영문인지 늘 비가 내리는구나."

팔짱을 낀 구로다 씨가 마치 시조를 읊듯 사무치는 목소리로 말한다.

"제가 말 안 했던가요? 오늘은 쉬어요. 상담 예약자가 아무도 없거든요."

"아니죠. 있잖아요. 이야기를 들어야 할 사람이."

이야기를 들어야 할 사람?

아, 혹시.

💔

다시 생각해 보니 나는 아마미야 이오리라는 인물에 대해 아는 것이 거의 없었다. 그 사실을 이제야 깨달았다.

국보급 미남에 몇 년 전부터 찻집 비긋다의 고용 점장으로 일하고 있다. 가게 사장은 따로 있는 모양이라 달에 한 번 정도 긴 회의에 참석한다. 어떤 경위로 점장이 된 것인지는 잘 모른다. 매장위원회에서 나왔던 이야기를 종합해 보면 연애로 고생한 적은 없는 것 같은데, 딱히 지금 만나는 사람이 있는 것 같지도 않았다. 인기가 저렇게 많으니 부담 없이 즐기자는 유혹도 적지 않겠지만 다 거절했을 거라고 나의 직감이(별로 믿을 만하지는 않지만) 말하고 있다.

출신, 모른다. 경력, 모른다.

취미는 음…… 그러니까, 커피랑 상점가 쿠폰 모으기?

그리고 또…….

"글렀다. 이런 거밖에 생각이 안 나."

이제 곧 밤 열 시. 매장위원회가 열리는 시간이다.

그 후 점장님은 아무 일도 없었다는 듯(적어도 언뜻 보기에는 그랬다) 돌아왔다. 저녁 여섯 시쯤으로 기억한다. 과할 정도로 '신경 안 써요'라는 분위기를 가장했지만 돌아온 후 몇 시간 동안이나 시즈쿠가 앉아 있던 안쪽 소파에서 스노 글로브를 만지작거리고 있었다. 고기를 가져온 아다치 씨도 '무슨 망령처럼 앉아 있는데 뭔 일 있었어?'라며 걱정했을 정도다.

나는 혼자 비긋다의 천장을 올려다보며 지금까지의 일을 되돌아봤다.

점장님의 그 얼굴. 그때 그곳에 있던 건 전혀 모르는 사람이었다.

그곳에는 뭐든지 대충대충 마음 가는 대로 사는 '점장님'의 모습 대신 딸을 걱정하며 슬픈 얼굴로 아이의 머리를 쓰다듬는 한 명의 '아빠'가 있었다.

그래서인지 점장님이 아주 먼 사람처럼 느껴졌다.

"아, 한심해……."

"왜 그렇게 풀이 죽었어요?"

"으아, 으악!"

천장의 나무 무늬로 꽉 차 있던 시야가 눈을 깜빡한 순간 구로다 씨의 진한 얼굴로 확 바뀌었다. 깜짝이야. 하마터면 소파에서 떨어질 뻔했다. 황급히 자세를 바로잡았다.

"뭐야, 구로다 씨잖아? 인기척 좀 내고 다녀요."

'평소와 다름없이 문도 엄청 삐걱댔고 벨도 울렸는데요'
라고 냉정하게 받아친 구로다 씨가 내 맞은편 자리에 털썩
앉는다.

"생각에 푹 빠져 있었던 모양이네요."

"역시…… 그만두는 게 낫지 않을까요? 오늘은 예약도
없으니까 올 필요 없다고 연락할까 봐요."

"하지만 이미 눈치챘을 텐데요. 유키 씨 얼굴에서 티가
팍팍 났으니까."

"정말요?"

순간적으로 뺨에 손을 가져다 댔다.

"게다가."

구로다 씨가 팔짱을 낀 채 말을 이었다.

"아이가 가게에 왔었잖아요. 아무리 그 사람이라도 우리
한테는 말해야 한다고 생각하지 않을까요?"

"그렇지만 점장님이 원치 않는 이야기까지 말하라고 하
고 싶진 않아요. 아닌가, 이럴 때일수록 푸념이라도 들어
줘야 하나? 아후, 어떡하지……."

내가 머리를 싸매고 있자 구로다 씨가 천천히 자리에서

일어나 주방으로 간다. 뭔가 꼼지락대는가 싶더니 얼음이 가득 든 아이스 밀크티 두 잔을 들고 나왔다. 시럽 뚜껑을 열고 아낌없이 쏟아붓는다.

"머리를 너무 많이 썼을 땐 당분 섭취가 최고예요."

구로다 씨가 내게 한 잔을 내밀었다. 딱히 목이 마르지는 않았지만 건네받은 빨대에 그대로 입을 가져다 대고 밀크티를 마셨다. 아, 차가워.

혀끝이 얼얼하다. 홍차의 향기와 순도 높은 달콤함이 피곤했던 온몸에 퍼졌다.

"구로다 씨는 저보다 훨씬 먼저 점장님을 알았잖아요?"

내가 비긋다에 처음 온 것은 올해 일월. 그때 이미 구로다 씨는 매일같이 카운터 구석 자리를 차지하고 있었다. 점장님과도 꽤 오래된 사이처럼 보였다.

"나도 그 사람에 대해 잘은 몰라요. 가게가 생겼을 때부터 다니긴 했지만 지금이랑 딱히 다를 게 없었달까. 제가 아마미야 씨랑 제대로 대화하기 시작한 것도 별로 오래 안 됐어요."

"헉, 그래요?"

"매장위원회가 생기기 전에는 그냥 망해 가는 찻집의 점장님과 근처에 사는 단골 중 한 명이었으니까. 인사나 안

부 수준의 가벼운 이야기를 나누는 게 다였죠."

구로다 씨가 테이블 위에 놓인 메뉴판을 집어 들어 휙휙 넘긴다.

"이 메뉴판도 예전엔 진짜 썰렁했어요. 메뉴라고는 커피랑 홍차, 크림소다밖에 없었고. 저야 그냥 조용히 책만 읽을 수 있으면 되니까 메뉴는 별 상관없었지만요."

빨대로 밀크티를 젓는다. 가득했던 얼음이 조금씩 녹아내려 카랑카랑 시원한 소리를 냈다.

"이렇게 바꾼 건 당신이에요. 이 가게를 사람들이 머물기 편한 곳으로 만든 건 유키 씨라고요."

구로다 씨의 말이 믿어지지 않아 귀를 의심했다.

"유키 씨는 늘 자기가 꽂혀서 확 질러 버리니 모르겠지만, 세상에는 누군가가 마음의 문을 열고 성큼성큼 들어와 주지 않으면 약한 소리를 못 하는 사람도 많아요."

"저…… 구로다 씨. 지금 혹시 칭찬하는 건가요?"

구로다 씨는 개의치 않고 말을 이었다.

"한번 되돌아보세요. 마키코 씨도, 나기 씨도……. 다들 그랬어요. 들어 주지 않으면 말하지 못하는 사람들이었죠. 자신이 왜 힘든지도 모른 채로요."

듣고 보니…….

매장위원회의 상담자들은 누구에게도 털어놓지 못한 말을 하러 온다. 그 얽힌 매듭을 풀다 보면 결국 타인뿐 아니라 자신에게조차 인정받지 못한 감정이 마음 깊은 곳에 잠들어 있었다는 사실이 조금씩 드러난다.

모두 자신의 아픔, 자신의 고통을 받아들이는 데 서툴렀다.

하루하루 최선을 다해 성실하게 살아가는 사람일수록 상처받지 않은 척을 한다. 어른인 척을 한다. 성가시지 않은 사람인 척을 한다. 금방 떨쳐 낼 수 있는 사람인 척한다. 그러지 않고는 살아 낼 수 없기 때문이다.

"쭉 묻어 두었던 후회나 외로움, 콤플렉스 뭉텅이를 풀어내 줄 사람을 기다리는 이들이 있어요. 당신처럼 커다란 칼을 휘두르며 억지로라도 마음 깊은 곳까지 밀고 들어오는 사람이 필요한 때가 있다고요."

"자, 잠깐요. 내가 그런 이미지라고요?"

"뭐, 아무튼."

구로다 씨가 팔짱을 끼고 으스대듯 말했다.

"제가 하고 싶은 말은 아마미야 씨한테는 오늘이 그런 날일지도 모른다는 거예요. 그렇다면 당신이 이야기를 들어 줘야죠."

그런가.

점장님도 마찬가지일까.

지금까지 찾아왔던 사람들과 마찬가지로, 자신과 다른 사람인 척 연기하며 어떻게든 애쓰며 살아가고 있는지도 모른다.

"안 그래요, 회장님?"

구로다 씨가 나를 회장님이라고 부른 것은 이때가 처음이었다.

"늦었지? 미안, 미안. 아니, 소나기라더니 그칠 생각을 안 하네."

낮에는 슈트를 입고 있던 점장님이 평소와 다름없는 셔츠와 면바지 차림으로 나타나, 이내 어깨에 묻은 빗방울을 털어내며 소파에 걸터앉았다.

"그래서? 오늘 상담 예약자는 누구야?"

"점장님, 그게, 그러니까……"

말해. 얼른. 말하라고. 평소대로 해.

아유, 점장님, 딸이 있는 줄은 몰랐잖아요. 우리 사이에. 서운하네!

드디어 점장님 차례가 왔군! 자, 여기 매장위원회 회장, 유키 모모코에게 다 털어놔 봐요!

안 되겠어. 말이 안 나와.

문득 아래를 보니 무릎 위에 올려 둔 내 손이 잘게 떨리고 있는 것이 보였다.

혹시 내가 지금껏 모두의 이야기에 서슴없이 파고들 수 있었던 것은 모르는 사람이라서였나? 그 사람들과는 항상 같이 있지 않으니까.

하지만 점장님은 다르다.

혹시……. 혹시 점장님이 마음을 정리하고 나서 비긋다를 그만두고 가족의 품으로 돌아가겠다고 하면?

난…… 나는.

어디로 가야 하지?

"모모코. 나도 알아. 오늘은 내 차례인 거지?"

점장님의 목소리에 얼굴을 들었다. 언제나처럼 멋진 미소를 짓고 있었다.

"오늘 예약 없는 거 알고 있었어. 알면서 장난 한번 쳐 본 거야. 미안."

점장님은 어색한 분위기를 무마시키려는 듯 더욱 입꼬리를 올렸다.

221

"……점장님, 혹시 말하고 싶지 않은 거면."

"솔직히 말하면, 응. 얘기하고 싶지 않아."

빗소리가 점점 커졌다. 솨아솨아 소리가 더욱 거칠어지면서 쏴아쏴아, 촤악촤악 격하게 변해 간다.

"……하지만."

잠시 사이를 둔 후 점장님이 입을 열었다.

"토해 내야 할 때 토해 내지 못한 후회는 오래도록 마음속에 남아 연기를 피우거든. 계속 타들어 가는 불씨를 마음속에 품고 사는 건 나름 힘든 일이고. ……힘들었어."

점장님은 이렇게 말하고는 창밖을 바라봤다.

"어쩌면 오늘이야말로 내가 가지고 있는 작은 불씨를 마저 다 태워 버려야 하는 날일지도 몰라."

구로다 씨와 나도 그 시선을 따라 바깥을 본다. 굵은 빗방울이 아스팔트 위로 쉴 새 없이 떨어져 작은 물웅덩이를 만든다.

"아무에게도 말하고 싶지 않았지만, 평생 묻어 둘 생각이었지만, 그래도 언젠가 얘기한다면 오늘일 거고, 누군가에게 한다면 너희들일 거야."

점장님은 창밖에서 시선을 거두고 우리와 똑바로 눈을 마주쳤다.

"얘기할게. 말하고 싶어. 두 사람이 들어 줬으면 해."

점장님은 더 이상 웃고 있지 않았다.

"우선, 시즈쿠는 내 아이가 아니야."

점장님은 마치 고해성사를 하는 듯한 목소리로 말했다.

"하지만 한동안 아빠를 대신해서 함께 지내긴 했어. 내가 사랑하는 사람…… 고하루의 딸이거든."

점장님은 가느다란 아랫입술을 깨물며 손바닥을 가만히 내려다보고 있었다. 마치 손금 사이 어딘가에 다음에 뱉을 말이 새겨져 있길 바라는 듯한 모습이었다.

"뭐 마실 거라도 드릴까요?"

"그럼 뜨거운 커피 한 잔 줄래?"

점장님이 제일 좋아하는 진한 원두로 커피를 내리고 밀크티도 한 잔 준비해 함께 테이블에 올려 두었다. 점장님은 아무런 말도 없이 세 번에 나눠 홀짝홀짝 커피를 마셨다.

"고하루와 처음 만난 게 십칠 년 전인가."

"그렇게 오래됐어요?"

놀라고 말았다. 점장님이 고등학생이었을 때쯤 만났다는 뜻이다. 나는 문득 떠오른 질문을 던졌다.

"혹시…… 첫사랑인가요?"

점장님은 알 수 없는 미소를 지은 후 커피 잔의 손잡이를 가만히 어루만졌다.

"좀 복잡한 얘긴데……."

점장님이 운을 뗐다.

"아빠가 혼자 나를 키우셨어. 원래부터 가족이라고는 아빠밖에 없었는데 내가 여덟 살 때 일하다 사고로 돌아가셨지. 지게차에 깔리셨거든. 그래서 할머니가 나를 떠맡게 됐어."

꿀꺽, 목울대가 멋대로 움직여 무의식적으로 침을 삼켰다.

"근데 중학교에 올라갈 때쯤 할머니의 건망증이 심해져서 내가 할머니를 돌보면서 학교에 다녔어. 그래서 그런가. 어떻게 하면 사람들의 도움을 받을 수 있는지, 뭐라고 하면 내 부탁을 잘 들어주는지 직감적으로 알게 됐지. 숙제 같은 건 할 시간도 없었으니까 최대한 효율적인 방법, 약은 방법을 찾아냈어. 날 좋아하는 여자애한테 필기를 맡긴다든가, 숙제를 대신 하게 한다든가."

"아아, 그래서……."

"맞아. 나 그런 거 잘하잖아. 부탁하는 거."

점장님은 상점가 사람들과도 협상을 잘했다. 삼총사도 예전에 '아마미야가 부탁하면 거절을 못 하겠다니까'라는 이야기로 한참을 떠들었다. 비슷다가 그럭저럭 유지되어

온 것도 왠지 그냥 두고 볼 수 없는 점장님의 무언가가 있기 때문이리라.

"정말 쉽지 않더라. 우리 집이 가난했거든. 생활비는 아빠 보험금 남은 거랑 할머니 연금으로 충당했는데 매일같이 성가신 일들이 생겼어. 더 이상 못 참겠다 싶어서 가출한 적도 있었고."

어린 시절을 그렇게 힘든 환경에서 보냈다니 전혀 예상하지 못했다. 어쩌면 점장님이 이상해 보일 정도로 절약을 하는 것도 그 무렵의 습관이 남아 있기 때문일지도 모른다.

"그러다 어느 날 결심을 한 거야."

점장님은 유리창에 가만히 머리를 기댔다.

"아무 감정도 느끼지 않는 사람이 되자. 우선은 어떻게든 이 사회에서 살아남아야 하니까 내가 아닌 다른 사람인 척, 그렇게 살자고. 집이나 알바하는 곳에서는 할머니밖에 모르는 상냥한 나로. 학교에서는 밝고 재미있는 나로. 여자친구 앞에서는 섬세함과 연약함을 숨기고 있는 남자로. 상대방이 어떤 나를 원하는지 파악해서 어떤 사람인 척할지를 정하는 거야."

"속마음과는 다른 겉모습으로 살았다는 뜻인가요? 진심을 감춘 채 다양한 모습의 나를 만들어 내면서?"

구로다 씨가 묻자 점장님이 팔짱을 끼며 고개를 들었다. 소파 등받이에 몸을 기대고 천장을 올려다본다.

"굳이 설명하자면 진심을 보지 않으려고 뚜껑을 덮어 뒀다고 할까? 어쨌든 괴롭거나 힘든 감정 같은 건 느끼고 싶지 않았어. 웃긴 게, 내가 얼굴은 좀 생겼잖아? 그러다 보니 쓸데없이 눈에는 띄고. 만신창이었어. 너무 피곤하더라. 아무것도 하기 싫었어. 누구랑도 얽히고 싶지 않았고. 아무도 날 모르는 곳으로 떠나고 싶었어."

점장님의 눈빛이 너무나도 차가워 보였다.

"나는 그냥 '아, 그래?' 하고 끝내 주면 좋겠는데 가족 얘기만 나오면 주변 사람들이 다 이러는 거야. '힘들었겠다' '파란만장했구나'. 아빠가 없는 것도, 집안일을 도맡아 하며 할머니를 돌본 것도 나한테는 그냥 일어난 일이지 딱히 '불쌍한 사연' 같은 게 아니었는데. 특별한 일이라는 생각도 안 했고."

잔을 쥔 손에 힘이 들어갔다. 쿵쿵, 귓속이 울린다. 컵에 맺힌 물방울이 떨어져 내 엄지 아래를 적셨다.

"근데 주위 사람들은 나한테 '괴롭고 슬픈 과거를 이겨 내고 밝게 자란 건실한 청년'의 이미지를 원했어. 그러길 바라는 눈으로 나를 봤지. 어딘가 좀 즐기는 듯한 모습으로 말이야. 잔뜩 기대에 차서. 사귀던 여자 친구들도 그랬어. '네 약한 모습을 보여 줘' '나한테 다 털어놔' 같은 표정으로 날 봐. 그리고 뜻대로 되면 만족한 얼굴로 내 손을 꼭 잡는 거야. 잘했어, 애썼네, 하고 내 머리를 쓰다듬지. 아픈 사연을 털어놓는 상대로 자신이 선택받았다는 황홀감에 빠져서 신나게 울어."

아무 말도 할 수 없었다.

푸욱. 죄책감의 가시가 가슴을 찔렀다.

바로 지금, 이 순간의 나도 그들과 똑같은 벅참을 마음에 품고 있었으니까.

당장이라도 흐를 것 같던 눈물을 꾹 참는다. 대체 무슨 오기인가. 난 무엇과 싸우고 있는 걸까. 내 안의 더러움과? 모르겠어. 뒤섞인 우월감과 죄책감이 고여 있는 물감처럼 마음의 뒤편에 엉겨 붙는다.

"재수 없다고 생각했어. 역겨웠지. 그렇지만 그런 마음을 다 드러내면 어떻게 되겠어? 결국 할머니를 위해서라면 뭐든지 하는 척, 주변에 걱정 끼치지 않으려 '무리하는 척'을 하는 게 제일 편하다는 걸 알아 버렸어."

구로다 씨가 흐읍, 하고 목구멍 안쪽까지 숨을 삼킨다.

아아, 그랬구나. 그런 거였어.

점장님이 누구와도 친해질 수 있는 이유.

"힘든 삶 속에서도 밝게 살아가는 사람인 척. 더 가까워지고 싶어 하는 사람들에게는 마음 깊은 곳에 상처를 간직한 척하면서 여러 얼굴을 바꿔 끼우며 사는 거야."

머릿속에 지금까지 봐 온 점장님의 모습이 스쳐 지나간다.

처음 만났을 때부터 신기했다.

찻집에 들른 마담들과 재테크와 건강 이야기에 열을 올리던 점장님.

상점가 세탁소에서 가게를 보던 중학생과 몇 시간 동안 수다를 떠느라 돌아오지 않던 점장님.

서점의 기무라 씨와 좋아하는 책을 교환하던 모습도, 공원에 있는 아이들과 카드놀이를 하는 모습도 봤다. 어디에 가든, 마치 오래전부터 가까이 지낸 친구 같은 얼굴로 쓰윽 품 안에 파고든다.

하지만 그럴 수 있었던 것도…….

"나한테는 감정이라는 게 없었으니까. 난 상대방에 맞춰 내 기분을 만들어 내는 능력이 탁월하거든. 별로 어렵지도 않아. 내가 이런 사람이길 원하는구나, 알아채고 상대방의 바람대로 해 주면 끝이니까."

등에서 허리까지 소름이 좌악 돋았다.

뾰족하게 날이 선 코. 쌍꺼풀이 또렷한 눈. 살짝 뒤집힌 윗입술. 그나마 인간다운 곳이라고는 엷게 남은 면도 자국과 턱에 있는 작은 점 두 개 정도다.

몇 개월 전 이곳에 온 이후로 수십 번, 수백 번 봐 온 얼굴.

매일 함께 일하며 몇 번이고 맞대고 웃었던, 바보처럼 소란을 피우며 함께 떠들던 얼굴.

그런데 지금 내 눈앞에 있는 사람은 누구지?

점장님.

잠깐.

점장님이 어떤 얼굴이었더라?

뻐꾹, 뻐꾹. 뻐꾸기시계가 호들갑스러운 소리를 냈다. 깜짝 놀라 어깨를 움찔했다. 우리는 동시에 시계를 보았다. 열한 시다. 눌려 있던 용수철에 튕겨져 나온 목각 뻐꾸기가 세 번의 울음을 무사히 마친 후, 이제 자기의 할 일은 끝났다는 듯 문 안으로 휙 들어갔다.

"작전은 꽤 성공적이었어. 피곤한 일이 줄었고 괜한 고민도 사라졌지. 요령이 워낙 좋아서 누구에게도 들키지 않았어. ······단 한 사람, 고하루만 빼고."

고하루. 그 이름을 입에 올린 순간 얼어붙었던 점장님의 눈동자가 흔들린 듯한 느낌이 들었다.

"어떤 분이었나요?"

"어떤 사람이었냐면······."

점장님은 한동안 생각에 잠겼다.

"다카라즈카 가극단*의 여주인공 같은 느낌이라고 하면 짐작이 되려나?"

"아아."

언뜻 한숨 같은, 그러나 이해했다는 의미의 목소리가 나와 구로다 씨의 입에서 동시에 흘러나왔다.

"피부가 하얄 것 같네요."

"하얬지."

"목소리가 맑을 것 같고."

"맑았어."

"요정 같은 느낌?"

"요정 같았지."

점장님은 딱 맞는 표현이라는 듯 고개를 끄덕였다.

---

* 여성으로만 구성된 일본의 가극단으로, 일본의 순정만화나 문학 작품에서 따온 연극을 공연한다.

"우리 고등학교 교복이 하얀 세일러복이었는데 그게 참 잘 어울렸어. 대학 진학을 목표로 하는 학교라 집안 사정이 괜찮은 애들이 많았거든. 가정교육을 잘 받아 교양 있고, 방 네 개짜리 집에 살면서도 '우리 집은 부자는 아니다'라는 말을 어떤 악의도 없이 하는 그런 애들이 대부분이었어."

"아, 악의 없이 가난한 사람들을 상처 주는 사람들이 있죠……."

녹은 얼음밖에 남지 않은 밀크티를 마신다. 후르릅, 하고 멍청한 소리가 났다.

"나는 특기생으로 들어갔는데, '네가 감히 내 여자 친구를 뺏어!'라며 느닷없이 두들겨 패는 난폭한 애들도 없고 중학교 때보다 훨씬 마음이 편했어. 필요 이상으로 사생활을 침범하는 사람이 있으면 여느 때처럼 그들이 원하는 사람인 척을 하며 넘겼지. 이제 나도 좀 편해지겠구나, 그렇게 생각했었어."

점장님이 소파 깊숙이 몸을 묻었다.

"그러던 시기에 고하루를 만났어. 고등학교 이 학년 봄, 학생회에서. 내가 학생회장이었을 때 고하루가 서기로 들어왔거든. 한 학년 후배."

"헉, 잠깐만요. 학생회장? 점장님이요?"

귀에 꽂힌 믿을 수 없는 말에 빨대를 쥐고 있던 손이 멈췄다.

"왜? 뭐가 이상해?"

"아니, 이상하다는 게 아니라······."

오히려 너무 그럴듯해서 소름이 돋는달까.

"나, 말도 안 되게 인기가 많았어. 학생회장보다는 아이돌에 가까웠다고나 할까?"

점장님이 머리를 쓸어 올리며 익살스러운 표정을 지었다.

"나도 학생회 활동에 푹 빠져 있었어. 그때까지는 뭘 해도 눈에 띄는 존재라는 게 불편했거든? 그런데 학생회장이라는 자리를 손에 넣고 나니까 눈에 띈다는 게 무기가 되더라."

점장님은 말을 이으며 빈 잔들을 트레이에 올려 주방으로 가져갔다. 내가 하겠다며 자리에서 일어났지만 한 손으로 제지당했다. 주전자에 물을 올리고 끓기를 기다리는 사이 점장님은 카운터에 있는 높은 의자에 걸터앉았다.

"고등학교 입학 후에는 완전 날아다녔지. 어쨌든 남들이 뭘 원하는지 알아채는 능력 하나는 뛰어났으니까. 내가 연설이나 발표를 하면 다들 의욕적으로 참여했어. 공부에 학생회, 알바까지 하느라 쉴 시간은 거의 없었지만 차라리

편했어. 다른 생각할 시간이 없었으니까. 그런데……."

순간 점장님의 말이 끊겼다. 얼굴 위로 옅은 그림자가 잠시 드리운 것도 같았다.

"그때쯤이었어. 겨울방학을 앞두고 정신없던 십이월에."

"무슨 일이 있었는데요?"

"……할머니가 돌아가셨어. 도와주시는 분이 학교로 전화를 했더라고. 심근경색이었어."

삐익. 일부러 맞추기라도 한 듯 때마침 주전자가 소리를 냈다.

점장님은 주방으로 돌아가 스토브의 불을 껐다.

"건망증은 심했지만 건강한 편이셨고 검진도 꼬박꼬박 받았는데. 할머니를 보내면서 아, 내 곁에 있는 사람들은 다들 갑자기 죽어 버리는구나, 이런 생각을 했어."

점장님은 언제나처럼 드리퍼에 필터를 끼웠다. 그리고 선반에 놓인 여러 종류의 원두를 만지작거리며 어떤 것을 고를지 고심한다.

"할머니가 돌아가셨을 때 학교에서는……."

"물론 학교에 소문이 쫙 퍼졌지. 그야말로 빅뉴스잖아. 학생회장의 유일한 혈육이 죽었다! 그야말로 천애 고아! 꽤 흥미로운 가십거리 아냐? 그래도 최대한 그런 시선을 외면하면서 신경 쓰지 않는 척을 이어 갔지. 학생회장 일도 계획대로 착착 해 나갔고 기말고사도 잘 봤어. 그렇게 눈 깜짝할 새에 이 학기 마지막 날이 됐어. 난 학생회장으로서 종업식 연설을 하러 단상에 올랐지. 앞을 보니 모두가 나를 쳐다보고 있었어."

점장님이 진하게 볶은 원두를 핸드밀에 넣고 손잡이를 돌렸다. 그라인딩한 커피 가루를 티스푼으로 떠 넣고 필터 위로 천천히 주전자 물을 부었다.

"수많은 눈이 나를 보고 있었어. 전교생과 선생님들, 수백 명의 사람이 나를 뚫어져라 보고 있었지. 익숙한 광경이었어. 행사가 있을 때마다 단상에 올랐으니까. 듣기 좋은 무난한 말들을 늘어놓기만 하면 됐어. 여자애들의 황홀한 표정, 후배들의 존경 어린 시선, 교장 선생님의 훈화 말씀보다 훨씬 더 많은 박수를 받는 것까지 모든 게 평소대로였지."

꿀꺽, 나는 침을 삼켰다. 그 소리가 괜스레 더 크게 들리는 것 같았다.

"그런데 그날은 달랐어. 체육관을 둘러싼 공기가 뭔가 다른 거야. 머릿속이 하얘지더라. 숨쉬기가 힘들고 속이 메슥거렸어. 나는 단상에 선 채로 그 불편함의 정체가 무엇인지 알아내려 죽어라 머리를 굴렸어. 그리고 마침내 알게 됐지. 사람들의 '눈빛'이 다르다는 걸. 다시 또 '그 눈빛'이었어."

"그 눈빛?"

잠시 생각에 잠겨 있던 구로다 씨가 뭔가를 눈치챈 듯 입을 열었다.

"설마……."

그 표정을 본 점장님이 고개를 끄덕인다.

"'불행한 나'를 원하는 눈빛. '가족을 잃은 직후의 인간은 어떤 표정을 할까. 무슨 말을 할까.' 이런 기대로 가득 찬 눈빛 말이야."

점장님은 주전자를 스토브 위에 올려놓은 후 얕은 숨을 뱉었다.

"다 내 피해망상일 거라는 생각도 했어. 근데 아니었어. 앞에서 다섯 번째 줄쯤에 서 있던 여자애는 내가 얘기를 시작하기도 전부터 손수건을 꼭 쥐고 있더라고. 울 준비를 하는 거지. 자, 나를 울려 봐. 그 모습을 보는 순간 겁이 덜컥 났어. 그런 거 다 무시하고, 사람들이 뭘 바라든지 신경 쓰지 않고 평소처럼 웃어 보이며 말끔한 모습으로 연설을 하고 내려오면, 그러면 됐는데……."

점장님은 잠시 말을 멈췄다.

"이 사람들을 내 맘대로 휘두르고 싶고 내 생각대로 움직이게 하려고 지금껏 '잘난 학생회장인 척'을 해 온 거잖아? 그럼 끝까지 밀고 나가야지, 하는 생각이 드는 거야."

"점장님……."

"나도 모르는 사이 '얼마 전, 저의 할머니가 세상을 떠났습니다'라는 말을 하고 있더라고."

점장님은 주방의 작업대를 두 손으로 짚은 채 고개를 떨구며 말했다. 긴 앞머리가 마치 베일처럼 점장님의 얼굴에 드리운다.

"장내가 술렁이기 시작했어. 할머니는 제게 유일한 가족이었습니다. 너무나 갑작스러운 이별이라 아직도 실감이 안 나네요. 할머니는 무척 따뜻한 분이었어요. 이런 말을 꺼낼 때마다 사람들의 눈이 마구 일렁였어. 다섯 번째 줄의 그 여자애는 금세 눈시울을 붉혔고, 옆자리 친구는 안아 주듯 그 애의 어깨를 감싸고 있었지. 다들 동정하는 눈빛으로 나를 봤어. '불쌍해라'와 '기분 좋아'가 뒤섞인 공기로 가득 찼어. 난 그 눈빛이 너무 싫어서 도망치고 싶었어. 근데 멈출 수가 없는 거야. 나는 나대로 '불행한 나'의 연기를 멈출 수 없었어. 정신을 차렸을 땐 이미 연설이 끝난 후였어. 뭐라고 했는지는 거의 기억나지 않지만 아마도 모두를 사로잡을 만한 아름답고 감동적인 얘기를 했겠지."

어떡해. 무슨 말을 해야 할지 모르겠어. 나도, 구로다 씨도 아무 말 없이 점장님의 이야기를 기다릴 뿐이다.

"어느새 다들 박수를 치고 있더라."

차가운 음성에 등줄기가 서늘해져 움찔, 한다.

앞머리 사이로 보이는 입가가 무언가를 비웃듯 살짝 비틀렸다.

"그 인간들, 울면서 박수를 치더라니까. 그걸 보는 순간 뭔가에 두들겨 맞은 것처럼 눈앞이 빙빙 돌았어. 왜 너희가 우는 건데? 왜 너희 따위가 날 두고 울어? 돈도 질리도록 많은 인간들이, 갑자기 가스가 끊겨 본 적도 없는 것들이, 하고 싶은 건 다 하고 살고 집에 가면 같이 밥 먹을 사람이 있는 너희가. 울 일이 뭐가 있다고? 그리고 나는? 나는 왜 못 우는 건데. 이렇게 괴로운데 왜. 대체 난 뭘 하고 싶은 거지? 뭐가 슬프고 뭐가 기쁘지? 내 감정은 뭐야? 난 대체 뭔데. 당장이라도 구역질이 날 것 같아 그 자리에서 꼼짝도 못 하고 있었어. ……그런데 그때."

점장님의 목소리가 확연히 달라졌다. 앞머리 틈으로 보이는 눈동자에 작은 빛이 깃드는 느낌이 들었다. 창밖의 무언가를 물끄러미 바라보는 것 같기도 했다.

"누군가 바람같이 나타나서 내 손목을 꽉 쥐었어. 고하루였지. 고하루는 나를 밀쳐 내더니 마이크에 대고 말했어. '사실 학생회장은 지금 삼십구 도의 고열에 시달리고 있습니다. 강한 책임감 때문에 무리해서 이 자리에 선 겁니다. 건강을 생각해서 오늘은 여기까지 하겠습니다. 다들 양해 부탁드립니다.'"

뚜벅뚜벅 걸어가는 늠름한 소녀.

하얀 세일러복을 입은 천사.

마치 슈퍼히어로 같은 고하루 씨의 모습이 머릿속에 선명하게 그려졌다.

"그러더니 날 체육관 밖으로 억지로 끌고 갔어. 다들 어안이 벙벙했지. 나는 너무 놀라서 아무런 저항도 못 했어. 그때까지 고하루와는 꼭 필요한 말 외에 제대로 된 대화를 나눠 본 적조차 없었거든. 말수도 적고. 학교에서도 쉽게 다가갈 수 없는 이미지의 고상한 아가씨로 유명했으니까."

"정말 그렇게 열이 났었어요?"

"전혀. 왜 거짓말까지 하면서 날 끌고 나왔는지 알 수가 없었으니 더 당황스러운 거야. 그 가냘픈 손에서 어떻게 그런 힘이 나왔는지. 고하루는 교문 밖으로 나와 근처 공원에 도착하고 나서야 손을 놔줬어. 내 손목에는 빨간 손가락 자국이 또렷하게 남아 있었지. 내 상태가 안 좋은 걸 어떻게 알았냐고 물어보니까 '그야, 평소랑 전혀 달랐으니까'라면서 당연한 거 아니냐는 듯 답하더라. 그러더니 '아까 그 분위기 너무 끔찍했죠?' 하는 거야."

구로다 씨가 고개를 갸웃거렸다.

"끔찍했다고요?"

"정말로 그렇게 말했어. 다들 '회장이 우는 모습을 얼른 보고 싶어!' 같은 얼굴을 하고 있는 게 끔찍했다고."

"용케도 알아챘네요."

"나도 깜짝 놀랐어."

점장님은 옛 추억에 잠긴 듯 미소 지으며 커피가 담긴 유리 서버를 들었다.

"고하루는 나를 똑바로 보면서 '제가 착각한 거라면 미안해요. 멋대로 끌고 와서'라고 말했어. 난 솔직하게 답했지. 아니라고. 실은 나도 너무 싫었다고. 사람들 앞에서 그런 얘기 하고 싶지 않았다고. 나도 모르게 내 마음과 반대의 행동이 튀어나와 버린다고. 슬퍼하고 싶은데도 슬퍼지지 않고, 나도 뭘 어떻게 해야 할지 모르겠다고."

점장님은 세 사람의 커피 잔에 새 커피를 따라서 들고

왔다. 커피 향이 가게 안 가득히 퍼져 자욱한 비 냄새에 조금씩 섞여 들어간다.

"우리는 한동안 벤치에 앉아 아무 말도 없이 물을 마셨어. 시간이 조금 지난 후에 고하루가 이런 말을 하더라. '전부터 생각했는데 선배는 사람들에게 너무 맞춰 주는 것 같아요. 가족을 잃었는데 마음이 쉽게 정리될 리 없잖아요. 한번 슬프다는 말을 입 밖에 내면 정말로 슬픈 마음이 되겠죠. 하지만 엉망이 되어 버린 마음은 그냥 엉망인 채로 둬도 괜찮지 않나요?'"

그 말에 무언가가 심장을 뚫고 지나가는 기분이 들었다.

맞아. 그래. 그러면 되는 거야.

늘 멋지지 않아도 괜찮아. 말로 하지 않아도 돼.

그런데도 우리는 모든 걸 말에 끼워 맞추고 안심하고 싶어 한다. 눈에 보이지 않는, 알 수 없는 답답함을 끌어안고 있는 것보단 거짓말이든 뭐든 '이 감정은 이런 이름이야'라고 이름표를 붙이는 편이 더 편리하고 좋으니까. 엉망인 채로 두지 않고 얼른 정리해 버리는 게 '정답'이라고 믿어 버린다.

"그 말을 들으니까 왠지 모르게 울음이 터졌어. 눈물이 멈추질 않더라고. 슬픈 건지, 괴로운 건지. 왜 우는 건지도 몰랐어. 그런데도 놀랍도록 안심이 돼서 고하루 앞에서 펑펑 울어 버린 거야. 고하루는 있지, 아무것도 안 했어. 그저 옆에 있을 뿐. 손을 잡지도, 애썼다고 머리를 쓰다듬지도, 꽉 끌어안지도 않고 그냥 거기에 있었어. 힘들었지? 고생 많았겠다, 같은 흔한 말 한마디 하지 않았어. 아무것도 바라지 않고 옆에 있어 주는 존재가 얼마나 감사한지 그때 처음 알았어."

어린 소년이었던 그에게 '넌 왜 아빠가 없어?'라고 물었던 아이들이, '아빠가 없어서 슬프지?'라고 말했던 어른들이 대체 얼마나 많았을까.

스스로도 알 수 없는 감정에 다른 사람들이 마음대로 이름을 붙이는 행동이 점장님을, 어렸던 아마미야 이오리를 얼마나 혼란스럽게 했을까?

있잖아요, 점장님.

점장님의 감정은 오롯이 점장님 거예요.

그렇게 필사적으로 담아 두었던 마음에, 담아 둬도 괜찮다고 처음으로 말해 준 사람이, 엉망인 채로 있어도 된다고 허락해 준 사람이 고하루 씨였군요.

커피에 곁들인 진저 쿠키가 탁, 하고 부서져 테이블 위로 떨어졌다.

"네에? 고백한 적이 없다고? 거짓말이죠?"

손가락에 힘이 너무 들어갔나 보다. 아니, 지금 그게 문제가 아니다. 점장님이 고하루 씨에게 좋아한다는 말 한마디 못 하고 졸업을 했다잖아! 다른 사람도 아닌 점장님인데. 당연히 곧바로 사귀었을 줄 알았다.

"어쩔 수 없었어. 고하루한테는 이미 좋아하는 사람이 있었으니까."

살짝 머쓱한 듯이 목덜미 주위를 긁적이며 점장님이 말했다.

"혹시 그 사람이 시즈쿠의 친아버지인가요?"

"구로다 씨, 예리하네."

점장님이 한숨 섞인 답을 했다.

"맞아. 어릴 때부터 고하루랑 친구였고, 같은 학교에 다녔어. 이름은 오카다 다이요. '태양'이라는 뜻의 한자를 썼어. 태양이라는 이름에 이보다 더 어울릴 수 없는 강직하고 밝은 남자였지. 진정한 인기인은 이런 사람이구나, 싶더

라. 꾸밈없고 솔직했어. 고하루도 자주 말했어. '나도 다이요 같은 사람이 되고 싶어'라고."

점장님은 눈부시다는 듯 가늘게 눈을 떴다.

"고하루는 어릴 때부터 쭉 다이요를 좋아했고 다른 남자는 안중에도 없었어. 맞다, 한번은 고하루가 학생회실에 당근 케이크를 가져왔거든? 엄마랑 같이 만들었다나 뭐라나, 그런 말을 하면서."

"다, 당근…… 케이크? 그걸 구워 왔다고요?"

그야말로 고상한 아가씨의 정석이다. 그런 게 가능한 사람이 실제로 존재하다니.

내 반응을 본 점장님이 풉, 하고 웃는다.

"말로는 엄마랑 만들었다면서 맛은 어떠냐, 먹을 만하냐, 맛이 너무 진하지 않냐, 질문이 많더라고. 학생회 사람들의 의견을 참고하더니 그다음엔 더 잘 만들어 왔어. 그래서 바로 알았지. 아, 이거 좋아하는 사람한테 주려고 만든 거구나. 슬쩍 물어보니까 아니나 다를까 다이요가 정말 좋아하는 케이크라는 거야. 얼굴이 새빨개져서는. 아, 지금까지 다른 남자한테 줄 케이크를 대신 맛보게 한 거구나, 라는 생각이 드니까 눈물이 다 나더라."

점장님이 턱을 괴고 밖을 바라봤다. 비 내리는 창가에

과거의 기억을 투영하고 있는 듯했다.

"고하루가 당근케이크를 구워 온 날은 바로 알 수 있었어. 학생회실에 들어서는 순간 당근과 향신료 향기가 은은하게 느껴졌거든."

점장님은 슬며시 주방 쪽으로 시선을 돌렸다. 혹시 내가 카레에 쓸 향신료를 조합해 볼 때마다 고하루 씨를 떠올렸을까.

"저였으면 '향신료를 더 많이 넣어야겠는데?' 같은 거짓말을 해서 일부러 맛없게 만들었을 거예요."

이렇게 말해 봤다. 내가 생각해도 최악의 발상이다.

"좋아하는 사람한테 '맛있어'라는 말 말고 무슨 말을 할수 있겠어."

간지러운 듯 쓴웃음을 짓는 점장님의 모습에 내 심장이 더 아파졌다. 그럼 그렇지. 점장님이 나처럼 악랄한 짓을 할 리가 없잖아.

어느새 비어 버린 진저 쿠키 접시를 들고 점장님이 자리에서 일어났다.

"케이크 얘기하다 보니까 배가 고프네. 모모코, 이 쿠키아직 남았어?"

"아, 제일 안쪽 바구니에 들어 있어요."

"고마워⋯⋯. 바구니, 바구니가⋯⋯ 어?"

주방 안쪽에서 뭔가 부스럭거리는 소리가 나는가 싶더니 점장님이 J 모양으로 휘어진 당근 하나를 들고 나왔다.

"모모코, 이게 다 뭐야? 뭐가 잔뜩 있는데?"

"아, 까먹고 있었다."

나와 구로다 씨가 동시에 서로를 마주 봤다. 맞아, 둘이 들고 온 박스를 주방 안쪽에 뒀었지.

"어제 아빠가 당근을 잔뜩 보내 줬어요. 못생긴 당근이 많이 남았다면서. 저 혼자 다 먹을 수가 없어서 오늘 아침에 가게로 가져왔거든요."

점장님은 시선을 당근에 고정한 채 굳어 있었다.

"점장님?"

"다들, 배고프지 않아?"

"뭐 좀 출출하긴 한데⋯⋯ 아!"

구로다 씨가 뭔가를 눈치채고 내 쪽을 본다.

아마 모두 같은 생각을 하고 있을 터였다. 그래, 점장님의 전여친 레시피를 재현하는 거야.

"후우, 아름답다……."

한숨과 함께 나도 모르게 속마음을 흘리고 말았다.

왼쪽에 있던 구로다 씨의 얼음장 같은 시선이 따가웠지만 지금 그런 건 아무래도 상관없었다. 대충 걷어 올린 셔츠 아래로 보이는 핏줄이 두드러진 팔. 자세히 보면 의외로 거친 뼈가 불거진 손목. 칼로 싸악싸악 당근 껍질을 벗기는 긴 손가락.

나는 재빨리 핸드폰을 꺼내 앞치마를 두른 점장님의 사진을 여러 장 찍었다.

"이건 분명히 팔릴 거야! 무조건 팔려!"

연사 버튼을 너무 길게 눌러 엄청난 양의 사진이 쌓였지만 일단 찍고 봐야 한다! 당근 껍질을 벗기는 점장님 사진이라니, 이건 무조건 수요가 있을 거라고!

"그만 찍어."

점장님은 칼질을 멈추지 않고 말했다.

"폴라로이드로 뽑아서 굿즈로 만들어야지! 컵도 만들고!"

"대체 무슨 컵을 만든다고……."

"아니지, 상점가 사모님들을 타깃으로 하려면 역시 엽서로 배부하는 게 나으려나……. 차라리 티셔츠로 할까? 점장님과 함께하는 하루! 이렇게 카피를 써서 계산대에 진열해 놓는 거야! 그나저나 점장님이 이렇게 요리 솜씨가 좋다니……."

"모모코."

점장님의 손이 멈춘다. 얇게 벗겨진 껍질이 도마 위로 투두둑 떨어졌다.

"그만하라니까."

심야의 가게 안에 낮게 깔린 목소리가 울렸다.

"네에……."

정신 차려, 너무 흥분했잖아. 나는 얌전히 구로다 씨의 옆으로 돌아갔다.

"아까 못 들었습니까? 아마미야 씨는 어릴 때부터 직접 집안일을 했다잖아요."

"들었죠. 그냥 말로 듣는 거랑 실제로 보는 건 다르잖아요."

나는 변명했다. 다만 척척 해내는 점장님의 모습을 보고 약간의 애틋함을 느꼈던 것도 사실이다. 언제나 '난 요리 잘 못 하니까 모모코에게 맡길게'라고 말했고, 난 그 말을 순순히 믿었는데. 그 또한 분명 '내가 원하는 점장님의 모습'이 무엇인지 알아챘기 때문이겠지. 처음 만난 날 카레를 만들며 했던 실수 때문에 의심조차 하지 않았지만 분명 나를 돋보이게 하려고 의도적으로 '요리가 서툰 척'을 계속했을 테다. 내가 미처 눈치채지 못했을 뿐, 그 밖에도 이런저런 면에서 배려해 줬을 걸 생각하니 왠지 미안한 마음도 들었다.

결국 그 후 점장님과 고하루 씨는 어딘지 모르게 서로 통하는 면이 있음을 느끼고 가까운 친구로 지냈지만, 관계에 어떤 발전도 없이 졸업했고 그걸로 끝이었다고 한다.

점장님은 경제적 사정 등으로 대학 진학을 미뤘고 이런저런 아르바이트를 여러 개씩 하며 지냈다고 했다. 모델 일도 해 봤고, 호스트클럽에서 넘버원 자리까지 올라간 적도 있었다고(역시…… 라고 해야 하나). 호스트 생활을 하며 상당한 돈을 모은 후 슬슬 제자리로 돌아가야겠다고 마음먹은 점장님은 보육교사 자격증을 따고 도쿄의 유치원에 취직했다. 그리고 거기서 고하루 씨와 운명적으로 재회한 것이다. 무려 십 년 만의 일이었다.

"보자마자 고하루라는 걸 알았어. 좋은 집안의 아가씨 같은 예전의 이미지는 사라졌지만 당당한 분위기와 곧고 단단한 눈빛은 그대로였지. 뭐랄까, 오히려…… 생동감이 넘쳤다고 할까. 자연스러운 모습이었고, 밝았어. 단아하게 입 주위를 가리고 작게 웃던 아이가 하얀 이를 드러내고 활짝 웃고 있었어. 마치 무기질의 인형에 생명이 깃든 것처럼 말이야."

어느새 당근을 갈기 시작한 점장님이 덧붙였다.

"그때까지 고하루 씨한테 연락 안 했어요? 한 번도?"

"당연하지. 그대로 다이요와 결혼할 거라고 생각했으니까. 굳이 끼어들어서 목매고 싶지는 않았거든."

"점장님도 그런 고민을 하는구나……."

"그럼, 하지. 자기가 사랑하는 사람한테 사랑받길 원하는 건 다 똑같잖아."

작게 한숨을 쉬며 말하는 점장님의 모습을 보니 가슴이 먹먹해졌다. 나는 뜨거워진 두 뺨에 손을 올렸다.

스윽, 스윽. 울퉁불퉁 못생긴 당근이 강판에 갈린다.

"한편으로는 그저 행복하길 바라는 마음도 있었어. 아마 그 마음이 더 컸을 거야. 고하루네 가족은 크리스마스가 되면 아주 커다란 트리를 꾸밀 수 있는 근사한 저택에 다 같이 둘러앉아 당근케이크를 먹으며 미소 짓고 있길 바랐어."

점장님은 기울인 강판을 톡톡 두들겨 잘게 갈린 당근을

그릇에 담았다.

"그래서 유치원에서 다시 만났을 때는 정말 놀랐지. 내가 일하던 곳은 솔직히 말해서⋯⋯ 그리 유복한 사람들이 사는 동네가 아니었거든. 고하루가 아이를 낳으면 그야말로 유명 대학의 부설유치원 같은 곳에 보낼 줄 알았지."

"고하루 씨한테 무슨 일이 있었던 건가요?"

내 말에 점장님은 조용히 고개를 끄덕였다.

"다이요가 세상을 떠난 거야. 위암이었는데 손쓸 새도 없었나 봐."

"세상에⋯⋯."

"공교롭게도 다이요가 죽은 시기가 딱 아이가 태어날 때였대. 시즈쿠를 낳고 정신없이 달려갔지만 결국 임종을 지키지는 못했다고 했어."

점장님이 느리게 고개를 저었다.

"갑자기 선수를 교체라도 한 것처럼 곁에 있던 남편이 사라지고 자그마한 갓난아기랑 살게 된 거야. 대체 그때의 심정이 어땠을까."

아이가 생기고, 가족이 늘고, 즐거운 일이 잔뜩 기다리고 있을 거라 믿었을 테지. 미래에 대한 설렘으로 얼마나 두근거렸을까.

그런데.

"그럼 시즈쿠는 친아버지를 한 번도 못 봤겠네요."

"응. 쭉 혼자 키웠으니까. 그동안 이런저런 일이 있었는지 친정의 도움은 별로 받고 싶지 않았나 봐. 고하루는 결국 스스로 벌어서 혼자 키우는 길을 선택했어. 우리가 다시 만났을 때 시즈쿠는 세 살이었어. 결혼 후 다이요의 성을 따랐기 때문에 이름만 보고는 몰랐거든. '오카다 씨' 하고 불렀는데 고하루가 돌아보길래 얼마나 놀랐는지. 다이요는 생전에 호적을 정리하자고 했대. 아직 젊으니까 고하루는 다른 사람 만나서 행복하게 살았으면 좋겠다고. 하지만 고하루가 앞으로도 오카다라는 성으로 살겠다며 끝까지 고집을 부렸다더라고."

머릿속으로 병상에 누운 다이요 씨의 손을 꼭 잡은 고하루 씨의 모습이 떠올랐다.

"그 얘기를 들려줄 때의 고하루의 표정을 잊을 수가 없어. 고하루는 행복해야 하는데. 그 누구보다 더 행복해야 하는데. 그런데도 고하루는 십몇 년 전과 똑같은 눈빛으로 나를 쳐다보면서 '내 호적에 다이요를 남겨 두고 싶었으니까요'라고 말했어."

케이크 반죽을 만들던 점장님의 손이 갑자기 멈췄다.

"웃기죠? 그래도 나한테는 이게 유일한 버팀목이에요. 바보같이 들리겠지만……. 관공서의 서류에 오카다 다이요라는 이름이 적혀 있다는 것만으로도 구원받는 기분이 들거든요'라고."

그런 말까지 들었구나.

"그렇게 말하면 아무것도 할 수가 없잖아……."

"어때, 모모코? 지금까지 상담했던 사람들한테 뒤지지 않는, 나름 절절한 실연 스토리 아냐?"

하아, 점장님. 그렇게 억지로 웃지 말라고요.

어둠이 내린 밤길은 인적 하나 없이 고요하다.

빗줄기는 전보다 많이 잦아들었다. 어쩌다 한 번씩 마치 잊고 있었다는 듯 가느다란 빗방울이 후드득 떨어졌다.

당근케이크 반죽을 오븐에 넣고 나서야 크림치즈가 없다는 사실을 떠올린 우리는 근처 마트에 장을 보러 갔다. 비닐봉지를 팔랑팔랑 흔들며 비긋다까지 걸어간다.

"다시 만난 후에 이런저런 얘기를 하게 됐고 시즈쿠와 셋이 외출하는 일도 많아졌어. 공원에도 가고, 수족관이나

유원지에도 가고……. 혼자 애를 키우니까 멀리 나가기가
힘들었나 봐. 두 사람도 좋아하더라고."

나는 몸을 내밀어 점장님의 얼굴을 들여다봤다.

"다시 또 좋아지지 않던가요?"

"뭐, 그야."

그렇게 말하던 점장님은 뭐가 떠올랐는지 볼을 붉히더
니 황급히 시선을 피했다.

"어, 어어! 점장님, 설마 지금 부끄러워한 거예요? 네? 뭐
야!"

"그런 말을 그렇게 큰 소리로 하고 그래……."

점장님이 쑥스러운 듯 오른팔로 얼굴을 가렸다.

"뭐, 나야 계속 좋아했으니까. 어른이 되고 나서도 늘 고
하루 생각뿐이었어."

얼굴을 가려 봤자 시뻘게진 귀 때문에 티가 다 났다.

샌들 바닥이 탁, 탁, 아스팔트에 스치는 소리가 한밤의
산겐자야에 울려 퍼졌다.

"그래서요?"

"고백은 하셨나요?"

"이번에는 말했어요? 좋아한다고 제대로 전했냐고요?"

가운데서 걸어가던 점장님을 나와 구로다 씨가 둘러싸

며 캐물었다. 물러설 기색이 없는 우리의 추궁에 점장님의
얼굴이 다시 조금 빨개졌다.

점장님은 갑자기 걸음을 재촉하더니 우리보다 세 발 앞
서 성큼성큼 걸어갔다.

그렇게 앞서가다 우뚝 멈춰 서고는,

"……했어."

"꺄아!"

우리는 무심코 두 손을 맞잡았다.

"으……. 창피해."

점장님은 어깨를 으쓱이더니 엄청난 속도로 앞질러 걸
어가기 시작했다.

일치단결한 구로다 씨와 나는 다시 점장님의 양옆에 딱
붙었다.

"뭐가 창피해요, 점장님. 자, 얼른 더 얘기해 봐요. 크림
치즈는 소녀가 들겠사오니."

"아마미야 씨, 적나라한 사랑 이야기가 영혼을 구한다는
가르침도 있지 않습니까. 없던가?"

"누가 봐도 대충 아무 말이나 갖다 붙인 거잖아! 그러다
천벌 받는다!"

그나저나 이렇게까지 감정을 드러낸 점장님의 모습을

보는 건 처음일지도 모르겠다. 얼굴이 새빨갛게 달아오르기도 하고, 버럭버럭 화를 내기도 하고. 어쩌면 이것이 점장님의 진짜 모습일까.

아니야. 여기까지 생각하던 나는 고개를 저었다. '진짜 모습'이 뭔지, 그런 생각은 그만두자. 아마 점장님조차 아직 진정한 자신의 윤곽을 알지 못할 테니까.

"그래서요, 뭐라고 그랬는데요? 뭐라고 했어요? 네?"

"거기가 그러니까 이노카시라 공원이었지, 아마?"

점장님이 자못 멋쩍은 듯 귓불을 긁었다.

"이, 이노카시라 공원?"

설마. 도쿄를 대표하는 그런 데이트 장소에서 고백했을 줄이야.

"저는 한 번도 못 가 봤어요."

"도쿄에 살면서 거길 안 가 본 사람이 있다고요?"

"전 지바 출신이니까요."

"가고시마 출신인 제 입장에서 지바는 그냥 도쿄나 마찬가지거든요? 그럼 다음에 다 같이 가요! 탁 트여 있고, 연못이랑 오리 배도 있어요. 연휴에는 이벤트도 많이 하고요."

"허어……."

핏대를 올리며 설명하는데 정작 구로다 씨는 관심이 없

255

어 보인다.

그렇게 떠드는 사이 비긋다에 도착했다. 젖은 우산의 물기를 털어 내고 가게 밖에 세워 두었다. 가방에서 열쇠를 꺼내려는데 점장님이 뭔가 생각난 듯이 입을 열었다.

"그래, 맞아. 시즈쿠가 오리 배를 타더니 엄청 신이 나 가지고…… 참 즐거웠지."

돌아보니 점장님이 바지 주머니에 손을 꽂은 채 멍하니 밤하늘을 올려다보고 있었다. 여전히 변덕스러운 빗방울이 간간이 떨어졌다.

"아이스크림도 먹고, 피에로한테 풍선아트 선물도 받고…… 여기저기 놀러 다니다 저녁이 되니까 시즈쿠가 잠들어 버렸어. 너무 푹 자길래 연못 주위 벤치에 눕히고, 나랑 고하루는 오래 걸어서 녹초가 된 다리도 쉬게 할 겸 앉아 있었지."

툭. 머리 위로 차가운 물방울이 흘렀다.

"너무 즐거웠어. 아아, 세상에 이렇게 행복한 일이 있다니. 진심으로 그렇게 느꼈어. 사랑하는 사람이 바로 옆에 있고, 함께 이곳저곳 걸어 다니면서 지친 상태로 또 웃고. 아무 생각도 할 필요가 없는 듯한 기분이었어. 상대방이 바라는 대로 하지 않으면 떠나 버릴지 모른다는 생각 같은 건 하나도 안 들더라. 그런 시간이었지."

점장님의 코끝에도 빗방울이 떨어졌다.

"나도 모르게 말이 나와 버렸어."

빗방울이 얼굴을 타고 입술에서 턱으로 흐른다.

"좋아해. 오래전부터."

마치 구름 너머의 누군가에게 전하는 듯한 말이었다.

"지금 이 관계가 깨지는 건 무섭지만……."

눈 한 번 깜빡이지 않고 앞을 똑바로 보며 말한다.

"난 친구 그 너머의 풍경을 보고 싶어. 다음에 만날 때는 연인으로 만나면 안 될까?"

적막한 밤, 또렷한 목소리가 울려 퍼진다.

팽팽하던 실이 풀어지듯 점장님이 숨을 내쉬었다.

친구 너머의 풍경. 아아, 점장님은 대체 어떤 마음으로 그 말을 꺼냈을까.

"그…… 그랬더니요?"

점장님이 아스팔트 위에 굴러다니는 작은 돌멩이를 툭 찼다.

"거절당했어. 역시 다이요가 제일 소중하다고. 선배를 좋아하지만, 연애 감정을 가질 수는 없다고."

구로다 씨가 한숨을 내뱉는다.

그 뒤를 따라 내가 더 깊은 한숨을 내쉬었다.

이제 알겠어. 왠지 알 것 같아. 분명 고하루 씨는 그런 사람인 거야. 그런 사람이라서 점장님이 사랑했던 거야. 머릿속에 그리던 희미한 그녀의 모습이 점점 선명해지고 있었다.

"저 같으면 완전히 무너졌을 거예요……."

구로다 씨가 고개를 떨구며 말했다.

"나도. 그 사람을 사랑한 걸 후회했을지도요……."

"하아……."

우리 둘은 점장님의 사랑이 이루어지지 않았다는 사실에 생각보다 더 큰 상처를 받고 있었다. 마치 내 일처럼 충격적이었다.

"하지만……."

"하지만?!"

구로다 씨와 내가 깜짝 놀라 고개를 든다.

점장님이 우리 둘을 등진 채 속삭이듯 말했다.

"하지만 친구 이상의 풍경이라는 말을 들으니까 나도……. 선배랑 새로운 세상을 보고 싶어졌어요…… 라고."

그 말은 그러니까.

"고하루 씨가 그렇게 말했다는 거죠?"

"그래."

우물대듯 조그맣게 말하는 점장님의 귀는 아까보다 더 새빨갛게 물들어 있었다.

"와아…… 고귀해라……. 마치 시조로 쓴 답가 같잖아!"

나는 크림치즈가 든 봉지를 붕붕 휘둘렀다. 점장님 본인도 얼굴이 벌게진 것을 느꼈는지 죽어도 이쪽을 쳐다보지 않았다.

"그러니까 연인 사이 같은 건 아직 생각할 수 없지만, 앞으로도 같이 놀아 줄래요? 라고. 그걸로 충분했어. 나는 시즈쿠의 제일 친한 친구였고 나 역시 그 관계를 잃고 싶지 않았거든."

어쩌면 고하루 씨도 자신의 마음을 미처 정리하지 못했던 건지 모른다.

대화를 나누는 친구, 동지로만 생각했던 상대. 그때까지는 분명 연애 대상으로 본 적이 없었을 테니까.

점장님은 민망함을 덮으려는 듯, 뒷머리를 긁적이며 말했다.

"아무튼 그렇게 해서 나는 시즈쿠한테 자주 놀러 오는 잘생긴 동네 오빠 같은 존재가 된 거야."

상대가 바라는 대로 연기하는 게 특기라더니 막상 고하루 씨만 얽히면 모든 게 다 얼굴에 드러나는 것 같다.

💔

　작업을 대충 끝낸 점장님이 젖은 손을 닦으며 소파에 앉았다. 이제는 오븐에서 케이크가 구워지기를 기다리기만 하면 된다.

　"셋이 함께 보낸 그 일 년이 가장 즐거웠어. 그래, 정말 즐거웠지."

　점장님은 다시 한번 곱씹으며 고개를 끄덕였다.

　"맞아, 크리스마스 파티도 했어. 크리스마스라니. 나는 자라면서 크리스마스 파티 같은 거 한 번도 해 본 적이 없어서 깜짝 놀랐어. 고하루가 크리스마스트리를 사 오라고 했는데 어떤 사이즈를 사야 할지 전혀 감이 안 와서 무작정 제일 큰 걸 샀거든. 그랬다가 고하루한테 얼마나 혼이 났는지."

　"아, 무조건 큰 게 좋다는 마인드?"

　점장님은 기억을 더듬는 듯 눈을 가늘게 뜨며 웃었다.

　"근데 시즈쿠가 너무 좋아하는 거야. 이렇게 큰 트리가 있는 사람은 자기밖에 없을 거라면서 엄청 신이 났더라고. 그리고, 그래. 고하루가 선물도 줬어."

　점장님은 자리에서 일어나 입구 바로 앞에 있는 장식장

에서 무언가를 들고 왔다.

스노 글로브였다.

유리구슬 안에는 하늘을 나는 작은 산타클로스와 루돌프가 담겨 있었다.

"이건 아까 시즈쿠가 가져왔던…… 아니, 다른 거네. 혹시 계속 저기에 장식해 뒀던 이게……."

"맞아. 이건 오늘 받은 게 아니라 같이 살던 육 년 전에 고하루에게 받은 스노 글로브야."

그러니까 점장님은 고하루 씨에게 받은 선물을 매일 보는 곳에 장식해 두었던 거구나.

"그 크리스마스는 틀림없이 내 인생 최고의 날이었어."

점장님은 읊조리듯 말하며 스노 글로브를 쓰다듬었다.

"계속 그렇게 지내면 좋았을 텐데 역시 잘 안됐어. 같이 산 지 일 년 정도 됐을 때였나. 고하루가 더 이상 어리광 부릴 수는 없다고, '당신한테 기대다 보면 내가 못난 사람이 될 거 같아'라며 울더라."

"그게 무슨 뜻이에요?"

"아마 내가 생각하기엔……."

점장님은 은은하게 반짝이는 유리구슬 속을 가만히 들여다보았다.

"고하루는 말이지. 누군가에게 의지가 되어 주고 싶어 하는 사람이었어. 의지하고 싶어 하는 사람이 아니라. 아버지는 제약회사 임원이었고 좋은 동네의 지하실까지 딸린 저택에서 아쉬울 것 없이 자랐지. 훌륭한 교육과 질 높은 레슨을 받으며 교양 있는 친구들과 사귀었어. 누구나 부러워할 만한 삶이었지. 고하루의 불행은 자신이 너무 많은 걸 누리는 사람으로 태어났다는 사실을 깨달은 데 있었어."

점장님이 담담하게 말했다.

"불행? 많은 걸 누리는 삶이?"

"사람은 누구나 자기 노력과 재능으로 여기까지 왔다고 믿고 싶어 하잖아요. 처음부터 많은 걸 가지고 태어났으니까, 부모님이 아낌없이 돈을 투자했으니까, 환경이 유복했으니까. 그렇게 다 갖춰진 덕에 성공했다는 걸 자진해서 인정하고 싶지 않은 거예요."

구로다 씨는 빡빡머리를 슥슥 문지르며 혼잣말처럼 말했다.

점장님은 한동안 구로다 씨를 바라보는가 싶더니 작게 '그렇지' 하고 중얼거렸다.

"어쨌든 고하루는 꽤 어릴 때부터 구로다 씨가 말하는 '다 갖춰진 환경'의 위대한 힘을 실감한 거야. 그래서 더더

262

욱 거기서 벗어나려고 발버둥 쳤고, 다이요처럼 흔들림 없이 묵묵하게 노력하는 사람에게 끌렸던 거겠지."

나 같은 사람이 아니라, 라는 말이 뒤이어 들린 듯한 착각이 들었다.

"고하루는 늘 누군가로부터 주어진 삶을 살아왔어. 자기 실력에 맞지 않는 것도 많았겠지. 그런 삶에 염증을 느꼈을 거야."

점장님은 테이블 위에 한쪽 팔꿈치를 괴고서 손으로 머리를 받쳤다. 눈을 깜빡일 때마다 아래쪽으로 향한 속눈썹이 작게 흔들렸다.

"마지막에 이런 말을 하더라고."

"어떤?"

"난 행복해요. 행복해질 수 있는 사람이에요. 당신이나 다른 누군가가 행복하게 해 줘야만 하는 그런 사람이 아니에요."

축축한 공기가 문틈으로 새어 들어 몸을 감싼다. 나는 괜스레 목덜미를 문질렀다.

"그 얘길 들었을 때 심장을 도려내는 듯한 기분이 들었어. 결국 똑같은 거잖아. 나는 그렇게 진절머리를 쳐 놓고 고하루에게 똑같이 한 거지. 내 이상을 강요하면서 이렇게 살았으면 좋겠다, 이렇게 웃었으면 좋겠다. 내 맘대로 이런 저런 망상을 한 거야."

"점장님……."

"나도 사랑하는 사람에게는 지나칠 정도로 퍼 주는 사람이거든. 그 사람이 행복하길 바랐어. 고하루를 힘들게 하는 것들, 시즈쿠가 꿈꾸는 것들, 그 모든 걸 내가 다 해결하고 이뤄 주고 싶었어. 매주 쉬는 날이면 동물원과 유원지, 바다까지 드라이브를 갔어. 시즈쿠가 조금이라도 좋아할 만한 곳이라면 어디든. 많은 걸 보여 주고 싶었거든. 많은 걸 봤으면 했어. 그 많은 걸 보고 고하루가, 시즈쿠가…… 어떤 표정을 짓는지 보고 싶었어."

그 말을 하는 순간, 점장님의 어깨가 가늘게 떨리는 듯했다.

나는 무엇도 할 수 없어서 테이블 위로 맞잡고 있는 점장님의 손을 바라봤다.

"그저 그것뿐이었어. 정말로. 난 진짜 그러고 싶었거든. 즐거웠어. 사랑하는 사람에게 뭔가 해 줄 수 있다는 게 기뻤어. 그 사람이 어떻게 느낄지는 생각도 안 하고 이렇게 해 주면 좋아하지 않을까, 그냥 그런 생각을 하는 즐거움에 빠져서……."

아아, 이 사람은 알고 있구나. 무서울 정도로 잘 알고 있어. 누군가의 기대를 받는 괴로움을 아는 사람이다.

'불행한 채로 있으면 좋겠다'라는 자신을 향한 기대와 정반대 방향이지만, 설령 긍정적으로 보이는 기대일지라도 고하루 씨에게는 똑같은 괴로움으로 다가왔을 테지.

"친구 그 너머의 풍경은, 가족이라는 풍경은…… 정말이지 눈부셨어. 즐거웠지. 연인이 되진 못했지만 말이야."

단 일 년 동안의 가족.

점장님이라면 분명 최선을 다해 다양한 '아버지'를 관찰하고 보육교사 시절의 기억을 총동원해 자기만의 '아빠의 모습'을 만들어 왔을 것이다. 필사적이었겠지. 비록 행복했으면 좋겠다는 그의 강한 바람이 고하루 씨에게는 너무 버거운 진심이었을지라도.

"하아, 정말!"

점장님이 느꼈을 여러 가지 감정을 떠올리니 어쩔 줄 모르게 되어, 나는 그만 울면서 소리쳐 버렸다.

"점장님이랑 고하루 씨, 시즈쿠까지 모두 이 스노 글로브 안에 꽁꽁 가둬서 영원한 존재로 만들어 버리고 싶어!"

눈꼬리가 젖어 드는 느낌이 들어 얼른 앞치마 자락으로 눈가를 꾹 눌렀다.

"왜 모모코가 울고 그래."

점장님은 여느 때와 같은 표정으로 웃었다.

어라? 방금 전까지 울고 있었던 것 같은데 내 착각이었나?

"아, 아니, 그게⋯⋯."

"아무튼 유키 씨는 울보라니까요."

"그것참 미안하게 됐네요. 논리 중심 인간들이 이런 내 마음을 어떻게 알⋯⋯."

뭐지? 되받아치려 확 노려보는데 구로다 씨가 천장을 보고 있다. 엄청난 각도로 고개가 꺾여 있었다.

어? 구로다 씨, 우는 거야?

"우는 거 아닙니다."

내가 일어서서 얼굴을 확인하려 하자 구로다 씨가 몸을 한껏 젖혔다. 곧 죽어도 눈을 보여 주기 싫은 모양이었다.

"우는 거 맞는데?"

"안 웁니다."

말은 그렇게 하면서 에어컨 바람이 가장 세게 부는 곳으로 자리를 옮겼다.

"와, 시간 버는 것 좀 봐! 눈물 말리려고 거기 간 거잖아요, 지금!"

"풉⋯⋯. 호호, 하하하!"

구로다 씨와 꺅꺅대며 아웅다웅하는 사이, 점장님이 진심으로 재미있다는 듯 웃음을 터뜨렸다. 그 모습에 우리도 덩달아 웃어 버렸다.

어느새 새벽, 비긋다에 당근과 향신료의 달콤한 향기가 퍼졌다. 평소라면 깊은 잠에 빠져 있을 시간이었지만 지금은 전혀 졸리지 않았다.

길쭉한 파운드케이크 틀에 구운 당근케이크. 단면에는 건포도와 견과류가 보였고 크림 위에는 핑크페퍼를 얹었다.

"점장님이 이렇게 훌륭한 디저트를 만들 줄은……."

"당근케이크 얘기는 지겹도록 들었으니까. 헤어지고 난 후에도 고하루를 느끼고 싶어서……."

아름다운 얼굴을 하고 예전의 나 못지않게 부담스러운 말을 꺼낸다. 아아, 설마 처음 내가 비긋다에 와서 펑펑 울던 날 점장님이 친절했던 것도 다 이런 이유에서였나? 문득 그런 생각이 스쳤다.

시즈쿠에게는 잠시 일 때문에 멀리 가게 되었다고 했거든. 점장님이 덧붙였다. 시즈쿠에게 더 큰 존재가 되기 전에 떠나려 했지만 소중한 사람을 갑자기 잃었을 때의 외로움을 사무칠 정도로 잘 알고 있던 점장님은 그 후에도 정기적으로 선물을 보냈다고 한다. 모아 뒀던 돈을 탈탈 털어 목적지도 없이 해외 여기저기를 떠돌며 세계 각지의 스노 글로브와 그림책, 엽서 등을 사서 매년 크리스마스에 시즈쿠에게 보냈다고. 생각했던 것보다 더 성실하고 정이 깊은 사람이라, 그 얘기를 들은 나는 또 울고 말았다. 점장님은 그런 날 보고 다시 웃음을 터뜨렸다.

"좋았어. 자, 이제 먹어 볼까?"

점장님이 소파에 앉은 것을 신호로 당근색 스펀지에 포크를 꽂는다. 크림도 같이 퍼서 입에 넣었다.

"너무 맛있다! 당근케이크가 이렇게 맛있는 거였나요?"

케이크 전문점에 갈 때마다 '케이크다운 케이크를 먹어야지'라는 욕망이 앞서 쇼트케이크나 초콜릿케이크, 치즈케이크 같은 정통파만 노렸는데, 당근케이크가 이렇게까지 제대로 된 '케이크'일 줄이야. 뭐, 이름부터 케이크니 당연한 거겠지만.

"달콤함 속에서도 톡 쏘는 향신료의 향이 제대로 느껴지고 크림치즈의 적당한 산미도 훌륭하게 어울리네요. 이건 거의…… 크림소다에 버금가는 수준이라고 할까요?"

단것을 좋아하는 구로다 씨가 전에 없이 술술 감상을 늘어놓는다. 믿을 수 없는 속도로 한 조각을 먹어 치우더니 벌써 두 번째 조각에 포크를 대고 있다. 이 부분은 이 재료가 포인트라는 등 따발총처럼 떠드는데, 안 되겠다. 하나도 못 알아듣겠어. 다 외국어처럼 들린다고. 알아듣게 좀 말해!

"응. 내 사랑은 이걸로 끝이야. 이제 고하루를 잊을 거야. 두 사람 덕분에 매장할 수 있었어. 고마워."

한동안 시끄럽게 떠드는 우리를 가만히 지켜보던 점장님이 커피 잔을 입에 대며 툭 내뱉듯 말했다.

"차분히 내 얘기를 할 수 있어서 좋았어. 마음도 어느 정도 정리됐고. 이제야 비로소 고하루를 잊을 수 있을 것 같아."

슬쩍 창밖으로 시선을 돌린다. 아직도 비가 조금씩 오고 있는 듯했다.

"자, 그럼 이걸로 무사히 성불을……."

양손을 모으고 늘 하던 대로 마무리를 하려는데, 뭔가가 영 찜찜하다.

뾰족한 바늘 같은 무언가가 마음의 뒤편 어딘가를 계속 찌르고 있다.

"거짓말인 거 같은데."

눈을 가늘게 뜨고 점장님을 노려봤다.

이상해. 뭔가 이상하다고!

"어?"

"점장님."

나는 앞으로 몸을 쑥 내밀고 점장님에게 얼굴을 들이밀었다. 점장님의 옅은 색 눈동자가 마구 흔들렸다.

"아직 사랑하죠? 고하루 씨를."

점장님이 누가 봐도 동요하는 모습으로 쉴 새 없이 눈을 깜빡거린다.

"뭐가? 아니야······."

"근데 점장님은 왜 케이크에 손도 안 대요?"

그렇다. 내가 느낀 찝찝함은 점장님 몫의 케이크였다.

우리는 진작에 다 먹어 치웠는데(심지어 구로다 씨는 은근슬쩍 세 조각이나 먹었는데) 점장님은 케이크를 입에 대지도 않았다.

"왜요. 케이크를 먹으면 너무 많은 추억이 떠올라서? 아아, 고하루가 만들어 주던 맛이다, 하고 기억이 되살아나서 다시 사랑에 빠질까 봐?"

분명히 이렇게 한 번 마무리를 짓고 '난 방에 가서 먹을게' 같은 말로 둘러댄 다음 끝까지 먹지 않을 생각이었던 거야.

점장님이 입을 다물었다. 아마 이런 말을 들을 줄 몰랐겠지. 눈빛이 요동치고 있다.

"그, 그런 거 아니라니까. 못 먹긴 왜 못 먹어⋯⋯."

억지로 웃어 보인 점장님이 포크를 들었다. 당근케이크를 푹 찔러 접시째 입에 가져가려고 하던 바로 그때였다.

구로다 씨가 점장님의 손목을 꽉 붙잡는다.

"잠깐, 아마미야 씨. 오늘 어디 갔다 온 거예요?"

나는 불현듯 무언가가 떠올라 구로다 씨를 바라봤다. 그러고 보니, 점장님은 오늘 늦게 가게에 나왔다. 일이 있다고 했었지.

"향냄새가 났어요."

점장님이 민망함을 감추려는 듯 구로다 씨의 눈을 어물쩍 피했다.

"아마미야 씨, 오늘 묘에 다녀온 거죠?"

둘러댈 생각 말아요! 하며 단호하게 증거를 들이미는 나와 구로다 씨의 모습에 점장님이 깊은 한숨을 내쉬었다.

"하아⋯⋯. 두 사람 나한테 왜 이렇게 관심이 많아? 어후, 무서워. 내가 그렇게 좋아?"

또 장난으로 넘길 셈이다.

대체 왜 몰라 주는 건데.

항상 점장님의 인생에 깊이 들어가면 안 될 것 같은 기분이 들었다.

점장님뿐이 아니다. 교헤이와 헤어진 후로 쭉 그랬다. 누군가에게 마음을 전하는 게 두려웠다. 부담스럽다는 말을 또 듣게 될까 봐. 너무 진심이라 무섭다는 말을 들을까 봐.

하지만. 그렇지만 나도 이 정도는 알아. 지금이야말로 칼을 휘둘러야 할 순간이다.

"그래요……. 좋아해요!"

내가 던진 말에 점장님이 놀라서 고개를 든다.

"뭐?"

"아, 제 말은. 물론 그런 뜻은 아니고요! 인간으로서? 상사로서…… 아니, 비긋다의 멤버로서?"

최악의 타이밍에 고백한 사람처럼 되어 버린 나는 서둘러 변명을 했다. 아오, 진짜! 왜 하필 이 중요한 순간에 삐끗하는 건데.

"좋아하니까……. 점장님이 평소와 달라 보이면 걱정하고, 더 살피게 되고, 점장님을 아빠라고 부르는 꼬마가 나타나면 무지하게 신경 쓰이고 그래요."

그래. 오늘은 정말이지 불안했다.

"점장님이 없어지는 건 싫다고요! 난 점장님이 있으니까 여기서 일할 수 있는 거고, 비긋다랑 매장위원회 일도 즐겁게 하는 거예요. 점장님이 없으면 이곳은 더 이상 비굿다가 아니니까. 나 진짜 걱정했다고요."

싸한 공기가 흐른다.

어라, 나 지금 엄청 부끄러운 말을 한 거 같은데……?

"저기, 점장님. 뭐라고 반응 좀 해 줘요. 안 그럼 내가 너무 창피하잖아요……."

"다이요한테…… 다녀왔어."

점장님이 고개를 떨군 채 말했다.

"매년 가시는 거예요?"

"이상하지? 나는 그냥 남인데, 사랑하는 사람의 남편이 묻힌 묘에 계속 간다는 게……."

점장님이 작게 숨을 뱉었다.

"왜 그런지 모르겠는데 다이요의 묘지 앞에서 손을 모으면 속마음을 술술 털어놓게 돼. 다이요 입장에서는 '너 대체 뭐야?' 싶겠지만. 고하루를 잊고 나면 묘에 그만 찾아가려 했어. 오늘 다녀오고 나면 이번에야말로 마지막이라 생각했지. 그런데 와 보니 시즈쿠가 있는 거야."

아아, 그래서 그렇게 유령 같은 모습으로 넋을 놓고 있었구나.

분명 이미 몇 번이나 포기하려고, 마음을 묻어 두려고 했을 것이다. 스스로 채찍질을 하면서. 하지만 역시 잊을 수가 없었을 거다.

어릴 때부터 늘 '자신이 아닌 누군가인 척'을 해 왔는데 '고하루 씨를 좋아하지 않는 척'만큼은 아무리 애써도 할 수가 없다니. 얼마나 괴로웠을까.

"아직, 사랑하나요?"

내가 물었다.

점장님은 한동안 눈을 꼭 감고 생각에 잠기더니 다시 눈을 떴다. 그리고,

"사랑해. 견딜 수 없을 정도로 사랑해. 내 곁에 있어 줬으면 좋겠어. 할 수만 있다면 평생."

확실히 말했다.

그렇구나.

그렇다면 더 말할 것도 없다.

나는 재빨리 점장님의 접시를 뺏어 케이크를 내 앞으로 가져왔다.

"그럼 안 하면 돼요. 매장 같은 거. 점장님 케이크는 제가 먹을게요."

말이 끝나자마자 점장님의 케이크를 먹기 시작했다. 으음, 역시 맛있어.

점장님은 얼이 빠진 표정이었다. 나는 당근케이크를 먹

으며 말했다.

"엉망인 마음은 엉망인 채로 둬도 돼요."

점장님이 눈을 크게 뜨고 나를 본다.

"고하루 씨가 그랬다면서요."

"그랬지. 그건 맞는데."

"뭐 어때요. 이목구비가 이렇게 깔끔하게 정리돼 있는데. 마음속은 좀 엉망으로 어질러져 있어도 괜찮지 않을까요?"

"게다가…… 부처님이 말씀하시길……."

구로다 씨가 손가락으로 위를 가리키며 덧붙였다.

"……아니다."

한동안 위를 보며 생각에 잠겨 있던 구로다 씨가 이내 고개를 천천히 젓더니,

"누가 뭐라든 우리가 있잖아요."

웬일로 솔직한 마음을 전한다.

"어머, 세상에! 구로다 씨!"

"아, 실수예요. 지금 건 실수였습니다."

내가 기뻐서 어깨를 팡팡 치자, 당황한 구로다 씨가 금세 말을 바꿨다.

"하아, 지금 그 말은…… 그게 그, 새로운 염불이랑 헷갈

렸어요."

"고마워."

안심한 듯한 점장님의 목소리가 들렸다.

"이제 됐어요?"

"아직이요."

"구로다 씨, 뭐 넣어요?"

"비밀입니다."

"살짝만 보여 주면 안 돼요?"

"싫습니다."

"아, 그거 별 모양 비즈예요? 예쁘다. 저기, 제 건 어때요?
고민되네."

"아후, 진짜 성가셔! 얼른 각자 자기 거에 집중!"

일주일 후.

문을 열기 전 비긋다에 모인 우리는 서둘러 스노 글로브
만들기에 돌입했다. 점장님의 매장 의식으로 각자 추억이
담긴 물건을 넣어 스노 글로브를 만들기로 한 것이다.

"나, 넣을 게 너무 많아서 자리가 모자라."

"스노 글로브에 넣을 게 뭐 그렇게 많다고."

교헤이와의 데이트 때 신으려고 큰맘 먹고 산 펌프스, 같이 갔던 디즈니랜드의 입장권, 교헤이가 두고 간 단추…….

가지고 있으면 마음이 싱숭생숭해지는 것들을 죄다 집어 넣으려다 보니 자리가 부족해!

"으아, 과해! 누가 이런 걸 스노 글로브에 넣어요? 아니, 잠깐. 전에 다 버렸다고 그러지 않았어요?"

구로다 씨의 날카로운 지적에 어깨가 움찔했다.

"그때 내가 얼마나 힘들게 도와줬는데!"

"아니에요, 딱 이거! 정말 이게 마지막이에요! 책상 서랍에 남아 있었다고요! 게다가 여기 스노 글로브 만들기 설명서에 적혀 있잖아요. 자유롭게 원하는 것을 넣으세요! 여기 봐요!"

나는 설명서를 구로다 씨의 얼굴 앞에 들이밀었다. 아니, 자유롭게 넣으란다고 저런 걸…… 하고 투덜대는 구로다 씨를 모른 척하며 점장님에게 시선을 돌렸다.

"점장님은?"

"다 만들었어."

"우앗, 빠르다!"

들여다보니 이미 돔 뚜껑까지 깔끔하게 닫은 완성된 스

노 글로브가 보였다.

그러나 내용물은 지극히 심플했다. 유리구슬 안에 든 것은 당근케이크 위에 얹었던 핑크페퍼, 그리고.

"이거…… 열쇠예요? 무슨 열쇠?"

색이 살짝 바래고 녹이 슨 은색 열쇠가 유리 돔 안에 떠 있다.

"여기 열쇠."

"여기요?"

"응. 비긋다의 열쇠. 처음에 사장님한테 받은 거야."

너무 놀라 아무 말도 하지 못했다. 예상 밖이었다. 고하루 씨와 시즈쿠에게 받은 물건을 넣을 줄 알았는데.

"물론 마스터키는 따로 있으니 걱정하지 말고."

점장님이 덧붙인다.

"앞으로 시즈쿠가 살아가는 동안에 곤란한 일이 생겨서 나한테 의지하고 싶은 날이 올지도 모르잖아. 그때 비긋다가 있으면 날 찾아오기 쉬울 거 아냐. 그래서 이건."

점장님은 다시 한번 스노 글로브의 아래쪽을 붙잡고 열리지 않도록 뚜껑을 꽉 닫는다.

"비긋다의 문을 절대 닫지 않겠다는 내 각오야. 비긋다가 사라질 때에 이 스노 글로브를 열어 안에 있는 열쇠를 꺼내게 될 거야."

그렇게 말한 점장님이 싱긋 웃는다.

"그러니까 앞으로도 잘 부탁해. 모모코, 구로다 씨."

"저야말로요!"

한여름의 푸른 하늘이 창문 한쪽에 펼쳐진다.

나는 자리에서 일어나 몸을 쭉 뻗었다. 묵직한 스노 글로브도 완성됐겠다, 내 원한을 매장할 시간도 한 발짝 더 가까워지고 있다.

"그럼 나도 프로틴을 넣어 볼까?"

무슨 생각이 들었는지 구로다 씨가 뜬금없는 말을 한다.

"스노 글로브에?"

"네."

"별 장식이랑 프로틴이 들어간 스노 글로브라니 대체 그게 뭔 조합인데요!"

"왜요. 자유롭게 만들면 된다면서요."

하여튼. 나랑 점장님이 만든 걸 보고 부러웠나 보지?

점장님이 장식장에 새로운 스노 글로브를 진열했다.

우리 셋은 누가 먼저랄 것도 없이 그 앞에 둘러서서 각자의 손을 맞잡았다.

"그간 상심이 깊으셨지요. 부디 좋은 곳으로."

유리에 반사된 태양 빛이 반짝반짝하며 기분 좋게 일렁거린다.

'친구, 그 너머의 풍경이 보고 싶어' 당근케이크

재료(5인분)

♥ 반죽

달걀	2개
태백 참기름	(달걀 포함해 110g)
비정제 설탕	60g
당근	150g

♥ A

쌀가루	100g
베이킹파우더	6g
시나몬	1.25ml
클로브	1.25ml

흑후추	1.25ml
건포도	20g
럼주	적당량
호두	15g

♥ 프로스팅

크림치즈	80g
비정제 설탕	20g
카르다몬	원하는 만큼
타임	적당량
핑크페퍼	적당량

만드는 법

① 건포도를 럼주에 담근다 → 냉장고에서 1시간 이상 차갑게 식힌다.
  * 끓인 물에 데친 다음 살짝 식혔다가 담가 두면 더 잘 배어든다.

② 당근 50g을 간다(푸드 프로세서를 사용해도 된다). 100g은 채 썬다.

③ 달걀과 비정제 설탕을 거품기로 섞는다.

④ ③에 태백 참기름을 조금씩 넣으며 섞는다.

⑤ ②에서 간 당근을 ④에 넣고 섞는다.

⑥ A(파우더류)를 ⑤에 넣고 섞는다.

⑦ 거기에 ②에서 채 썬 당근과 적당한 크기로 부순 호두, 럼주에 절인 건포도를 넣어 주걱으로 저어 가며 섞는다.

⑧ 오븐을 180℃로 예열한다.

⑨ 15cm의 원형 틀에 ⑦의 반죽을 붓는다.

⑩ 오븐에서 30~35분 굽는다.

⑪ 잘 식힌 다음 냉장고에서 하루 이상 재운다.

⑫ 비정제 설탕과 카르다몬을 섞은 크림치즈를 케이크 위에 바른 후 타임과 핑크 페퍼로 장식하면 완성!

제6화

'나랑 일이랑 어느 쪽이 더 중요해?' 초콜릿

다른 여자들과 똑같은 척

"이제 이런 질문하기도 지겨운데, 대체 두 사람 뭐 하는 거야?"

커피 원두를 사 온 점장님이 카운터에서 조용한 싸움을 벌이던 우리를 보고 지긋지긋하다는 듯 물었다.

"어어, 점장님, 어서 오세요! 이것만 끝나면 바로 들여놓을게요. 잠깐만요."

나는 양손으로 붙잡고 있던 구로다 씨의 엄지손가락을 핸드폰 화면에 갖다 대며 답했다. 눈앞에 있는 것은 구로다 씨의 리뷰 앱이었다.

"빨리요, 점장님 기다리시잖아요! 부탁이니까 눌러요!

엄지로 여기! 이 탭!"

"시, 싫다니까요! 절대로 별 다섯 개는 못 줘요."

"아, 왜요! 신메뉴 맛있잖아요? 별 다섯 개짜리 맛 맞잖아!"

"이런 짜고 치는 가짜 리뷰라니, 내가 소중히 가꿔 온 성역을 망치는 일이라고요! 게다가 난 디저트 리뷰만 전문으로 쓴다니까요!"

"이 고집쟁이!"

"누가 누구보고 고집쟁이래!"

"⋯⋯오늘도 기운들이 넘치네."

점장님은 여전히 차갑게 식은 목소리로 이렇게 말하며 묵직한 종이봉투를 카운터 위에 툭 올려놓았다. 하지만 이건 사활이 걸린 문제라고. 드디어 신메뉴가 나왔는데! 몸속 깊은 곳에서 장사꾼 유키 모모코의 피가 부글부글 끓어오르고 있다.

나도 머리로는 구로다 씨 혼자 별 다섯 개를 달아 준다고 해결될 문제가 아니라는 것쯤은 알고 있지만.

하지만 이렇게라도 하지 않으면 못 참겠을 정도로 초조했다. 왜냐하면, 이윽고 '마의 시월'이 다가오기 때문이다.

내가 이십 대의 대부분을 보낸 이자카야에서는 매년 시

월이 되면 매상이 뚝 떨어졌다. 일반적으로 이월과 팔월에 음식점 매상이 떨어지기 쉽다고 해서 '닛파치'*라는 말이 있을 정도지만 어찌 된 영문인지 내가 일하는 가게들은 모조리 시월에 매출이 떨어졌다. 징크스 비슷한 것인데, 아니나 다를까 시월이 되자 비긋다를 찾는 손님들의 발길이 뜸해졌다. 더 늦기 전에 다시 치고 올라가야 한다는 생각에 내가 짜낸 고육지책이 지금 구로다 씨가 먹고 있는 '고기 정식'이었다.

"뭐, 맛있는 건 인정해요."

내 손을 억지로 떼어 낸 후 핸드폰을 주머니에 넣으며 구로다 씨가 말했다.

"그야 그렇겠죠. 아다치 씨를 그렇게 들볶아서 그 좋은 고기를 받아 왔는데 맛이 없을 리가 있나요."

고기 정식은 이름 그대로 '고기를 마음껏 먹고 싶은 사람을 위한 정식'이 콘셉트다. 기본 메뉴는 밥, 된장국, 장아찌, 달걀에 낫토. 거기에 더해 매일 다른 고기 요리를 낸다. 대개는 재료를 저렴하게 사 넉넉히 제공할 수 있는 '향채를 곁들인 그릴 치킨'이 메인으로 나간다. 요즘 비긋다에는

---

* 2월과 8월에는 경기가 안 좋다는 뜻의 일본의 속어다.

점심시간에 잠깐 들러 식사를 하고 가는 정장 차림의 손님도 많다. 그래서 그런 직장인들이 든든하게 먹을 수 있는 메뉴를 구상한 것인데.

"맛은 괜찮은 거 같은데……. 뭐가 문제냐고."

흐음……. 고민에 빠져 있는데 삐걱, 하고 문이 열리는 소리가 났다. 가을 공기가 가게 안에 밀려 들어오자 한순간에 발밑이 차가워진다.

나는 얼른 자리에서 일어나 앞치마를 정돈한 후 입구 쪽을 바라봤다.

그곳에는 키가 무척이나 큰 여성이 있었다.

신장이 백오십팔 센티미터인 내가 한참을 올려다봐야 눈을 마주칠 정도이니 백칠십은 족히 넘을 것이다. 심플하고 얇은 그레이 재킷에 흰색 테이퍼드팬츠를 받쳐 입고 살짝 긴 머리를 하나로 묶은 모습은 비교적 무난한 캐주얼 정장 스타일이었다. 하지만 그런데도 어딘가 눈길을 끄는 구석이 있었다.

한동안 큰 눈으로 가게 안을 두리번거리던 그녀는,

"저, 바깥의 메뉴판에…… 고기 정식이 있던데 그거 하나 주시겠어요?"

작은 목소리로 이렇게 말하고는 창가 소파에 앉았다.

"앗, 네. 잠깐만 기다리세요!"

오예, 드디어 고기 정식 주문이 들어왔다! 게다가 오늘의 첫 손님이 딱 이 메뉴를 주문하다니.

서둘러 향채 그릴 치킨을 준비했다. 일하는 도중에 밥을 먹으러 들른 것일 테니 이걸 먹고 기운을 냈으면 좋겠다고 생각하며 된장국을 펐다.

"죄송한데, 아직 주문한 고기 정식이 안 나와서요."

고기 정식을 내간 지 사십 분가량이 지나 계산대에서 돈을 맞춰 보고 있을 때였다. 아까 그 손님이 손을 들고 더할 수 없이 진지한 얼굴로 내 쪽을 보며 말했다.

어? 아까 가져다드렸는데?

분명 가져다줬다. 확실히 서빙했다. '뜨거우니까 조심히 드세요'라고 말했던 내 목소리, 철판 위에서 지글거리던 그릴 소스의 소리까지 생생하게 기억한다.

"저, 제가 아까…… 그릴 치킨 가져다드렸는데요."

나는 이렇게 말하며 주머니에 넣어 둔 메뉴판 속 사진을 보여 줬다.

그녀는 얇고 길쭉한 손가락으로 메뉴를 받아 든 후 한동안 사진을 집어삼킬 듯 뚫어져라 쳐다보더니, 이내 진심으로 놀란 듯 내 얼굴을 물끄러미 보며 말했다.

"이게 고기 정식이라고요?"

"네?"

무슨 말이지?

나는 어색한 미소를 지으며 그 자리에 멀뚱멀뚱 서 있었다. 뒤를 돌아보니 점장님이 걱정스러운 표정으로 내다보고 있다. 도와줘요, 점장님. 나 도대체 뭐가 잘못된 건지 모르겠어요!

그녀는 굳은 표정으로 자기 뺨에 손바닥을 대고 잠시 생각에 잠기더니 이윽고 '아, 그런 거구나……'라고 조그맣게 혼잣말을 했다.

아니, 대체 뭐가 어떻게 그런 건데요?

그녀는 겸연쩍은 마음을 숨기려는 듯 서비스로 준 물 한 컵을 벌컥벌컥 다 마셔 버리고는 무시무시한 기세로 벌떡 일어났다.

"죄송해요, 이상한 소리를 해서. 잘 먹었습니다."

그렇게 말하더니 지갑에서 돈을 꺼내 계산대에 올려놓고 망설임 없이 가게를 뛰쳐나갔다.

"아, 감사합니다! 가 아니고…… 이거!"

다시 보니 지폐가 만 엔짜리다.

만 엔? 구백팔십 엔짜리 정식에 만 엔이라고?

"저기, 손님! 거스름돈 받아 가셔야죠!"

황급히 뒤를 따라갔지만, 키 큰 여성의 뒷모습은 보이지 않았다.

가게로 돌아가 점장님과 마주 보다가 수중에 남은 만 엔짜리 지폐를 바라봤다.

"방금 뭐가 지나간 거야?"

💔

"우선은 갈비랑 소금구이, 우설. 그리고 곱창도 하나 주세요."

오늘 저녁 매장위원회를 앞둔 우리는 배를 채우기 위해 상점가에서 유명한 고깃집에 와 있었다. 냉장고에 남은 재료들로 가게에서 간단히 해 먹는 방법도 있었지만, 굳이 고깃집을 찾은 것은 오늘 왔던 손님이 마음에 걸렸기 때문인지도 모른다.

그냥 좀 특이한 손님이 왔나 보다, 하고 끝내면 될 일이긴 한데 '이게 고기 정식이라고요?' 하고 묻던 표정이 뭐라고 할까……. 얼굴 전체가 서서히 절망감으로 물들었다고 할까? 일부러 나 보라고 그런 표정을 지었나 싶어서 요리사로서 살짝, 아니 실은 상당히 충격을 받았다.

이런 연유로 '맛있는 고기'란 무엇인가에 대해 다시 한번 연구해 보기로 한 것이다.

그리 넓지 않은 가게 안은 거의 만석이었다. 석쇠에 구워지는 고기들이 풀풀 연기를 풍긴다. 아, 뜨거워. 스웨터 소매를 걷어 올리며 우롱차를 마셨다.

"아, 맞다. 모모코. 지난번 매장위원……."

"왜요. 왜 그래요, 점장님?"

내 맞은편에 앉은 점장님이 한 손에 하이볼 잔을 든 채 굳어 있었다. 오른쪽 대각선 방향으로 한 지점에 시선을 고정한 상태로. 마치 메두사의 마법에 걸려 돌이 된 사람처럼.

점장님의 시선을 따라 나와 구로다 씨도 옆으로 고개를 돌렸다.

엄청난 기세로, 박수가 절로 나올 정도로 먹음직스럽게 고기를 먹는 여성의 모습이 보였다.

벽돌처럼 두꺼운 안창살을 입안 가득 넣고 밥도 크게 한 술 떠먹은 다음, 미역국을 마시며 그것들을 목구멍 안쪽으로 밀어 넣는다. 그와 동시에 오른손으로 우설 네 장을 나

란히 불판에 올리고 곧바로 뒤집은 뒤 소금과 파 양념을
얹고 조금 더 굽는다. 고기가 익는 그 짧은 틈에 앞접시에
놓인 양념된 로스로 밥도 싸 먹는다. 긴 머리칼이 얼굴을
가리는데도 아랑곳하지 않고 상추 쌈을 싸더니 호쾌하게
입안에 넣었다. 지저분한 왼손을 닦을 새도 없이 또다시
진공청소기처럼 밥을 흡입한다.

불과 일 분도 되지 않을 듯한 짧은 순간이었지만 그녀의
주위만 시간이 멈춘 듯했다. 아니, 오히려 그 반대인가. 그
녀만 움직이고 다른 사람들은 멈춰 있는 느낌에 가까웠던
것 같기도 하다.

먹는 데 방해가 됐는지 얼굴 위로 흘러내린 긴 앞머리를
쓸어 올려 뒤쪽으로 묶는다. 가늘고 긴 눈매와 하얗고 긴
목덜미가 드러났다.

"아."

그녀와 눈이 마주쳤다.

"아아! 아까 그!"

왜 바로 알아보지 못했을까.

"고기 정식 손님! 거스름돈 드려야 되는데. 아아, 안 가지
고 왔네."

구천이십 엔. 언젠가 꼭 돌려줘야겠다고 생각했는데 만

나서 다행이었다.

하지만 당사자는 조심스럽게 고개를 저었다.

"아니에요. 그건 사과의 의미 같은 거라. 제가 가끔 그렇게 실수를 해요."

"실수요?"

"평소에는 문제없이 잘 지내거든요. 이래 봬도 나름 출판사 과장이고, 부하 직원도 열 명 정도 돼요."

"근데 무슨 사과를……."

그녀는 내 질문에 맥주를 한 모금 마시고는 결심했다는 듯 입을 열었다.

"솔직히 개인적으로는……. '고기 정식'이라고 이름을 지은 게 너무하다고 생각했어요. 그래도 그렇게 말하면 안 됐는데."

헉, 역시. 그때 그 절망 가득한 표정은 내 착각이 아니었어.

"저기…… 맛이 영 없던가요?"

모처럼 의견을 말해 주는 손님을 만났다. 이 기회를 놓칠 수는 없다. 보통 사람들은 불만이 있어도 어지간해서는 표현하지 않는다. 마음속에 담아 두었다가 나중에 리뷰 사이트에 글을 쓰거나 '거기 별로야'라고 다른 사람들에게 불평하는 걸로 끝이다. 그러니 지금 제대로 들어 둬야 해,

모모코!

"아뇨, 맛은 정말 좋았어요. 허브 향이 제대로 어우러진 담백한 맛."

그럼 대체 왜? 나는 무심결에 점장님 쪽을 쳐다봤다. 점장님은 별 관심이 없는 건지 구로다 씨와 함께 부지런히 불판에 갈비를 올리고 있었다. 으아, 맛있겠다! 두 사람이 신나서 왁자지껄 떠든다. 하여간!

"양념이 어떻고 그런 문제가 아니에요. 애초에 그건 고기가 아니잖아요?"

그녀가 집게로 딱딱 소리를 내며 딱 잘라 말했다.

"고기가 아니라니…… 아닌데. 진짜 고기 맞아요!"

"솔직히 말하죠. 닭고기는 고기가 아니에요."

"네?"

"이게. 바로 이런 게 고. 기. 죠!"

그렇게 말하더니 눈앞의 그릇을 들고는 집게로 윤기가 좌르르 흐르는 고기를 집어서 무슨 트로피라도 되는 듯 치켜들었다.

"자고로 고기란, 빨개야 하는 거예요. 이렇게요."

그녀가 안창살을 들이밀며 말했다. 확실히 그 안창살은 '고기' 그 자체였다. 신선해 보이는 선명한 붉은 색에 하얀 마블링이 마치 고기라는 대륙 위를 흐르는 물길처럼 적절하게 섞여 있었다.

그렇긴 한데, 그래도 잠깐만요.

"빨갛지 않아도 고기는 고기잖아요."

위험해, 위험했어. 까딱하면 기세에 눌릴 뻔했다.

"닭고기는 고기가 아니라니, 방금 본인 입으로 분명히 '닭고기'라고 했으면서!"

"닭고기는 '준고기'예요."

준, 고기.

준고기라고?

"네?"

"고기에 준한다는 의미의 준고기. 안타깝지만 닭고기는 '진짜 고기'가 될 수 없다고요."

그녀는 유감스럽다는 듯 고개를 저었다. 마치 부주의로 인한 운동선수의 실수를 지적하는 캐스터 같은 말투였다. 저기요, 우리 지금 고기 이야기 중인 거 맞죠?

"그럼 아까 제가 런치 메뉴로 내놓은 치킨 그릴이 고기가 아니란 말이에요? 그러니까 '고기 정식' 같은 이름을 내걸지 말아라?"

"그래요. 솔직히 말해서 그 메뉴에 '고기 정식'이라는 이름은 좀 아닌 거 같아요."

"그, 그렇지만, 맛있다고 그랬잖아요? 근데도?"

"그러니까 맛이 있다 없다 그런 문제가 아니라니까요. '고기를 먹는다'라는 행위 그 자체, '나는 고기를 먹고 있다' 라는 실감. 그게 무엇보다 중요한 거예요. 닭고기는 고기를 먹고 있다는 실감이 안 난다고요."

확실하게 못 박은 그녀가 맥주를 단숨에 비웠다. 캬아아, 하고 시원스러운 숨을 내쉰다.

허어? 어찌나 자신만만하게 말하던지 마치 내가 정말 틀린 것 같은 기분이 들었다.

"저 출판사 영업부에서 일하거든요?"

기름 묻은 손을 물수건으로 깨끗이 닦아 낸 그녀가 명함 케이스를 꺼내더니 익숙한 손놀림으로 명함 세 장을 우리에게 건넸다.

주식회사 세이란 출판사 영업부 과장 야마다 기쿠노.

"영업 담당은 간단히 말하면 우리가 만든 책을 더 많은 독자가 보게 만드는 일을 하죠. 오늘은 외근을 돌다가 비 긋다에 들렀던 거고요. 그런데 거기서 고기를 못 먹어서 여기에 왔어요. 무슨 뜻인지 아시겠어요?"

아뇨, 전혀 모르겠습니다만.

"제 좌우명이 '1일 1육'이에요."

기쿠노 씨는 내 얼굴 앞에 검지를 쫙 세우며 말했다.

"1일 1육이요?"

"무슨 '1일 1선' 같은 말투네요."

구로다 씨가 달걀국을 마시며 나직이 말했다.

"1일 1선이라는 게 하루에 한 번 다른 사람을 위한 선행을 베풀라는 뜻이잖아요? 저한테 그건 너무 힘든 일이에요. 하루 한 번은 나를 위해 제대로 된 고기를 먹자. 제 인생에는 이쪽이 훨씬 더 중요하다고요."

"하, 하아."

"그래서 오늘은 비긋다의 고기 정식을 먹고 '1육'을 클리어하려고 했는데 닭고기가 나와 버린 거예요. 그래서 다급히 고깃집을 찾아온 거죠. 하마터면 큰일 날 뻔했다고요."

"저기요, 닭고기도 고기라니까요!"

"닭고기는 준고기입니다. 이것만큼은 죽어도 양보 못 해요."

기쿠노 씨가 단호하게 말했다. 대체 뭔데! 고기를 향한 이 무서운 집착 뭐냐고!

"선생님, 그럼 돼지고기는 고기인가요, 준고기인가요?"

점장님이 장난스럽게 손을 든다. 아, 진짜. 이 상황을 완전히 즐기고 있잖아…….

"좋은 질문이군요. 돼지고기는 고기입니다."

"돼지고기는 구우면 하얘지는데요. 그래도 괜찮나요?"

"물론 그런 면에서 소고기보다 확실히 뒤처지긴 하지만, 용인할 수 있습니다."

뭐가 '물론'이냐고.

너무나 당연하다는 듯 이야기하는 기쿠노 씨, 흥미롭다는 듯 듣고 있는 점장님과 구로다 씨를 보니 역시 내가 이상한 건가 싶어진다.

"양고기는 어떤가요?"

"돼지고기보다 위, 소고기보다는 아래지만 고기입니다."

"오호, 그럼 햄버그스테이크는요?"

"닭고기보다 위, 돼지고기보다 아래지만 아슬아슬하게 고기에 포함됩니다."

"가라아게는요?"

"아, 그건 준고기네요."

역시 닭고기는 아무리 노력해도 고기의 장벽을 넘을 수 없는 건가…….

"나 무슨 말인지 조금은 알 것 같아."

점장님이 큭큭 웃으며 말한다.

"묘하게 공감이 되네. 근데 왜 그렇게 '고기를 먹는 행위'에 집착하는 건데요?"

하아, 결국 그 질문을 꺼내시는군요. 기쿠노 씨가 미간을 모으며 들고 있던 메뉴를 내려놓았다.

그녀는 숨 쉬듯 자연스럽게 추가 고기를 주문했고, 우리도 그대로 따랐다.

"제가 농촌 출신이거든요."

기쿠노 씨가 셔츠 소매를 다시 걷어 올리더니 테이블 한쪽에 있는 버튼으로 불의 세기를 조절했다.

"나가노에서 쌀농사를 짓고 있죠. 할아버지, 할머니, 부모님, 한창 자랄 때인 남동생 셋이랑 살았어요."

"그럼 다해서 여덟 명? 대가족이네요."

구로다 씨가 손가락을 접어 숫자를 셌다.

"후우, 진짜 엄청나요. 딱히 부자도 아니고 농사를 짓는 집이니까 반찬은 기본적으로 다 채소죠. 그러니까 어쩌다 고기가 나오면 완전 전쟁이에요. 일단 와아아, 하고 남동생 무리가 달려들어요. 그다음에는 일하느라 지친 아버지부터 챙겨야 하고. 그러다 보니 양껏 고기를 먹을 기회가 거의 없었어요."

점원이 와서 불판을 갈아 주었다. 기쿠노 씨는 깨끗한

불판을 호기심이 왕성한 새 같은 눈으로 꼼꼼히 살펴본다.

"그래서 어릴 때부터 고기에 대한 열망이 굉장히 컸어요. 사회인이 되면 도쿄에 가서 배부르게 고기를 먹기로 결심했죠. 그런데 막상 출판사에 입사하고 나니까 너무 바빠서 그 야망을 까맣게 잊고 살게 되더라고요."

"아, 출판사는 일을 많이 하는 이미지가 있긴 해요. 새벽 세 시까지 야근을 한다던데?"

점장님의 말에 기쿠노 씨가 그 긴 목을 끄덕였다.

"정답! 정답이에요, 딱 지금 말씀하신 대로죠. 일정도 빡빡하고 영업 할당량도 만만치 않고. 멀티태스킹이 필수죠. 그래도 일이 재미있고 얼른 한 사람 몫을 하고 싶어서 잠 자는 시간 빼고는 거의 일만 했어요. 그런데⋯⋯."

마침내 딱 맞는 온도가 됐다고 판단했는지, 기쿠노 씨가 마블링이 촘촘한 두툼한 고기를 부드러운 손놀림으로 불판 위에 올린다.

"스물일곱 살이 된 지 얼마 안 된 봄에 같이 일하던 거래처의 높은 분이 최고급 스테이크 가게에 데려가 주셨어요. 그때⋯⋯ 뭐라고 표현해야 할까? 단순히 '맛있다'의 차원이 아니라, '아, 나는 살아 있구나!' 하는 느낌을 받은 거예요."

기쿠노 씨는 눈을 반짝이며 우리를 바라봤다.

"고기를 씹는 순간에 내 온몸이 살아 숨 쉬는 게 느껴졌죠. 그래서 생각했어요. 나한테 '좋은 걸' 제대로 챙겨 먹여야겠구나. 일을 열심히 하면 나한테 좋은 걸 먹일 수 있어. 나는 나를 위해 일하는 거야, 라고요."

"그래서 1일 1육을 하기로 했구나."

점장님이 기쿠노 씨의 말을 더 깊이 이해하기 위해 갈비를 뜯었다.

"맞아요. 갑자기 속이 뻥 뚫리는 기분이었어요. 고기를 위해 일한다. 일하기 위해 고기를 먹는다. 단순하지만 그걸로 충분하다 싶었죠."

"모처럼 저희 가게에 오셨는데 고기를 못 드려서 죄송합니다……."

스스로도 이게 뭔가 싶었지만, 왠지 울컥했다. 정신을 차리고 보니 시야가 왜곡되어 있었다. 설마 이런 이유로 왔을 줄은 생각도 못 했어.

"모모코, 벌써 우는 거야?"

"방금까지는 닭고기도 고기라고 그렇게 난리를 치더니……."

구로다 씨가 점원에게 새 물수건을 받아 줘서 어찌어찌 눈물을 참아 냈다.

확실히 내가 했던 말과는 앞뒤가 맞지 않지만, 그래도 요리를 한다는 사람이 '먹는 것'과 '살아가는 것'이 이토록 밀접하게 연결되어 있다는 사실을 미처 깨닫지 못했다니. 내 부족함은 바로 거기에 있었다.

"아니에요, 그런 말씀 마세요."

감정이 격해진 나를 보고 기쿠노 씨가 당황한 듯 두 손을 저었다.

"실은 원래 전남친 최애음식 매장위원회에 참가할 생각으로 답사도 할 겸 점심을 먹으러 갔던 거거든요."

"매장위원회요?"

느닷없이 들려온 익숙한 단어에 눈물이 쏙 들어갔다.

"어? 마침 잘됐네요. 전남친 최애음식은 무슨 고기죠? 역시 최고급 마쓰자카규 이런 건가?"

기름진 손을 물수건으로 닦아 내며 점장님이 물었다.

"아뇨, 초콜릿인데요."

"네에?"

차가운 빗방울이 불현듯 목덜미를 훑고 지나간다.

하늘을 올려다보는 순간 눈꺼풀 언저리에 또 한 방울. 설마, 또야?

"어째서인지 매장위원회 날은 늘 비가 온다니까……."

고깃집에서 가게로 가는 길에 구로다 씨가 중얼거렸다.

"왠지 구로다 씨가 맨날 그런 말을 해서 비가 오는 느낌인데."

"전 사실을 말한 것뿐입니다."

든든하게 고기를 먹어 빵빵하게 부푼 배를 안고 우리는 빠른 걸음으로 비를 피했다. 제일 앞서 걷는 사람은 점장님도, 구로다 씨도 아닌 기쿠노 씨다. 누구보다 많이 먹어치운 사람이라고는 생각할 수 없을 정도로 기린처럼 경쾌하게 긴 다리로 성큼성큼 걷는다.

뒤쫓고 싶어지는 여자. 문득 그런 문장이 뇌리를 스쳤다.

그래. 기쿠노 씨는 뒤쫓고 싶어지는 사람이다. 그 꼿꼿한 등을 보고 있자니 왠지 모르게 초조해졌다. 놓치지 않도록, 날 두고 가지 않도록 내 걸음도 덩달아 조급해졌다.

기쿠노 씨에게서는 그런 신기한 카리스마 같은 것이 풍겼다. 아마 본인은 자각하고 있지 않을 테지만.

솔직히 연애 때문에 고민할 사람으로는 보이지 않았다. 어떤 상담 내용일지 예상도 안 가네.

비굿다에 도착해 젖은 상의를 옷걸이에 건 뒤 기쿠노 씨를 안쪽 소파 자리로 안내했다. 기쿠노 씨는 목에 감은 수건으로 머리의 빗물을 툭툭 털어 내며 다시 한번 가게 안을 찬찬히 살펴봤다.

"이번 상담의 내용이 뭔지 여쭤봐도 될까요?"

내가 말문을 열자 기쿠노 씨는 다소 민망한 듯 뒤쪽 귓불을 문질문질 만졌다.

"그게……."

"네."

"일이랑 나랑 어느 쪽이 더 중요해?"

기쿠노 씨의 입에서 나왔다고는 생각하기 힘든 의외의 말에 어깨가 움찔했다.

"……애인한테 이런 말, 해 본 적 있어요?"

있다. 너무나 있다.

내가 허락하기도 전에 머릿속에서 떠올리고 싶지 않은 장면이 자동 재생된다.

"유키 씨는 말해 본 적 있죠?"

"제발 지금은 그냥 좀 넘어가요."

구로다 씨의 시선을 피하며 나는 카페라테를 휘이휘이 저었다.

이런 질문을 하는 여자는 최악이라던가? 대체 언제까지 이 주제를 가지고 싸워야 직성이 풀리겠냐 싶을 정도로 잡지, 티브이, 에스엔에스에 주구장창 나오는 닳고 닳은 대사. 그런 말을 꺼내는 순간 관계가 끝난다는 걸 알면서도 왜 결국 이 말을 하고 마는 걸까.

"그럼 들어 본 적은요?"

기쿠노 씨가 질문을 바꿨다. 자연스레 나와 구로다 씨의 시선이 점장님에게 쏠렸다.

"뭐, 나?"

"점장님은 무조건 있을 거 같은데?"

"있겠죠. 아마 백만 번쯤 들었을걸요, 이 사람."

"아, 뭐 그렇긴 해. 그런 적이 있었다기보다 항상 들었던 거 같은데."

"역시. 자, 궁극의 선택! 대체 어떻게 대답하는 게 정답일까요, 점장님?"

나도 잘 모르겠다. 대체 교헤이가 뭐라고 답하길 기대하며 질문했던 건지. 그때 생각을 하면 지금도 이해가 안 된다.

"그야 역시 '외롭게 해서 미안해'가 정석이지. '그런 생각까지 할 줄은 미처 몰랐어. 미안'이라는 말도 자주 했었고."

그런 말을 자주 했다니 대단하네. 너무 많이 들어서 버전도 많구나.

"근데 말로 해결하려는 건 너무 아마추어의 발상이야."

"예, 예. 프로다운 방법은 뭔지요?"

"가만히 안아 주는 게 최고지."

점장님은 아름다운 얼굴을 자랑하듯 앞머리를 쓸어 올리며 말했다.

"그건 아마미야 씨 같은 얼굴이어야 성립되는 전략이 아닌지······."

"역시나 흔들림이 없네······."

언제나처럼 막힘없이 이야기를 늘어놓는 점장님을 보며 질려 하고 있는 우리와 달리 면역이 없는 기쿠노 씨는 입을 떡 벌리고 있었다. 소파 등받이에 온몸을 기댄 채 머리를 감싸 쥔다.

"역시 그렇게 말했어야 했나······. 난 그렇게 못 했는데······."

응? 누가 뭘 못 했다고?

"어느 쪽이 더 중요하냐는 질문······ 기쿠노 씨가 한 게 아니라 들은 거였어요?"

기쿠노 씨가 꾸벅 고개를 끄덕였다.

정신없이 일하는 워커홀릭 기쿠노 씨 때문에 상대방이

불안해했다는 거야?

"그 말을 듣는 순간 머릿속이 새하얘지더라고."

기쿠노 씨가 천장을 올려다본다.

"정신을 차려 보니 이미 '일'이라고 말하고 있었어요."

"뭐라고요오?"

설마, 이 '궁극의 선택'에서 '일'이라고 단언하는 사람이 존재할 줄이야!

"왜요? 그 사람을 사랑한 거 아니에요?"

기쿠노 씨는 양손을 들어 머리 뒤로 깍지를 끼면서 내뱉 듯 말했다.

"사랑, 했던 거 같은데."

바람이 거세졌는지 빗방울이 날리는 소리가 조금씩 커 지고 깊어졌다.

가게의 공기도 살짝 차가워진 듯한 느낌에 나는 무심코 몸을 떨었다.

"대체 왜 말을 못 했을까."

"그 사람을 만난 건 스물아홉 살 때였어요."

기쿠노 씨는 차가워진 손가락을 데우려는지 양손으로 컵을 감쌌다.

"육 년 전인가. 다들 줄줄이 결혼을 하던 시기였거든요. 주변 친구들이 하나둘 결혼을 하고 아이도 낳았죠. 부모님도 맨날 넌 언제 가냐고 하니까 마음이 너무 급해지더라고요."

심장 뒤편을 수세미로 빡빡 긁어 내는 것 같은 기분이 들었다.

스물아홉. 딱 지금의 내 나이다. 그리고 나도 곧 서른이 된다.

"그래서 얼른 결혼하고 싶었어요. 배우자 매칭 서비스 같은 것도 닥치는 대로 등록하고 미팅에도 열심히 나가고…… 전남친은 롯폰기 지역 사람들끼리 모인 미팅에서 만난 남자였어요."

기쿠노 씨는 컵의 둥근 입 부분을 손가락으로 가만히 쓰다듬었다.

"꽤 규모가 큰 지역 미팅이었거든요. 남녀 백 명씩, 총 이백 명 정도가 참가했어요. 효율적으로 결혼 상대를 찾고 싶었던 저한테는 최적의 자리였죠. 물론 이런저런 사람들이 있었는데 그 사람은 만난 지 일 분 만에 '전 결혼 상대를 찾고 있습니다'라고 확실히 말하더라고요. 재미로 하는 연애 같은 건 필요 없다는 확고함이 느껴졌어요. 이 사람 괜찮다! 이 사람으로 하자! 그런 마음이었죠."

역시나 영업부 과장. 목표를 설정하면 가장 빠른 방법을 택해 주저 없이 밀고 나간다.

"그래서 그 남자는 어떤 사람이었는데? 첫인상은?"

어느새 점장님이 브랜디 병을 꺼내 오고 있었다. 둥그런 잔에 익숙한 손길로 술을 따른다. 또르르, 기분 좋은 소리가 났다. 가볍게 고개를 숙여 감사 인사를 한 기쿠노 씨가 조금의 망설임도 없이 한입에 브랜디를 털어 넣었다. 목 안에서 꿀꺽꿀꺽 소리가 두 번 울렸다.

아니, 잠깐. 그거 무지하게 센 술인데.

후우. 기쿠노 씨는 천장에 시선을 고정한 채 아무 일도 없었다는 듯 테이블 위에 잔을 내려놓았다.

"성격도 온화해 보였고 막 떠드는 타입도 아니었어요. 느슨한 분위기가 흐르는, 나랑 정반대인 사람."

"무슨 일하는 사람이었는데요?"

"대기업 통신사의 시스템엔지니어."

"얼굴은? 잘생겼어요?"

"아, 난 외모는 별로 신경 안 써서."

"그래도요. 누구 닮은 연예인이라도 없었어요?"

"연예인이라…….."

기쿠노 씨는 얼굴색 하나 변하지 않고 다시 술잔을 기울였다. 갈색빛 액체가 순식간에 목구멍 안으로 흘러 들어간다.

"아, 굳이 말하자면…….."

이제야 생각이 난 듯 기쿠노 씨가 눈을 크게 뜬다.

"굳이 말하자면?"

"올랜도 블룸을 좀 닮았었나."

거어어어짓말!

예상을 완전히 빗나간 대답에 마시던 카페라테를 다 뿜을 뻔했다(실제로 살짝 뿜기는 했다). 물수건으로 입 주변을 닦으며 다시 한번 사실을 확인한다.

"올랜도 블룸이라면 그 「반지의 제왕」에 나오는 금발 미남?"

올랜도 블룸이 미팅에 나왔다고? 그게 뭐야! 롯폰기, 엄청난 곳이잖아!

"잠깐, 굳이 말하자면 그렇다고요. 진짜 올랜도 블룸이 아니라."

"그럼, 올랜도 블룸을 몇 레벨 아래로 내려야 그 사람 얼굴이 되는데요?"

"어? 으음. 두 레벨 정도?"

"뭐야, 얼추 올랜도 블룸이잖아!"

기쿠노 씨를 점점 더 모르겠다. 한결같이 태연한 얼굴로 저렇게 멋있을 수 있다고? 그녀는 내 눈엔 톰 행크스가 훨씬 잘생긴 거 같은데, 라고 중얼거리며 두 번째 브랜디 잔에 손을 뻗고 있었다.

나도 모르게 흥분해 버렸다. 뭔가 평소의 매장위원회 분위기가 아니다. 그냥 즐거운 술자리 같다. 그나저나 기쿠노 씨 마음속에 매장하고 싶은 뭔가가 정말로 있긴 한 걸까?

점장님이 가져온 크래커 위에 신중하게 콘비프를 바르며 기쿠노 씨가 이야기를 이어 갔다.

"그래서 뭐더라…… 아, 맞다. 그 미팅이 끝나고 세 번 정도 데이트를 했어요. 막 사귀기 시작했을 때가 마침 크리스마스였고. 정말 추운 날이었는데."

거기다 크리스마스라고? 뭐야 정말, 너무 설레잖아!

"고백은 누가?"

"그 사람이."

"어디서요?"

"도쿄타워였지, 아마."

"미쳤다! 아무리 봐도 좋은 점밖에 없어 보이는데요? 크리스마스에, 도쿄타워에서, 시스템엔지니어인데, 올랜도 블룸이야. 완전 이상적인 데이트의 스트레이트 플러시잖아!"

화끈거리는 얼굴에 손을 얹고서 내가 말했다.

"왜 헤어졌는지 예상이 안 되네."

점장님도 껄껄 웃었다.

"도대체 이 얘기가 어떻게 하면 '어느 쪽이 더 중요해?'
로 이어지냐고요!"

간질간질한 기분을 애써 억누르며 뒷이야기를 기다린다.

크래커를 꿀꺽 삼키더니 그녀가 말을 이었다.

"그래서 도쿄타워에서 야경을 보고."

"꺄아! 도쿄타워에서 야경이래!"

"유키 씨, 조용히 좀 해 봐요."

"하마마쓰쵸역까지 걸어가는 길에……."

"우와아아, 하마마쓰쵸?"

"하마마쓰쵸에 대체 무슨 감동 포인트가 있는데요?"

"아, 맞네."

큰일 났다. 아무 말에나 흥분하기 시작했어. 가슴에 손을
올리고 심호흡을 하며 숨을 가다듬는다.

"손은 안 잡았고요?"

"잡았죠, 잡았어요. 손잡고 걸어가던 길에 고백하더라고
요."

우와…….

로열 스트레이트 플러시, 터졌다!

구로다 씨가 숨을 삼키며 그 커다란 손으로 입을 막는다. 생각지도 못한 '심쿵 스토리'에 나와 구로다 씨의 말과 행동이 완벽한 싱크로율을 보이기 시작했다.

장난 아니게 두근거리잖아!

나는 창문을 살짝 열었다. 차가운 비가 손가락에 닿는 느낌이 좋다.

"그래서 올랜도 블룸은 기쿠노 씨의 어떤 면이 좋았대?"

이쑤시개로 올리브를 찍으며 점장님이 물었다.

"들은 적 없는데. 딱히 물어볼 생각도 없었고요."

"정말요? 나 같으면 끈질기게 물어봤을 텐데. 안 궁금해요?"

"나랑 사귄다는 건 날 좋아한다는 뜻이잖아요? 좋아하지 않았으면 안 만났겠지."

지금 이 말, 기시감이 든다. 언제였지? 들어 본 적 있는데. 아, 그래. 교헤이였구나.

교헤이도 똑같은 말을 했었다. 당연한 걸 왜 굳이 물어보는 거냐고. 불안해진 내가 자꾸 '나 사랑해?'라고 확인하려 들면 교헤이는 귀찮은 기색을 보이며 한숨을 쉬었다.

"하지만 어쩌면 그게 헤어지는 계기가 되었는지도 모르죠."

기쿠노 씨가 창문을 조금 더 활짝 열고 몸을 내밀었다.

"그 사람이 나랑 사귄다는 건 그 남자가 날 사랑하고 결혼할 마음도 있다는 뜻이니까. 됐어, 드디어 확보했다! 내 미래의 남편, 확보! 자, 그럼 이제 일을 해 볼까!"

기쿠노 씨가 양손으로 누군가를 확 붙잡는 제스처를 취했다.

"이런 느낌이었죠. 전 결혼 상대를 찾는 걸 일종의 미션처럼 생각했어요. 오케이, 남편 찾기 클리어! 사회와 세상이 내게 던진 인생에서 가장 버거운 미션을 해결했구나. 아, 드디어 끝났다! 이제는 일에 집중할 수 있겠어! 이런 생각이었죠."

밤하늘을 올려다보는 기쿠노 씨의 눈에 반사된 전등 빛이 눈을 깜빡일 때마다 하늘하늘 넘실거린다.

"너무했었죠. 이제 와 생각해 보면."

"아뇨, 그건······."

기쿠노 씨의 잘못이 아니다. 남편감을 찾는 일은 스물아홉 살의 여성에게 무척이나 무겁고 어려운 미션이다. 나 또한 사 년을 만나다 스물아홉에 헤어지게 되었을 때 너무하다고 생각했었다. 이럴 거면 적어도 이 년쯤 전에 나를 차 버렸으면 좋았잖아.

나, 이대로 괜찮은 걸까. 평생 외톨이로 사는 걸까.

주변 사람들이 웨딩드레스를 입은 모습을 볼 때마다 멍하니 그런 생각을 했더랬다.

아무튼 결혼이라는 미션을 신속하게 클리어하고 싶다는 그 마음이 죄냐고 내게 묻는다면 '네, 그렇습니다'라고 답할 수는 없을 것이다.

"그런데 그 사람 마음은 그게 아니었으니까. 아마 힘들었을 거예요."

기쿠노 씨는 창틀에 기댄 채 가만히 빗방울에 젖어 드는 손목을 바라보고 있었다.

"일하느라 정신이 없어서 만나지 못하는 기간이 길어지니까 그 사람이 조금씩 지쳐 가더라고요. 나도 알고는 있었어요. 하지만 거기서 일을 잠깐 미뤄 둔다는 선택지는 나로서는 도저히 떠올릴 수가 없어서……. 마침 승진한 직후였고, 신입 사원 시절 '이렇게 되고 싶다'라고 마음속에 그려 온 일을 정말로 할 수 있게 된 시기였거든요. 더 열심히 일하고 싶었어요. 간신히 잡은 기회를 놓치는 건 저한테는 너무 괴로운 일이니까."

그렇다. 하고 싶은 일을 할 수 있게 되기까지는 시간이

걸린다. 그런 일을 해낼 능력이 있다는 걸 주변에 입증해야 한다. 제대로 싸우기 위한 무기를 준비해야 한다. 그러나 불운하게도, 전면에 나서도 될 실력이라고 인정받을 만한 무기를 갖추는 시기는 결혼이 가장 절실한 때와 겹치기 마련이다.

"휴일을 맞추는 것도 쉽지 않아서 이날 어때? 하고 물어보면 안 된다고 답하기 일쑤였어요. 데이트하려고 근사한 레스토랑을 예약해 놓고 일 때문에 취소하는 일도 다반사였죠. 결국은 거의 집에서만 만났어요."

"집에서 요리도 해 주고 그랬나요?"

기쿠노 씨가 몸을 일으킨 다음 가방 안에서 핸드폰을 꺼내더니 우리에게 쓱 화면을 보여 준다. 예쁘게 플레이팅된 요리. 소스를 듬뿍 넣고 자작하게 졸인 햄버그스테이크의 사진이었다. 꽃무늬 접시 위에 물방울처럼 장식된 와인색 데미글라스 소스, 거기에 곁들인 양상추와 방울토마토.

"저 한때 요리학원에 다녔었거든요."

"헉, 세상에!"

기쿠노 씨는 유명한 요리학원 체인의 이름을 말했다. 나도 스물다섯 살쯤에 딱 한 번 체험 수업을 들은 적 있는 학원이었다. 결혼을 준비하는 여성을 위한 전용 코스가 있었기 때문이다.

"어? 내가 다녔던 코스도 딱 이거였는데!"

어쩐지 필요 이상으로 사진이 예쁘게 나오는 플레이팅이네, 싶었다. 기쿠노 씨는 그 외에도 남자 친구에게 만들어 줬던 다른 요리의 사진들도 보여 줬다. 스튜, 고기 감자조림, 오므라이스. 담음새도 예쁘고 색감도 균형 잡혀 있다. 하나같이 요리책의 표지처럼 근사한 사진발을 뽐내고 있었다.

"지금 깨달았는데, 그 사람한테 만들어 줬던 요리는 다 거기서 배운 것들뿐이었네……."

무표정하게 화면을 스크롤 하며 나지막이 말했다.

"내 취향대로 요리했다가 그 사람 입에 안 맞으면 안 되잖아요. 요리학원에서 배운 '남자들이 좋아하는 요리'만 만들었어요. 선생님이 '남자 친구를 기쁘게 하는 요리'라고 말한 그 메뉴 그대로."

기쿠노 씨가 텅 빈 잔을 만지작거렸다. 그 모습을 본 점장님이 아무 말 없이 브랜디를 따랐다.

"처음 만든 게 데미글라스 소스를 곁들인 햄버그스테이크였거든요. 예상대로 맛있게 먹더라고요. 선생님 말씀 그대로. 그래서 그 이후부터 간단히 만들 수 있는, 실패할 수 없는 요리만 해 줬어요. 근데 지금 생각해 보면 그건 내 요리의 맛이라고 할 수 없잖아요. '좋은 신붓감'의 템플릿을 그대로 따라 한 것뿐이지. 그저 결혼하고 싶다는 마음뿐이었으니까."

기쿠노 씨가 꿀꺽, 하고 단숨에 술을 들이켰다.

"그러고 보니 진짜 내 요리는 결국 한 번도 못 먹였네. 저, 나가노 출신이라 고향에서 먹던 채소 요리를 혼자 있을 때 자주 해 먹거든요. 돼지고기 생강 구이도요. 잘 익은 사과를 갈고 생강이랑 간장, 미림을 넣어서 만든 양념으로 구워 먹고……."

"진짜 맛있을 거 같은데!"

"그 사람한테는 늘 요리학원에서 가르쳐 준 생강구이 레시피로만 만들어 줬어요. 사과를 넣어서 당분이 높아지면 타기도 쉽고, 겉보기에 덜 예쁠 수도 있거든요. 그럴듯해 보이질 않으니까요. 전국적으로 인정받은 레시피가 더 확실하잖아요. 내 입에 맞는 우리 집 방식의 요리는 겁이 나서 못 하겠더라고요. 그때 그런 걸 만들어 줬다면……."

어쩌면 뭔가 달라졌을까.

분명 이렇게 말하려던 것이겠지.

그러나 기쿠노 씨는 그 뒤의 말까지 같이 삼켜 흘려보내려는 듯 브랜디를 마셨다.

모두가 정답이라고 생각하는 것과 나 혼자만 정답이라 여기는 것. 물론 자신의 정답을 믿어야 한다는 것은 물어볼 필요도 없는 확실한 사실이다. 충분히 알고 있다.

하지만 모두가 '이게 정답이야'라고 큰 소리로 외쳐 대는 상황에서, 그것을 거슬러 자신만의 정답을 택할 수 있는 사람이 과연 얼마나 될까.

나한테는 그런 용기가 도저히 생기지 않을 것 같다.

문득 몸이 어떤 감각을 떠올렸는지, 손발이 갑자기 차가워졌다. 조금 전까지 달아올랐던 홍조도 지금은 싹 가라앉았다.

"그래서······."

"네?"

"매장하고 싶은 전남친 레시피는······."

"아, 그렇지. 초콜릿이요."

기쿠노 씨는 젤네일을 한 길쭉한 손톱으로 테이블 위를 톡톡 두드렸다.

"헤어진 날이 밸런타인데이였거든요. 저녁 일곱 시쯤 아카사카에서 만나서 가격이 좀 나가는 비스트로에서 밥을 먹었는데, 제가 또 일을 저질러 버린 거죠. 밥을 먹고 나서 이제 어떡할까? 라는 얘기가 나오길래.”

“설마…….”

“이 시간이면 난 다시 회사로 갈게, 라고 말해 버렸어요.”

기쿠노 씨가 들고 있는 잔에 눈길이 간다. 아마 그때의 두 사람도 이렇게 잔을 기울이고 있었겠지. 밸런타인데이니까 오늘만큼은 함께 시간을 보낼 거라고, 남자는 그렇게 기대했을 것이다.

“‘나랑 일이랑 어느 쪽이 더 중요해?’라는 질문을 받은 게 그때였어요. 그 사람 표정에서 화가 났다는 느낌은 조금도 받을 수 없었어요. 아무 말 없는 그의 얼굴은 그저 무척 쓸쓸해 보였죠. 그제야 겨우 알았어요. 내가 이 사람한테 이런 말까지 하게 했구나.”

기쿠노 씨가 검지로 코 밑을 쓱 문지른다.

“하지만 당신이 더 중요하지, 회사에 안 갈게, 그 말이 도저히 안 나오더라고요. 진짜로 해야 할 일이 있었으니까. 마감이 코앞이었고 내가 가지 않으면 해결이 안 되는 일이 있었거든요.”

잔을 잡은 채 가만히 허공을 응시하는 기쿠노 씨 뒤로 육 년 전 그 아카사카의 비스트로가 배경처럼 펼쳐지는 듯했다.

"그 말을 듣는 순간 여러 가지 생각이 머릿속에 맴돌았어요. 점장님 말씀대로 '그런 말까지 하게 해서 미안해. 역시 오늘은 같이 있자'라고 말해야 한다는 생각도 들었지만 결국엔……."

"왜 그 말을 못 했을까?"

점장님이 슬며시 물었다.

"왜 그랬을까……."

기쿠노 씨가 검지를 들어 오른쪽 눈꺼풀 밑을 긁적였다.

"아무리 나라도 여기서 '일'이라고 말해 버리면 모든 게 끝이라는 건 직감으로 알았어요. 솔직히 말하면 이 관계는 사라진다. 비록 잠깐일지라도 이 사람을 안심시킬 수 있는 말을 선택해야 해. 하지만 동시에 이런 생각도 들더라고요. 어쩌면 이 사람도 그만하고 싶어서 이런 말을 꺼낸 게 아닐까, 하는."

가슴이 철렁했다.

나랑 일이랑 어느 쪽이 더 중요해? 도저히 선택할 수 없는 두 가지 선택지를 일부러 입에 담을 때의 그 마음. 그래, 안다. 그렇게 우열을 가릴 수 있는 문제가 아니라는 것을 사무칠 정도로 잘 알고 있다. 그런데도 사랑하는 사람에게 이런 질문을 한다는 건…….

"아마 그 사람도 분명히 해 두고 싶었을 거예요. 설령 완벽한 진심이 아니더라도 자신과의 관계를 이어 갈 각오가 되어 있는 건지 확인하고 싶었겠죠."

설령 완벽한 진심이 아니더라도.

아, 그래. 그래서 내가 충격을 받았던 거구나.

교헤이가 '네가 헤어지자고 하길 기다렸어'라고 말했을 때, 거짓말할 생각조차 없다는 듯 그대로 다 털어놓는 그 모습이 날 괴롭게 했다. 지금은 솔직함이 필요한 타이밍이 아니라고 생각했다.

있는 그대로의 모습을 바라는 내가 있는 한편, '조금 더 그럴듯하게 날 속여 줘'라고 생각하는 나도 있었다. 좀 더 좋은 남자인 척을 해 봐. 적어도 생일에는 로맨틱한 말을 할 줄 아는 남자인 척, 노력을 좀 해 봐. 이처럼 꿈꾸고 싶어 하는 타이밍과 현실을 보고 싶어 하는 타이밍이 잘 맞아떨어지는 게 바로 우리가 말하는 '좋은 궁합'이 아닐까?

"그래서요?"

"그래서……."

기쿠노 씨는 한숨 돌리듯 가볍고 긴 숨을 내쉬었다.

"그 사람이 그러더라고요. 우린 뭔가 좀 다른 것 같아. 이대로 계속 만나는 건 서로에게 좋지 않을 것 같으니 헤어지자. 그다음은 '그래'라는 말로 끝."

거대한 독침이 명치 끝을 마구 후벼파는 기분이었다. 슬프고, 괴롭다.

딱딱. 기쿠노 씨가 손톱으로 테이블을 두드리는 소리가 한동안 이어졌다.

점장님이 말했다.

"그 사람, 사랑했어?"

창 너머에 있는 하얀색 자판기가 비에 젖어 아스라이 둔탁한 빛을 내뿜고 있었다.

"솔직히 모르겠어요. 지금도 생각하곤 해요. 그 감정은 뭐였을까. 그저⋯⋯."

기쿠노 씨는 이야기를 멈추고 마치 자신에게 이야기하듯 말했다.

"그저 단 한 가지 확실한 건 내가 일을 사랑한다는 거예요. 열심히 일하는 내가 좋아요. 이것만큼은 절대 흔들리지 않는 분명한 사실이에요. 그래서 진짜 내가 아닌 매뉴얼대로 연애하는 나를 원하는 그 사람한테 좀처럼 마음을 열지 못했던 거 아닐까 싶어요. 제가 너무한 거죠."

"너무했다니⋯⋯."

"계속해서 '매뉴얼대로 연애할 줄 아는 여자인 척'을 한 건 나니까요. 그 사람 마음에 들 수 있도록 참한 신붓감에 어울리는 요리만 하면서."

실은 전혀 그렇지 않은데. 기쿠노 씨가 목 언저리를 쓰다듬으며 헛웃음을 지었다.

"직업이 어떻고, 형제 관계가 어떻고. '모두가 정답이라고 말하는 사람'이 최우선이었어요. 그 조건을 갖춘 이를 사랑하기로 한 거라 내 마음에 자신이 없었는지도 몰라요. 스스로가 남들과 다르게 살고 있다는 걸 충분히 알고 있었으면서 정작 결혼 상대를 고를 때는 '최대한 모두가 좋아할 사람'을 필수 조건으로 삼다니. 말이 안 되죠."

아아, 알 것 같다.

"이해해. 그 마음 알아요, 기쿠노 씨."

"모모코…… 어? 또 우는 거야? 하긴 이건 좀 울 만한 얘기일지도."

알아, 이해해. 너무나 이해가 돼서 가슴이 아프다.

나도 도쿄타워에서 야경을 보고 싶은 마음은 있다. 서프라이즈 선물도 받고 싶다. 손을 잡고 세 번째 데이트에서 고백을 받고, 상대방에게 미움받지 않기 위해 햄버그스테이크나 고기 감자조림처럼 안전한 요리만 만들고. 결혼식은 오모테산도에서 하고, 결혼반지는 까르띠에, 아니면 최소한 티파니로.

이렇게 '모두와 똑같은 것'을 좋아하면서도, '모두와 똑같은 여자'를 흉내 내는 내가 좋다는 말을 들으면 문득 외로움이 차오른다. 자기가 그렇게 만들었으면서. 어긋난 그 모습을 받아들여 주길 바랐으면서. 상대방은 어긋남 없이 모두에게 '정답'이라는 말을 듣는 사람으로 있어 주길 원한다.

대체 왜 이토록 모순된 감정을 느끼는 걸까.

훌쩍훌쩍 울던 나를 위로하듯 기쿠노 씨가 내 머리를 쓰다듬었다.

"그래도 끝까지 들어 볼래요? 나 실은 초콜릿을 가지고 갔었어요."

"네?"

"나도 늘 미안한 마음이 있었으니까요. 밸런타인데이에는 직접 초콜릿을 만들어 줘야겠다고 생각했거든요. 저는 초콜릿을 정말 좋아해서 매년 나를 위한 초콜릿을 만들었어요. 배합 하나하나를 신경 쓴 생초콜릿 레시피가 있었어요. 그 사람이 그 초콜릿을 먹어 줬으면 좋겠다고 생각했는데……. 결국 건네주지 못했지만."

"어, 잠깐만요. 잠깐."

그 말인즉슨.

"요리학원에서 배운 레시피가 아니라요?"

기쿠노 씨가 입을 다문 채 고개를 끄덕였다.

"그, 그, 그런······."

어떻게 그럴 수가. 본인이 정답이라고 생각하는 레시피를 처음으로 선보이려던 그날, 헤어져 버렸다는 말이잖아!

"먹이지 못했다는 게 그런 뜻이었다니······."

구로다 씨가 빡빡머리를 감싸며 테이블 위에 엎드렸다.

"그래서 결국 어떻게 했는데? 그냥 혼자 먹었어?"

점장님이 물었다.

"연을 끊어 주는 절의 쓰레기통에 버렸어요."

"연을 끊어 주는 절?"

"회사 근처에 연을 끊는 것으로 유명한 절이 있거든요. 거기 쓰레기통에요. 서로에게 더 좋은 인연이 닿기를 바라며 버렸어요."

"스, 슬퍼······. 너무 슬프잖아요, 기쿠노 씨!"

분명 올랜도 블룸은 지금도 기쿠노 씨가 수제 초콜릿을 준비했다는 사실을 모르겠지. 그 자리에서 가벼운 마음으로 일과 그 사람이라는 두 가지 선택지 중 '일'을 택한 게 아니라는 것을 모른다.

뭐가 문제였던 걸까.

올랜도 블룸이 조금만 더 기다려 줬다면. 기쿠노 씨가 조금 더 빨리 다가갔다면. 하루만, 아니, 한 시간만 빨랐더라도. 어쩌면.

"저기, 기쿠노 씨. 내일 쉬는 날이죠?"

나는 충동적으로 머릿속 생각을 입 밖으로 꺼냈다.

"뭐, 일단은요."

"그럼 다 같이 만들어서 먹어요!"

"네? 뭐를?"

"그야 초콜릿이죠! 밤을 새워서 초콜릿을 만들고 식히는 동안 다 같이 파티해요. 그렇게 매장하자고요!"

"자, 잠깐만요! 그렇게까지 신세 질 생각은……."

아무리 기쿠노 씨라도 거기까지는 예상을 못 했는지 눈을 동그랗게 떴다.

하지만 여기서 물러서면 안 된다는 생각이 들었다.

분명 기쿠노 씨는 육 년 전 그에게 초콜릿을 주지 못했다는 사실이 아직도 마음에 걸리는 것이다. 자신만의 정답을 제대로 전하지 못했다는 미련이 마치 생선 가시처럼 목구멍 안쪽을 찌르고 있을 터였다.

그러니까.

"우리가 먹을게요. 그 초콜릿의 맛이 어떤지 제대로 기쿠노 씨에게 들려줄게요."

이렇게 하지 않으면 이 사랑은 끝나지 않을 것만 같다.

"……알겠어요. 네, 그렇게 해요. 이 미션도 깔끔하게 클리어해 버리자고요!"

기쿠노 씨가 팔을 걷어붙이고 씨익 웃었다.

♥

어느새 비가 그쳤다.

아직 희미한 어둠이 깔려 있는 미나토구의 오피스 거리에는 인적이 거의 없다. 종아리 근육이 보기 좋게 발달한 남성 러너와 미니어처 핀셔. 그리고 '불금'의 잔해를 빗자루로 쓸어 내는 이자카야의 직원. 출근 전 함께 데이트를 했는지 술 취한 샐러리맨과 포옹을 나누고 택시에 올라타는 카바레 클럽의 아가씨.

그리고.

눈 밑에 진한 다크서클을 매달고 휘청휘청 거리를 걷는 꽃미남 한 명.

"아니, 점장님. 고작 밤 좀 새웠다고 이렇게까지 만신창이가 된 거예요?"

"고작 밤 좀 새웠다고? 모모코는 초콜릿 맛만 봤으니까 그런 말이 나오지…… 웁!"

"하아, 괜찮으신 거예요?"

구로다 씨가 숙취로 하얗게 질린 점장님의 어깨에 팔을 둘러 몸을 받쳐 준다.

뭐, 점장님이 저렇게 된 것도 이해는 간다. 좌우지간 기쿠노 씨는 굉장했다.

예상외로 초콜릿이 금세 완성되어 모두가 신이 나서 파티를 시작했는데, 점장님이 분위기에 휩쓸려 도전장을 내민 것이 패착이었다. 매장위원회 도중에 브랜디를 석 잔이나 스트레이트로 마신 기쿠노 씨는 그 후로도 아무렇지 않은 선선한 얼굴로 계속 술을 들이부었다. 결국 점장님이 '내가 졌어'라며 백기를 들었다.

"아, 저기 보인다. 그 절!"

기쿠노 씨는 변함없이 시원시원한 보폭으로 성큼성큼 걸어갔다.

트렌치코트 주머니에 손을 넣은 채 종종걸음으로 쫓아가 보니 정말로 오피스 거리 한구석에 숨어 있는 듯한 작은 절의 입구가 보였다.

절이라고는 하지만 오두막 같은 자그마한 사당과 불전함이 놓여 있는 고즈넉한 공간이었다. 입구 옆에 플라스틱 휴지통이 놓여 있다. 근처에는 절 못지않게 작은 공원이 있었다.

"맞아, 여기에 버렸어. 옛날 생각나네."

우리는 우선 공원 벤치에 앉아 초콜릿을 먹기로 했다.

밀폐 용기의 뚜껑을 열어 보니 쌉싸름한 초콜릿의 향기가 은은하게 풍겼다. 앞니로 살짝 깨물자 부드러운 초콜릿의 감촉이 입안 가득 퍼졌다.

"하아……."

무심결에 한숨을 내쉬었다.

"역시나."

첫 번째 초콜릿 조각을 삼킨 후 기쿠노 씨가 말했다.

"이거, 맛있지 않아요?"

"응. 진짜 맛있어요."

"가게에서 파는 거 같아요."

"역시 난 천재라니까."

기쿠노 씨가 그렇게 말하더니 또 한 조각을 입에 넣었다.

"다들 고마워요. 육 년 만에 겨우 먹었네요."

기쿠노 씨는 이 초콜릿을 정말 좋아하는 것 같았다. 눈을 꼭 감고 달콤함을 음미하는 표정을 보면 알 수 있다.

다행이야. 기쿠노 씨는 마침내 이 레시피를 자신의 품으로 되찾아 올 수 있게 된 것이다.

"어, 저기 봐요!"

그때 문득, 빌딩 숲 사이로 빛이 새어 들어오는 것이 보였다.

"아침 해가 떴네."

핸드폰을 들여다봤다. 다섯 시 십육 분. 그러네. 벌써 일출 시간이구나.

나와 기쿠노 씨는 곧바로 아침 해가 제일 잘 보이는 장소로 이동한 후, 오피스 거리의 하늘이 서서히 아침의 빛으로 물드는 모습을 한동안 물끄러미 바라보았다.

"모모코."

기쿠노 씨는 아침 햇살 탓에 눈이 살짝 부시는지 가늘게 뜬 눈으로 말했다.

"당신은 결혼하고 싶어요?"

"······네, 하고 싶어요. 근데."

"근데?"

"하고 싶다고 생각하는 스스로가 별로라는 마음도 있어

요."

"후후."

"왜요?"

"아니, 왠지 이해가 돼서."

결혼 같은 거 안 해도 행복하다고 단언할 수 있다면, 주변 사람들과 똑같지 않아도 괜찮다고 말할 수 있는 자신감이 있다면 얼마나 좋을까.

"그때 했던 선택에 후회는 없어요."

기쿠노 씨는 아침 해를 바라보며 말했다.

"나한테는 역시 일이 소중해요 육 년 전 밸런타인데이로 돌아간다고 해도 분명 일이 더 중요하다고 답할 거야. 그런데도 한 번씩, 정말 가끔이지만 문득 이런 생각이 들 때가 있어요."

그러더니 내 쪽을 쳐다보며 어딘가 답답하다는 듯 미소를 짓는다.

"더 제대로 된 연애를 할 줄 아는 사람이면 좋았을 텐데, 라고."

"어이, 이제 슬슬 참배하러 가자고!"

벤치에서 쉬면서 어느 정도 회복이 됐는지 점장님이 우리를 불렀다.

"갈까요?"

기쿠노 씨는 늘어진 머리칼을 다시 하나로 질끈 묶더니 점장님과 구로다 씨가 있는 곳으로 향했다.

들썽들썽 가슴 안쪽이 복작거린다.

더 제대로 된 연애라.

그래. 맞는 말이다. 하지만, 그래도.

"하지만 기쿠노 씨는."

미처 생각을 다 정리하지도 못했는데 멋대로 말이 튀어 나온다.

"기쿠노 씨는 스스로 자신을 행복하게 만들 수 있는 사람이에요. 확실하게 일하고, 열심히 살고, 스스로에게 고기를 먹여 주고……. 자신의 정답을 제대로 믿을 줄 아는 사람."

기쿠노 씨가 이쪽을 바라본다. 주머니에 손을 넣은 채로 나를 응시하고 있다.

"나도 내 일을 좋아해요. 지금 있는 이곳에서 일하는 내가 좋아요. 이렇게 생각할 수 있게 된 나를, 이렇게 될 때까지 열심히 살아온 나를 자랑스럽게 생각해요. 역시 이런 나를 버리고 싶진 않아."

기쿠노 씨에게 하는 말인지 스스로에게 하는 말인지 나조차도 분간이 가지 않았다.

스스로 번 돈으로 맛있는 고기를 배부르게 먹는 것. 언제나 일 생각을 하는 것. 예상컨대 일에 너무 푹 빠져 사느라 어느새 손톱이 길어져 버린 것.

"마지막의 마지막 순간, 일을 좋아하는 자신을 제대로 인정할 줄 아는 기쿠노 씨는 말도 못 하게 좋은 여자예요."

그런 면들까지 전부, 전부, 다 너무 멋있었다. 이렇게 살아 보고 싶다는 생각이 들었다.

"잊지 않았으면 해요."

어떻게든 이 마음이 전해지길 바랐다.

하늘이 푸른빛으로 물든다.

조금 전까지는 회색빛이었는데 내리쬐는 햇볕이 한순간에 거리의 풍경을 바꿨다.

"괜찮아요. 나도 아니까."

기쿠노 씨는 이렇게 말하며 생긋 웃었다.

"고마워요, 모모코."

사람들과 다른 길을 선택하는 일은 역시 두렵다. 나이를 먹으면 먹을수록 초조해지는 마음은 아마 앞으로도 나아지지 않을 것이다.

그래도 나에게는 나 스스로를 행복하게 만들 수 있는 힘이 있다.

그래.

적어도 나는 그렇게 믿고 싶다.

"하, 후련해. 그럼 마침 근처까지 왔겠다, 전 바로 회사에 출근해야겠네요."

절에서 참배를 마치고 넷이 초콜릿을 다 먹은 후 기쿠노 씨가 생각지도 못한 말을 꺼냈다.

"밤을 꼴딱 새웠는데요?"

"이 정도는 껌이지. 이러려고 고기를 먹는 건데."

그럼, 다들 고마웠어요! 또각또각 하이힐 소리를 내며 삼십 층은 되어 보이는 통유리 고층 빌딩으로 산뜻하게 걸어간다.

그렇게 잔뜩 먹고 마시고, 초콜릿도 만들고, 절에서 매장까지 했는데.

너무 대단해서 풉, 하고 웃어 버렸다.

기쿠노 씨의 뒷모습이 조금씩 멀어진다. 가방 안에서 스트랩이 달린 사원증을 꺼내고는 또다시 그 시원스러운 걸음으로 위풍당당하게 일터로 향한다.

역시 멋지다. 닮고 싶은 사람이야.

짜릿할 정도로 멋있는, 눈물이 날 정도로 멋진 사람이라고 진심으로 생각했다.

"또 고기 정식 먹으러 오세요!"

기쿠노 씨의 등에 대고 큰 소리로 외쳤다.

다음에는 꼭 기쿠노 씨를 만족시킬 만한 정식을 만들어야지.

"준고기는 사절입니다!"

기쿠노 씨는 마지막으로 오른손을 휙휙 흔들더니 인공적인 유리 상자 안으로 빨려 들어갔다.

빛이 건물에 반사되면서 시야가 전부 투명한 푸른색으로 채워졌다.

미뤄 뒀던 일을 해낼 수 있을 것만 같은 기분 좋은 아침이었다.

'일이랑 나, 어느 쪽이 더 중요해?' 초콜릿

재료(5인분)

밀크초콜릿	100g
카카오 70% 초콜릿	100g
순 생크림	100g
키르슈(리큐어)	1작은술
꿀	1작은술
코코아파우더	소량

만드는 법

① 초콜릿을 잘게 다진다.
② 냄비에 생크림을 넣고 따뜻하게 데운다(냄비 가장자리에 작은 거품들이 올라오면 불을 끈다).
③ ②에 다진 초콜릿을 넣고 부드러워질 때까지 잘 섞는다.
④ 키르슈와 꿀을 넣어 섞는다.
⑤ 랩을 깐 스테인리스 배트에 ④를 붓는다.
⑥ 굳을 때까지 냉장고에서 식힌다.
⑦ 다른 배트에 코코아파우더를 깔고 초콜릿을 올린 후, 코코아파우더를 위에서 추가로 뿌린다.
⑧ 사각으로 자른다.
  * 이때 칼에도 코코아파우더를 얇게 바르면 칼날에 초콜릿이 덜 달라붙습니다.

제7화

기대를 짊어진
별 모양 피자

두 번째라도 괜찮은 척

"어서 오세요!"

인사를 하며 돌아본 순간 선명한 연둣빛이 눈에 들어왔다. 십일월의 추위마저 한순간에 날려 버릴 듯한 화사함이 가게 안을 가득 채운다.

"혼자 왔는데 자리 있나요?"

"아, 네, 그럼요. 이쪽으로 오세요!"

연둣빛 기모노를 입은 아름다운 여성이 빈틈없는 몸짓으로 살며시 문을 닫은 후 천천히 비긋다 안으로 들어왔다.

무척 아름답다. 무슨 여배우 같아. 나이는…… 오십 대쯤이려나. 날렵한 턱선이 인상적인 여성이었다. 흰머리 섞인 머리칼을 정갈하게 쪽을 지고 있었다.

그녀는 가게 안을 둘러보며 카운터 자리 제일 끝에 앉았다. 늘 구로다 씨가 앉는 자리다. 탄자니아 킬리만자로를 주문한 후 들고 있던 풀색 겉옷을 깔끔하게 접어 의자 등받이에 걸쳐 두었다.

"흔치 않은 일이네. 저렇게 고상한 손님, 이 동네에서는 자주 못 봤는데."

점장님이 드리퍼를 세팅하면서 소곤소곤 속삭인다.

"저런 스타일은 긴자…… 아니, 가마쿠라? 아니면 기온 같은 동네에서나……."

"어쨌든 세타가야구 다이시도의 분위기는 아니네."

'마담'이라는 호칭이 어울릴 법한, 고상함으로 온몸을 휘감은 여성은 커피가 나오길 기다리면서 흥미로운 듯 가게 안을 살펴봤다. 뭐 궁금한 점이라도 있는 걸까? 평일인 금요일의 너무할 정도로 한가한 오후, 다른 손님이 한 명도 없는 틈을 타 큰맘 먹고 말을 걸어 봤다. 커피 컵을 카운터에 올려 두며 슬며시 눈을 맞추자 마담 역시 교양 있는 눈짓으로 답했다.

"처음 오셨죠? 어디 잡지 같은 데서 보고 오신 건가요?"

그녀는 눈웃음을 지으며 한동안 나를 바라보더니 가방

에서 수첩을 꺼냈다. 페이지를 넘겨 사이에 끼워진 접힌 종이를 꺼낸다.

"아, 매장위원회 전단!"

틀림없이 매장위원회를 시작할 때 만들었던 전단이었다. 입소문이 난 덕에 지금은 찾아오는 사람들이 종종 있지만 처음엔 부지런히 전단을 돌리는 수밖에 없었다.

어라? 이걸 가지고 오셨다는 건 설마.

"매장위원회 상담자신가요? 어머, 그럼 진작 말씀을 하시지!"

그런 거였어? 아마 선뜻 말을 꺼내기가 부끄러우셨던 모양이다.

"마침 오늘 밤에는 예약이 없어서 차근차근 얘기를 들어 드릴 수 있을 것 같아요. 아, 근데 위원회는 밤 열 시부터라 꽤 오래 기다리셔야 할 텐데. 물론 여기에서 계속 기다리셔도 괜찮지만요……."

"아뇨, 상담자로 온 건 아니고."

왠지 미안하다는 듯 그녀가 미소를 짓는다. 컵 받침을 가슴께에 받쳐 들고 우아하게 커피를 마셨다. 마치 다도를 하는 듯한 기품 있는 손짓이었다.

"지인한테 이런 행사를 하는 찻집이 있다고 들어서요.

미안해요. 실속 없는 손님이라."

"아휴, 그런 말씀을!"

나는 얼른 들고 있던 쟁반으로 얼굴을 가렸다. 착각한 것이 창피했다.

"매장위원회에 관심 가져 주신 것만으로 기쁜걸요. 지금 자리를 비운 멤버가 한 명 더 있는데 그 친구도 분명 기뻐할 거예요."

흠칫. 그녀의 한쪽 눈썹이 살짝 꿈틀댄 듯한 기분이 들었다. 정말 찰나였지만 얼굴에 그늘이 드리웠던 것도 같다. 하지만 눈 한 번 깜빡하는 사이 그 그늘은 사라졌다. 그녀의 얼굴은 다시 완벽한 눈웃음을 짓는 표정으로 돌아와 있었다.

"들었어요. 진짜 스님이 계신다면서요?"

그녀는 전단의 글자를 쓰다듬으며 말했다.

"네. 요 근처 성산사라는 절에서 수행 중이세요."

"어머, 그래요? 듣기로는 무척 우수한 분이시라던데."

머릿속에 구로다 씨의 뚱한 얼굴이 떠올랐다.

"아, 맞아요. 도쿄대학을 나왔고 스님이 되기 전에는 한동안 상사에서 일했다더라고요. 그래서인지 보통 스님들이랑 어딘지 모르게 분위기가 다르긴 해요. 사실 저도 잘은 모르지만요."

"아, 네. 그렇군요. 그래요……. 후훗."

마담은 왠지 모르게 흡족한 표정으로 고개를 끄덕이더니 컵에 입을 가져다 댔다.

"저…… 보기엔 어떻던가요? 건강하게 지내는 것 같나요?"

"그거야, 뭐! 건강 그 자체인 사람이에요. 운동을 엄청 열심히 하는 근육질 마초맨이거든요. 맨날 가게 화장실에서 자기 몸을 막 확인해 보고 그래요."

"근육질……. 어떤 모습일진 모르겠지만 그렇군요. 다행이네. 정말 잘됐네요."

뭐가 다행이고 뭐가 잘됐다는 건지 의아해하며 주방으로 돌아가려는데 문이 삐걱거리며 열리는 소리가 났다. 돌아보니 당사자인 구로다 씨가 서 있었다.

"크림소다 되죠?"

"이렇게 추운데? 크림소다 진짜 좋아한다니까."

점장님이 감탄하듯 말했다.

뭐 어때요, 라고 받아친 구로다 씨가 늘 앉던 자리로 가려다 먼저 자리를 잡은 손님을 발견했다. 여느 때와 같이 낯가리는 분위기를 물씬 풍기며 눈을 내리깔고 발길을 돌려 가장 안쪽 자리의 소파에 앉더니 물 흐르듯 자연스러운 몸짓으로 테이블 위에 책을 꺼내 놓는다. 그러고 보니 올해 안에 『장 크리스토프』를 독파하는 것이 목표라고 했었지.

그때였다.

"호즈미……?"

막 페이지를 넘기기 시작한 구로다 씨의 손이 그대로 멈춘다. 슬로모션처럼 천천히 마담을 향해 얼굴을 돌렸다.

"호즈미 맞지? 오랜만이네."

시간이 멈춘 것 같았다. 구로다 씨는 마치 돌이 된 것처럼 그대로 굳었다.

아니, 잠깐. 이게 뭐지?

마담은 높은 의자에서 사뿐히 내려와 천천히 소파 쪽으로 다가갔다. 조심스럽게 '앉아도 될까?' 하고 묻자 구로다 씨가 살짝 턱을 당겼다.

"오랜만에 뵙습니다."

구로다 씨가 이렇게 말하며 펼쳐 놓은 책을 테이블 위에 덮어 둔다. 안경을 벗고 눈앞의 현실을 확인하듯 뺨을 몇 번이나 문지르더니 안경을 고쳐 썼다.

"여기 네 이름이 있길래."

마담은 구로다 씨의 맞은편에 앉아 아까 그 전단을 꺼내 들었다.

"그랬군요. 매장위원회 광고를 보고……."

"건강해 보여서 다행이네."

"덕분에요."

"근사한 가게구나."

다시 한번 가게를 둘러본다. 뭐, 네에. 구로다 씨는 모호한 답을 건넸다.

"저기, 호즈미. 집에는 안 올 거니?"

마담이 구로다 씨의 안색을 살피듯 슬쩍 얼굴을 들여다보며 묻는다.

"곧 가야죠."

"말은 늘 그렇게 하면서 명절에도, 새해에도 집에 안 왔잖니. 엄마 걱정했어."

헉, 지금 엄마라고 그랬어? 그 말은 이분이……

"무슨 걱정을……. 다 큰 성인인데요."

"부모는 자식이 아무리 나이를 먹어도 걱정하는 법이야."

"게다가 전 아직 수행 중인 몸이고요."

"수행……. 벌써 꽤 오래됐는데 언제 끝나는 거니? 무엇보다 원래 기한을 정해 두기로 아버지랑 약속했었잖아."

기한? 생소한 말이 귀에 들어와 거의 반사적으로 점장님 쪽을 바라봤다. 점장님도 아닌 밤중에 홍두깨라는 표정이

347

었다.

"아버지와의 약속……."

구로다 씨가 나직이 읊조렸다.

"괜찮아. 아버지도 형도 이제 신경 안 쓰니까."

마담은 그렇게 말하며 구로다 씨의 손을 두 손으로 감쌌다. 움찔, 구로다 씨의 어깨가 잘게 떨린다.

"이제 신경 안 쓴다고요?"

"너도 실은 돌아오고 싶은 거지? 다 알아. 얼굴에 쓰여 있다고. 엄마가 같이 잘못했다고 빌어 줄게."

조금 전까진 모자가 재회하는 온화한 분위기인가 했는데 대화를 할수록 두 사람의 날카로움이 삐죽삐죽 튀어나오는 것 같다.

언제였던가, 구로다 씨가 했던 말이 떠오른다. 본가는 지바인데 자기와는 맞지 않아 출가했다고 했던가. 중얼중얼 그런 이야기를 늘어놨었다. 이런 이야기가 오간다는 건 역시나 집을 나올 때 갈등이 있었던 것일까.

마담이 맞잡은 손에 더욱 힘을 주었다.

"한번 천천히 얘기를 나눠 보자. 엄마는 언제나 네 얘기를 들을 준비가 되어 있으니까. 그래, 그 이탈리안 레스토랑에도 다시 가고. 응? 피자가 맛있는 집. 기억하지?"

구로다 씨의 얼굴이 한층 더 어두워졌다. 마치 눈을 깜빡이는 일조차 까먹은 듯 허공의 한곳을 응시하고 있었다. 숨쉬는 것조차 조심스러울 정도로 무거운 침묵이 감돌았다.

구로다 씨는 곰곰이 생각에 빠진 듯했지만 마담은 이내 스르륵 손을 빼냈다.

"알겠어요……. 머지않아 연락할게요. 오늘은 수행하러 돌아가야 해서 이만."

그렇게 말한 구로다 씨가 고개를 꾸벅 숙이더니 가방을 집어 들었다. 마담도 황급히 따라 일어선다.

"호즈미!"

하지만 구로다 씨는 끝까지 돌아보지 않고 재빨리 가게를 빠져나갔다.

그 후 마담은 우리에게 구로다 씨의 가족이라는 사실을 숨기고 상황을 보러 온 것, 집안일로 소란을 피운 일 등에 대해 장황한 사과를 계속했다.

"아뇨, 아뇨. 당치도 않습니다."

나도 점장님도 몸 둘 바를 모를 정도였다.

"이런 부탁까지 드려 너무 염치가 없습니다만……."

마담이 주뼛주뼛 종이 쇼핑백을 내밀었다. 안에는 보라색 보자기가 들어 있었다.

"이거, 그 애가 좋아하는 건데 좀 전해 줄 수 있을까요?"

"아, 그······."

어쩌지. 덥석 받아 둬도 되는 걸까.

"우리 애가 걱정이 돼서······. 이걸 먹으면 기운이 날 거예요."

마담은 쇼핑백 손잡이를 억지로 내게 쥐여 주었다. 가까이에서 보니 의외로 손에는 주름과 검버섯이 있었고 손가락은 건조했으며 군데군데 튼살이 눈에 띄었다. 그렇구나. 꽤 젊어 보이긴 하지만 구로다 씨의 나이를 생각하면 이미 환갑을 넘겼을지도 모른다.

"알겠습니다."

결국 그 꺼끌꺼끌한 손을 뿌리칠 용기가 없던 나는 종이 쇼핑백을 받아 들었다. 묵직하다.

"부탁합니다. 부디 호즈미에게 힘이 되어 주세요."

마담은 그렇게 말하며 구십 도로 깊숙이 인사하고 자리를 떴다.

보자기 꾸러미를 열어 보니 반들반들하게 옻칠한 찬합이 드러났다. 그 안에는 마키즈시*가 들어 있었다. 한 덩이, 한 덩이가 랩으로 예쁘게 감싸져 있다.

"하아……."

평소 같았으면 먹음직스러워 보이는 마키즈시에 기분이 들떴을 테지만 지금은 나도 모르게 한숨이 새어 나왔다.

'원래 기한을 정해 두기로 아버지랑 약속했었잖아.'

그 말이 정말일까? 아아, 답답하다. 마담이 했던 말이 정신없이 머릿속을 휘저으며 뇌 속의 벽을 죄다 때려 부수고 있다.

"뭐, 나중에 물어보자고. 어차피 오늘은 매장위원회 날이잖아."

내 마음이 무거워진 것을 눈치챘는지 점장님이 위로를 건넸다. 그렇게 말하는 점장님의 미소도 평소에 비하면 육십 퍼센트 정도 옅어진 것 같았다.

나는 그 뒤로 마음을 진정시키기 위해 천장에 달린 램프의 먼지를 닦아도 보고, 입간판의 글씨를 다시 쓰기도 했다. 정신을 차려 보니 어느새 청소에 매진하고 있었다. 매섭게 바람이 부는 날씨에 낙엽 한 장 보이지 않도록 빗자루질을 하고 열심히 쓰레받기에 담는다. 하지만 마음속 답답함은 사라지지 않았다.

---

* 김으로 싼 초밥.

하늘을 올려다보니 아주 작은 틈도 보이지 않겠다는 듯 구름이 촘촘하게 깔려 있었다.

"구로다 씨⋯⋯."

왠지 예감이 좋지 않다.

"응? 아직 여덟 시잖아."

"그렇지만 전화도 안 받는다고요. 원래는 이 시간쯤에 오잖아요. 좀 살펴보고 와야겠어요!"

나는 멈춰 세우는 점장님의 목소리를 무시하며 힘차게 문을 열었다. 점심때부터 묘한 두근거림이 계속되고 있다. 구로다 씨한테 제대로 이야기를 들어야 하⋯⋯

"⋯⋯는데, 여기서 뭐 해요?"

"있으면 안 되는 건가요?"

구로다 씨가 가게 앞에 서 있었다. 어라? 평소랑 별반 다르지 않은 모습이잖아?

구로다 씨는 늘 앉던 자리에 앉자마자 낮에 제대로 마시지 못한 크림소다를 주문하더니 태연하게 음료를 뒤적였다. 녹아내린 바닐라아이스크림이 흐르지 않도록 틈새에 조심스럽게 빨대를 끼워 쪼옥쪼옥 소다수를 마신다.

역시 평소와 다름없는 구로다 씨의 모습이다.

조금 안도한 나는 옆자리에 앉았다.

"이거."

크림소다를 다 마실 타이밍을 살피다 보라색 보자기를 쓰윽 내밀었다.

구로다 씨는 얼굴색 하나 바꾸지 않고 '고마워요' 하고 받아 들었다.

"안 열어 봐요?"

"어차피 뭐가 들었을지 뻔하니까요. 마키즈시겠죠."

설마 한 번에 맞출 줄이야. 말문이 막혔다.

"올 때마다 이걸 가져오거든요."

내 표정을 읽었는지 구로다 씨가 곧바로 덧붙였다.

"괜찮으면 두 분이 드세요. 저는 어릴 때부터 질리도록 먹어서요."

다시 내 손으로 돌아온 보자기를 바라보며 '고마워요, 그럼 나중에 다 같이 먹을까요?'라고 말한 뒤 이어서 무슨 얘기를 해야 할지 열심히 머리를 굴렸다.

"어머님이 멋지시더라고요."

결국 튀어나온 말은 지인의 부모님을 만났을 때 으레 하는, 틀에 박힌 대사였다.

"깜짝 놀랐다니까요. 구로다 씨 실은 엄청난 부잣집 아들이고 막 그런 거 아녜요?"

친엄마에게 딱딱한 존댓말을 쓰는 구로다 씨와 자연스럽게 그걸 받아들이는 마담. 물론 집마다 분위기가 다 다르다고는 하지만, 둘 사이에 묘한 어긋남을 눈치채 버린 나는 죄책감을 떨쳐 내기라도 하려는 듯 공허한 말을 아무렇게나 뱉어 냈다. 아아, 사실은 물어보고 싶은 것이 많은데.

구로다 씨가 나를 지그시 바라보더니 갑자기 놀리는 투로 말했다.

"어차피 유키 씨 성격이면 이미 우리 본가에 대해 다 검색해 봤을 거 아녜요."

"아니, 안 해…… 검색 안 했는데요!"

"거짓말. 했으면서. 미친 듯이 하던데? 오후에는 거의 일을 안 했다고 봐야지."

점장님이 파르페를 들고 와 의자에 자리를 잡으며 말했다.

"점장님! 말 안 하기로 약속했잖아요!"

반사적으로 한 거짓말이 한순간에 들통나자 얼굴이 벌게지는 게 느껴졌다. 하아. 그랬다. 실은 마담이 나간 후 어

쩔 줄 모르고 있다가 '그렇게 궁금하면 찾아보면 되잖아'
라는 점장님의 부추김에 못 이기는 척 구로다 씨 집안에
대한 이런저런 정보들을 싹 훑은 차였다.

　그 결과 구로다 씨가 유서 깊은 정치가 집안 출신이라
는 사실을 알게 됐다. 흔히 말하는 지역 유지 같은 느낌이
랄까. 현 의회 홈페이지의 '의원 열람'의 탭을 클릭해 보니
'구로다 고사쿠'라는 이름과 함께 입을 굳게 닫은 남성의
사진이 올라와 있었다. 단번에 구로다 씨의 아버지라는 사
실을 알 수 있을 정도로 얼굴이 똑 닮았다. 고사쿠 씨의 전
임자의 성 역시 구로다였다. 아마도 할아버지겠지. 아무튼
꽤 오래전부터 구로다 집안이 정치 기반을 다져 왔다는 사
실만큼은 틀림없어 보였다.

　구로다 가즈토요(구로다 씨의 형) 씨의 이름은 의원 명
부에는 없었지만 그 이름으로 된 에스엔에스 계정 몇 개를
발견했다. 프로필란에는 '의원 비서' '아이들의 웃음을 지
킨다' '세 아이의 아빠'라는 글이 적혀 있었고 지역 이벤트
정보 등을 열심히 올리고 있었다.

　"미안해요. 손가락이 멋대로 움직여서…….."

　이미 찾아봤다는 사실을 다 자백하자 구로다 씨가 훗,
하고 코웃음을 쳤다.

"괜찮아요. 눈앞에 입맛 도는 먹이가 있는데 유키 씨가 안 물었을 리가 없죠."

"아니, 내가 무슨 야생동물도 아니고."

"뭐, 크게 다를 건 없지 않나요?"

"뭐라고요? 한 대 콱 때려 주고 싶네, 진짜!"

여느 때와 다름없는 템포로 대화가 이어지자 살짝 안심이 된다.

"형제는 형 한 명?"

"네, 사 인 가족이에요. 옛날에는 할머니 할아버지도 한 집에 같이 살았는데 두 분은 꽤 오래전에 돌아가셨어요. 지금은 형네 가족이…… 형수님이랑 조카들이랑 같이 들어와 살고 있을 거예요. 뭐, 국회의원 집안들이 다들 그렇잖아요."

"그러고 보니 나도 의원 집안과 관련된 소문을 들어 본적 있어."

점장님이 받아쳤다.

"거의 매주 장례식에 갈 일이 있다던데 진짜야?"

"장례식을 매주? 그게 무슨 말이에요?"

"아아, 뭐……. 매주는 좀 과장인 거 같긴 한데."

구로다 씨가 쓴웃음을 지으며 답했다.

"상갓집에 가는 일이 상당히 많기는 해요. 지역 사람들이 모이는 자리라 얼굴을 익힐 수 있는 기회기도 하고. 안 가면 안 갔다, 누구 씨 집안에는 가더니, 이런 말들이 나오니까요."

"대체…… 어떤 세상에 사는 거야."

"구로다 씨도 아버님을 따라서 가고 그랬어?"

"그럼요. 아버지, 어머니, 형이랑 저까지. 넷이 꼭 같이 갔어요."

구로다 씨가 카페라테에 각설탕 두 개를 더 넣고 휘휘 젓는다.

"생생하게 기억나요. 형이랑 검은 조끼에 반바지를 맞춰 입었어요. 주차장에서 장례식장까지는 어머니가 항상 저희 손을 잡고 갔죠. 왜인지 장례식 날은 비가 올 때가 많아서 저희는 늘 검은 우산을 준비해 뒀어요. 항상 어머니가 우산을 들었는데, 당신 기모노가 다 젖어도 우리 둘은 절대 비에 젖지 않게 지켜 주곤 했지요."

나는 마담의 젊은 시절 모습을 상상해 봤다.

"우리 앞에 걸어가는 아버지 옆에는 항상 남자 비서분이 붙어 있어서 그 사람이 우산을 들었거든요. 우린 그 모습을 볼 때마다 신기해했어요. 왜 우리 아빠는 빈손인데도 직접 우산을 안 드는 거지? 엄마는 이렇게 홀딱 젖고 있는데."

이리저리 떨어지는 빗방울 소리가 갑자기 귓속을 파고든다. 반사적으로 창밖으로 시선을 돌렸다. 가는 비가 내리기 시작했다.

"매번 엄마한테 내가 들겠다고 그랬는데 절대 안 된다고 했어요. 미래의 정치가 선생님이 감기라도 걸리면 어떡하냐면서."

"그건 좀…… 숨 막혔겠네."

구로다 씨가 또 한 번 쓴웃음을 짓더니 빡빡머리를 문질렀다.

"장례식장에 들어가서 조의금을 내고 나면 그때부터는 아빠가 저희 손을 잡았어요. 아이들과 같이 있어야 눈에 띄거든요. '자식 바보'라는 콘셉트를 밀고 있었으니까……. 뭐 나름 잘 먹힌 작전이었죠."

점점 속이 울렁거리기 시작했다. '무슨 부모가 그래, 너무하잖아!'라고 시원하게 한마디 해 주고 싶었지만, 남의 부모님을 함부로 욕할 수는 없어 카페라테를 마시며 찝찝함을 삼켰다.

"아, 의원들과 관련된 얘기 중에 재미있는 게 또 하나 있어요."

구로다 씨는 뭔가 떠올랐는지 고개를 번쩍 들었다.

"제가 어렸을 때 아빠랑 엄마한테 지겹게 들었던 말이 뭔 줄 아세요?"

가훈 같은 건가? 보통은 '거짓말을 하지 말아라' '사람들에게 상냥하게 대해라' 같은 걸 텐데. 정치인 집안에서는 어떤 말을 했을까?

"모두와 사이좋게 지내라, 라는 말이에요."

"응? 생각했던 것보다는 평범한데요?"

"그러네. 의외로 심플."

김빠진 우리의 반응을 본 구로다 씨가 자조하듯 픕, 하고 웃었다.

"한 표니까."

"네?"

"한 사람 한 사람이 다 표니까. 아무리 싫어하는 사람이 있어도 그 사람도 한 표다. 괴롭힘을 당해도 웃으며 용서해라. 싸움이 생기면 입 다물고 고개 숙여라. 네 분노 따위 표 하나에 비하면 아무것도 아니다. 그러니까 모두와 사이좋게 지내라."

심장에 까슬하게 보풀이 이는 기분이 들었다.

"학교에서 문제가 생겼을 때 범인으로 몰리는 일이 꽤

많았어요. 어릴 때부터 눈빛이 사나워서 그랬는지 무슨 일만 생기면 꼭 그랬어요. 책이 없어졌다. 근데 호즈미가 어제 뚫어져라 쳐다보더라. 분명 걔가 훔쳤을 거다. 딱 보면 알아. 눈빛이 딱 도둑놈 눈빛이라니까. 한번 그렇게 되니까 제가 아무리 변명해도 소용이 없더라고요."

구로다 씨가 가볍게 한숨을 쉬며 깍지 낀 양손의 엄지를 빙글빙글 돌렸다.

"아무도 안 믿어 줬어요. ……아, 아닌가? 어차피 믿고 말고는 아무 상관도 없었으려나. 그 사람들한테는."

"상관이 없다니?"

"그런 문제가 생기면 누구든 죄를 뒤집어쓸 사람이 필요해지잖아요. 아무나 한 사람만 있으면 돼요. 진짜 그 사람이 했는지 아닌지는 신경도 안 쓰죠. 또 호즈미가 사고를 쳤네 어쨌네 떠들면서 내가 한 것 같은 분위기를 만들면 그걸로 만족하는 거예요."

"대체 그게 무슨……."

점장님의 목소리가 떨리기 시작했다.

"아버지는 그런 일이 있을 때마다 말했죠. 당장 사과하고 오라고요. '하지만 내가 안 했단 말이야. 진짜 안 했다고. 내가 그런 거 아니야. 아빠가 같이 가서 말해 줘, 누명을 벗

게 해 줘' 하고 애원하면 아버지는 이렇게 말했어요. '냉정
하게 생각해. 네 분노에 한 표 이상의 가치가 있니? 여기서
계속 소란을 피우면 더 많은 표를 잃게 된다고. 그런데도
꼭 그 화를 풀어야겠어?' 라고요."

구로다 씨는 지극히 담담한 말투로 이야기했다.

"근데 또 들어 보면 맞는 말인 거예요. 열심히 설명해 봤
자 어차피 믿어 줄 거 같지도 않고, 일이 커지면 더 귀찮아
지기만 할 테니까."

"말도 안 되잖아. 그런⋯⋯."

드물게 점장님의 얼굴이 일그러졌다. 뺨에 잘게 경련이
일어 평소 같은 미소를 짓지 못하고 있다.

"아무래도 좋을 놈들의 아무래도 좋을 감정의 쓰레기통
노릇을 하면서 얻는 한 표에 대체 무슨 가치가 있다는 거야."

"점장님."

"뭐, 좋게 생각해 보면⋯⋯ 어른스러운 대응, 타인을 용
서하는 마음을 다섯 살 때쯤부터 조기교육 받은 거니까."

구로다 씨가 애써 변명했다. 점장님이 답답하다는 듯 긴
앞머리를 거칠게 쥐어뜯는다.

"타인을 용서하는 건 화를 낼 만큼 다 낸 다음에야 할 수
있는 일이야."

토해 내듯 말한 점장님의 말에 구로다 씨의 눈이 커졌다.

"처음부터 다 용서해 버리면 그 재수 없는 놈들을 향한 분노는 대체 어디로 가는데? 누구도 감싸 주지 않아 괴로웠을 구로다 씨는, 어디로 가면 돼? 대체 지금 어디에 있냐고,"

평정심, 평정심. 주문을 외우듯 되뇌는 구로다 씨.

무슨 일이 있어도 흔들리지 않는 사람. 감정을 드러내지 않는 사람.

이 사람이 항상 냉철한 이론으로 무장하고 있는 건, 어쩌면⋯⋯.

"아, 안 되겠다."

구로다 씨가 난데없이 손목시계를 들여다봤다.

"택배가 온다고 했는데. 아, 왜 하필 오늘 받기로 했을까? 금요일은 안 된다는 걸 완전히 까먹고 있었네. 과일 찹쌀떡 리미티드 에디션이 오기로 했거든요."

웅얼웅얼 중얼거리며 가게를 떠날 준비를 한다.

아, 도망친다.

직감으로 알 수 있었다. 더 이상 나와 점장님이 말을 못 하도록 일부러 계속 떠들고 있다.

"어차피 오늘은 매장위원회 예약도 없었으니 괜찮긴 하겠지만, 혹시 갑자기 예약이 들어오면 연락 주세요. 금방 올 수 있게 대기하고 있을 테니까."

"하, 구로다 씨……."

"그럼. 먼저 실례."

문이 열리자 축축한 바람이 발목을 쿡쿡 찔렀다. 구로다 씨의 등이 차디찬 어둠 속으로 빨려 들어갔다.

아, 안 돼. 뭔지는 모르겠지만 안 돼. 이대로는 안 된다고.

이 사람, 지금 혼자 두면 안 돼.

'유키 씨는 늘 자기가 꽂혀서 확 질러 버리니 모르겠지만, 세상에는 누군가가 마음의 문을 열고 성큼성큼 들어와 주지 않으면 약한 소리를 못 하는 사람도 많아요.'

'쭉 묻어 두었던 후회나 외로움, 콤플렉스 뭉텅이를 풀어내 줄 사람을 기다리는 이들이 있어요. 당신처럼 커다란 칼을 휘두르며 억지로라도 마음 깊은 곳까지 밀고 들어오는 사람이 필요한 때가 있다고요.'

그래서 구로다 씨가…….

예전에 나한테 했던 말들은 분명!

"구로다 씨!"

문밖을 나서는 구로다 씨의 손목을 꽉 잡고 세게 끌어당겼다.

구로다 씨가 이쪽으로 고개를 돌리며 눈을 동그랗게 떴다.

"점장님."

옆으로 시선을 돌리자 점장님도 나와 같이 구로다 씨의 옷자락을 붙잡고 있었다.

"있지, 구로다 씨. 이러니저러니 해도 우리가 있잖아. 여기 이렇게. 그리고……."

툭툭 떨어지던 비가 반쯤 나온 구로다 씨의 어깨를 조금씩 적셨다.

"오늘은 매장위원회 날이야. 비가 온다고."

오늘은 그냥 혼자 있게 놔두자, 같은 말을 할 수도 있겠지만……. 미안해요, 구로다 씨. 지금 우리는 도저히 당신을 가만히 둘 수가 없어요.

분명 구로다 씨는 오래도록 가만히 내버려둔 무엇 때문에 괴로워했을 테니까. 제대로 마주하기 두렵고, 반사적으로 그냥 도망치고 싶어질 정도로 고통스러운 응어리가 구로다 씨 마음 깊은 곳에 파묻혀 있다. 그리고 아마 그 괴로움은 지금 이 순간에도 끊임없이 구로다 씨를 아프게 하고 있을 터였다. 어떤 대상에 강렬한 두려움을 품고 있는 사람은 도움을 청하는 일에조차 죄책감을 느낀다. 내가, 우리가, 지금 구로다 씨의 마음에 억지로 밀고 들어가지 않으면 분명 이 사람은 약한 소리 하는 법을 영원히 잊어버리고 말 거다. 안 돼. 이대로는 절대 안 돼.

구로다 씨의 굵직한 손목을 더욱더 세게 쥐었다.

시간이 얼마나 지났을까.

"저……."

목 안쪽에서 쥐어짜 내는 듯한 목소리가 들렸다.

"전남친 레시피랑은 좀 다르겠지만."

구로다 씨의 가슴이 크게 한 번 오르내렸다.

"해 주시겠어요? 매장."

아주 작은 목소리였다.

아, 대체 얼마나 많은 갈등 끝에 이 말을 꺼냈을까.

💔

매장위원회는 보통 가장 안쪽 소파에서 진행된다. 하지만 오늘은 구로다 씨가 항상 앉는 카운터 자리에서 하기로 했다. 끝자리에 구로다 씨, 옆자리에 나, 카운터 안쪽에 점장님. 여느 때와 다름없는 위치다. 오늘은 아무것도 준비하지 않았기 때문에 어쩔 수 없이 점장님이 사 둔 피자 맛 스낵과 감자 과자를 꺼냈다.

"난 왜 항상 아무 쓸모도 없는 것들에만 관심이 갈까…….

그런 생각만 했던 것 같아요. 지금까지 쭉."

구로다 씨가 띄엄띄엄 말을 이었다.

점장님이 피자 스낵 봉투를 반으로 갈라 모두가 먹기 편하도록 카운터 위에 펼쳐 두었다. 치즈와 토마토가 뒤섞인 배덕의 냄새가 코를 찌른다.

"인간은 왜 사는 걸까. 나는 어디에서 왔고 죽으면 어떻게 될까. 사람들의 사소한 몸짓, 별거 아닌 말과 행동을 보고 수많은 상상을 해요. 이렇게 말했지만 실은 다른 마음이지 않을까, 라든지. 하여튼 이것저것 신경 쓰이는 것이 많아요."

"어릴 때부터 쭉?"

"별로 기억은 안 나지만……. 왜? 왜? 하고 물을 때마다 다들 귀찮아했죠. 아빠는 입만 열면 '그런 쓸데없는 일에 신경 쓸 시간이 있으면 얼른 공부나 해'라고 말했어요. 이런 질문은 안 하는 게 좋겠구나. 비교적 어린 나이에 눈치를 챘죠."

구로다 씨는 울퉁불퉁한 턱 주변을 손바닥으로 쓸었다. 밤이라서 그런가 살짝 자란 수염이 짙어졌다.

"지역 행사 같은 곳에 끌려가서 낯을 가리느라 사람들 말에 제대로 대답도 못 하고 입을 다물고 있으면 어머니는 죄송스럽다는 듯 이렇게 말하곤 했어요. '죄송해요, 애가 좀 섬세한 면이 있어서…….' 똑같은 이야기를 몇 번이나 들었는지. 그러다 보니 아버지도 마음을 정했는지 활발하고 밝은 형만 사람들 앞에 나서게 하더라고요."

"형님이면…… 가즈토요 씨라고 했던가요?"

에스엔에스의 프로필을 떠올렸다. 역동감 있게 세워 올린 앞머리에 옆을 짧게 자른 투블록 스타일. 자신감이 넘치는 사람만이 할 수 있는 그 머리 스타일과 스크롤을 내리면 보이는 아이들과 찍은 셀카 등에서 구로다 씨와는 전혀 다른 사람이라는 걸 금방 알 수 있었다.

"형은 나랑 정반대예요. 성격도 명랑하고, 마당을 휘젓고 노느라 진흙투성이가 되어서는 그 옷차림 그대로 방에 들어와 뛰어다니다가 엄마한테 꾸중을 듣는 아이였죠. 그러면 주변 어른들이 그 모습을 보고 깔깔 웃어요. 그런 사람이에요. 이 세상 사람들은 모두 나를 너무 좋아해, 라고 믿어 의심치 않죠. 좋은 사람이긴 하지만……."

좋은 사람이긴 하지만. 이 한마디에 구로다 씨의 기분이 꾹꾹 눌러 담겨 있는 듯한 느낌이 들었다. 누군가가 '좋은 사람이긴 하지만'이라고 말을 꺼낼 때는 대체로 '나는 그 사람이 좋아지지 않더라' '나랑은 안 맞아' 같은 진심이 숨겨져 있기 마련이다.

"아버지는 무슨 일만 있으면 이렇게 말하기 시작했어요. '너는 구로다 집안의 기반을 이어 갈 사람이야'라고요. 식사를 할 때, 형이 시험을 잘 봤을 때, 달리기 대회에서 일등을 했을 때……. 항상 아버지가 형의 머리를 쓰다듬으며 이렇게 말하던 걸 기억해요. 형은 일말의 망설임도 없이 '응!' 하고 씩씩하게 대답했죠."

"그럼 구로다 씨는 어땠어? 아까 듣기로는 어머니가 두 형제를 '미래의 정치가 선생님' 취급했다면서?"

긴 팔을 카운터 너머로 뻗은 점장님이 감자 과자를 두 개 집어서 입에 넣었다.

"아마 내 모습을 보고 얘는 글렀다 싶어 일찍이 포기한 거 아닐까요?"

"허어……. 짜증 나는 부모님이네."

"헉, 점장님!"

"그렇잖아."

아무래도 오늘 밤 점장님은 브레이크 역할을 포기한 것 같았다.

"뭐, 어쨌든."

구로다 씨도 점장님을 따라 감자 과자 통에 손을 넣었다.

"고등학생이 된 후에도 내 어두운 성격은 바뀌지 않았어요. 국회의원 아들이라는 꼬리표가 있으니 주변 사람들도 조심스럽게 대했어요. 희한한 일이죠. 형은 '의원 아들이라니 너 짱이다!'라고 모두의 부러움을 받았는데 말이에요. 집에도 자주 친구들을 데려왔어요. 같은 입장인데 누구는 사람들이 어려워하고, 누구는 주변에 사람들이 몰려들고."

형은 구로다 씨보다 두 살이 많았다. 나이 차가 별로 나지 않으니 비교당하는 일도 많았겠지.

"같은 사람인데 이렇게까지 다르다니, 하고 생각했어요. 형은 그야말로 인망으로 '한 표'를 얻을 수 있는 사람이에요. 하지만 전 아닙니다. 모든 사람과 친하게 지낼 순 없어요."

구로다 씨가 손에 든 감자 과자로 톡톡 카운터를 두드린다.

"어느 날 반에서 부서를 나누는 회의를 했어요. 체육부나 문화부 같은."

"왠지 구로다 씨는 도서부였을 거 같아."

"어떻게 아셨어요?"

도서관 카운터에서 묵묵히 책을 읽다가 대출 희망자가 오면 물 흐르듯 자연스러운 손놀림으로 컴퓨터를 조작해 말없이 처리하고, 작업을 마치고 나면 다시 책을 읽는 구로다 씨의 모습이 단번에 떠올랐다. 응, 느낌이 확 오긴 해.

"맞아요. 조용히 책도 읽을 수 있고 할 일도 별로 없겠다 싶어서 거기에 입후보했어요. 위원 선정은 입후보제라 남은 사람들은 적당히 인원이 부족한 부서에 들어가게 되는 구조였거든요. 전 그런 거 딱 질색이었어요. 혹시 얼떨결에 축제 위원이라도 되면 최악이니까요."

"왜요, 축제 위원도 꽤 즐거운데……."

구로다 씨가 힐끗 내 쪽을 곁눈질했다.

"한참이 지나도 결정이 안 나서 회의 분위기가 흐트러지기 시작했어요. 손을 미처 들지 못한 학생들이 소곤대고 있었죠. 저는 시간이 남아서 평소대로 책을 읽으며 회의가 끝나기를 기다리고 있었고요. 그런데 뒤쪽 대각선에 앉아 있던, 항상 반에서 눈에 띄게 소란을 부리는 남자애들의 목소리가 들렸어요. '도서부는? 거긴 아직 두 자리나 남았잖아' '나머지 한 명이 누군데?' '구로다? 난 죽어도 싫어. 도서부는 안 할래.'"

순간적으로 고등학교 시절의 교실 풍경이 플래시백 된다.

구로다 씨가 한숨 돌리듯 우롱차를 마셨다.

"왜일까요. 그 시절에 들은 말들은 잊히지를 않아요. 저, 지금도 가끔 그때 꿈을 꿔요. 대각선 뒤에서 그 목소리가 들리는."

구로다 씨는 그렇게 말하며 실제로 오른쪽 뒤를 돌아봤다. 거기에는 벽밖에 없었다. 하지만 뭔가 다른 것이 보이기라도 하는 듯 구로다 씨는 가만히 한곳을 응시했다.

"큭큭거리며 웃었어요. 그 애들의 시선이 등 뒤로 느껴졌죠. 아마 반쯤은 들으라고 하는 말이겠구나. 아무래도 그 무렵 애들 사이에서 '들키기 직전의 아슬아슬한 선까지 구로다 괴롭히기'가 유행했던 모양이에요. 그전에도 여러 번 쑥덕거리며 제 욕을 하는 걸 들었거든요. 그래서 그냥 아, 또 시작이구나, 싶었죠."

구로다 씨가 안경을 벗더니 안경테에 뒤틀린 곳은 없는지 확인한다.

"저는 책에 집중하기 위해 안간힘을 썼어요. 아무것도 안 들린다, 아무것도 안 들려, 라고 스스로 되뇌면서. 근데 안 되더라고요. 애거사 크리스티의 추리소설을 읽고 있었고, 범인이 밝혀지는 제일 재미있는 장면이었는데 전혀 집중할 수가 없었어요. 셔츠가 식은땀으로 다 젖는 건 아닐까, 그런 걱정만 했죠."

무의식적으로 하는 행동인 듯, 구로다 씨가 겨드랑이 아래에 손을 얹었다.

그 모습을 본 순간 깨달았다. 분명 이 사람은 지금도 그날에 갇혀 있다. 자신을 비웃는 목소리가 날카롭게 자신을 찌르던 그날 속에.

"책에 집중하지 못하고 있다는 사실을 들키기 싫어서 계속 일정한 속도로 페이지를 넘겼어요. 그런데도 그 조롱 섞인 웃음소리는 끊이지 않았죠. 결국 그 무리는 여러 부서로 흩어졌고 교사의 판단에 따라 도서부는 유일하게 한 명만 활동하는 부서가 됐어요."

안경을 고쳐 쓴 구로다 씨가 작게 헛기침을 했다.

"그때 깨달았어요. 나는 한 표를 얻기는커녕 잃게 하는 구석밖에 없구나."

"왜 그런 생각을……."

구로다 씨가 단번에 잔을 기울였다. 얼음이 부딪치는 소리가 났다. 점장님이 곧바로 영업용 종이 팩에 담긴 새로운 우롱차를 따랐다.

"내가 이 집에 있으면 점점 표를 잃게 될 거야. 그런 생각을 하게 됐죠. 그때까지 전 표를 얻으려는 생각이 없었어요. 나한테 그런 구심력이 없다는 걸 처음부터 이해하고 있었으니까요. 하지만 나 때문에 투표를 안 하는 건 또 다른 문제죠. 제로면 그나마 다행이지만, 마이너스면 안 되는 거잖아요. 그 후로 형처럼 사람들한테 사랑받을 자신은 없으니 공부라도 잘해야겠다고 마음먹었어요. 형이 공부는 별로 못했으니까, 제가 좋은 대학에 들어가면 사람들에게 호감을 얻지 못하는 단점을 어느 정도 덮을 수 있을 거라 생각했거든요. 그리고 어쩌면 좀 더, 조금은 더……."

구로다 씨가 여기에서 잠시 말을 끊었다.

"어머니가 나를 봐 주지 않을까, 하는 속마음도 있었죠."

오토바이 타이어가 물웅덩이 위를 달리는 소리에 비가 내리고 있었음을 기억해 냈다. 이제야 날씨가 무척 쌀쌀하다는 것을 깨닫고. 전기난로의 전원을 켰다.

"어머니가 특별한 날에만 만들어 주던 요리가 있어요."

"특별한 날에만?"

"형의 생일, 입학식 날 밤, 테니스부 대회에서 우승한 날 같은 축하할 만한 일이 있는 날이요. 그런 날에는 꼭 별 모양 피자가 나와요. 반죽을 펴서 칼로 별 모양을 내 구운 피자. 소시지랑 토마토랑 치즈가 들어간……."

동그라미나 네모면 몰라도 별 모양 피자라니. 들어 본

적이 없었다. 스마트폰으로 찾아봤다.

"아아, 이런 거구나. 집어 먹기 편해서 파티용으로 딱 좋겠네."

"좀 유치하긴 하지만 저는 옛날부터 꼭 이 별 모양 피자가 먹고 싶었어요. 형을 위해서 만든 게 아니라 절 위해서 만든 별 모양 피자요. 언제나 형이 제일 먼저 먹고, 그다음이 아버지, 마지막이 저였어요. 그래서 남은 피자 쪼가리밖에 먹어 본 적이 없었죠."

"구로다 씨 생일에는 안 만들어 줬어?"

"제 생일엔 마키즈시였어요. 딱히 좋아한다고 한 적도 없는데 대체 왜 그럴까요? 언제부터인가 제가 마키즈시를 아주 좋아한다고 착각하고 있더라고요."

"어릴 때 좋아하던 음식인데 어른이 돼서도 좋아할 거라고 착각하는 그런 경우인가?"

나도 잘 안다. 집에 갈 때마다 아빠가 배달 초밥을 시켜 주는데 '모모코는 이걸 제일 좋아하잖아'라며 꼭 연어알 초밥을 추가로 주문한다.

"만들어 달라고 한 적은 없고?"

"왠지 모르겠는데 제가 부탁해서 먹는 건 좀 아닌 것 같았어요. 일단 가족들과 제대로 소통도 안 하는 사람이 뜬금없이 '별 모양 피자 좀 만들어 줘'라고 말하는 것부터가 좀 이상하잖아요."

그랬구나. 구로다 씨답다. 돈가스나 생선구이 같은 음식이라면 몰라도 별 모양 피자 같은 귀여운 메뉴는 말을 꺼내기가 괜히 더 민망했겠지.

"그러던 어느 날 깨달은 거예요. '특별한 날'을 만들지 못하는 내가 문제라고. 형은 만능 스포츠맨에 배우는 것도 이것저것 많아서 상을 받을 기회도 많았어요. 그에 반해 방에 처박혀 책만 읽는 저는 내세울 게 하나도 없었죠. 그래서 내가 그 피자를 못 먹는 거라는 생각이 들더라고요."

"그래서 어떻게 했는데?"

"도쿄대학에 들어갔어요."

"네에? 그런 마음으로 들어갈 수 있는 데였나, 도쿄대가?"

도쿄대 출신이라는 말은 들은 적이 있지만 설마 그런 이유였을 줄은…….

"원래 공부를 좋아하기도 했고, 계획을 짜서 해야 할 일들을 하나하나 처리하거나 기출문제를 분석해 출제 경향을 파악하는 일은 별로 싫지 않았으니까요."

"대단하다……."

나와 점장님은 그저 웃을 수밖에 없었다.

"그래서? 도쿄대에 들어갔을 때 아버지랑 어머니의 반응은 어땠어?"

새 잔에 레몬 슬라이스를 넣으며 점장님이 물었다.

"확실히 좋아하긴 하더라고요. 아버지는 무슨 손바닥 뒤집듯 태도를 바꿔서 '우리 둘째가 도쿄대에 합격했다'라는 말을 여기저기 떠들고 다녔죠. 지방은 참 대단해요. 구로다 집안의 차남은 '말도 없고 예민하고 음침한 애'라고들 그러더니 도쿄대에 들어가니까 갑자기 '조용하고 침착한 노력가'로 평판이 바뀌더라고요. 내 성격도 외모도 다 그대로인데, '도쿄대학생'이라는 라벨이 하나 붙었다고 그렇게 다르게 볼 줄은 몰랐어요. 놀랍더라고요."

도쿄대학생이라는 라벨.

꽃미남이라는 라벨.

삼십 대 전후의 여성이라는 라벨.

우리는 저마다 이런저런 라벨을 짊어지고 살아간다. 이런저런 라벨로 사람을 평가하고, 평가받으면서 살아간다.

그러고 보니 나는 언제부터인가 '아직 젊잖아'라는 말을 듣지 않게 됐다.

아직 젊잖아. 다양한 경험을 쌓아 봐. 이런 말을 자주 들었다. 맞는 말이라는 생각에 최선을 다해 일했다. 여행도

다녔다. 스터디에도 참가했다. 다른 업계 사람들을 만나는 교류회에도 참석했다.

그런데 언제부터였더라? '아직'이 '이제 슬슬'로 바뀌기 시작했다. '이제 슬슬 나이가 있으니까'라는 말을 듣는 일이 잦아졌다. 더 이상 '아직'이라는 말로 실패를 용서받을 수 없었다. 난 어느 사이에 '아직'과 '이제 슬슬'의 경계선을 뛰어넘어 버린 걸까?

"그래서 그 피자는 먹었어?"

점장님의 목소리에 퍼뜩 정신이 들었다. 구로다 씨는 천천히 자리에서 일어나 소파로 가 앉더니 한동안 유리창 너머를 바라보았다.

"합격 축하 음식으로 뭐 먹고 싶냐고 어머니가 묻더라고요. 곧바로 '피자'라고 답했어요. 도쿄대에 합격했으니 이제는 당당히 별 피자를 먹을 수 있을 거라 생각했거든요. 그런데……."

구로다 씨가 쓴웃음을 지었다.

"동네의 유명한 이탈리안 레스토랑에 갔어요."

"설마. 정말 레스토랑에 갔다고?"

"아마 꽤 고급 레스토랑이었을 거예요. 룸 하나를 따로 빌려서 넷이 식사를 했죠. 확실히 마르게리타피자 맛이 좋긴 하더라고요. 도우가 먹음직스럽게 부풀어 오른 게. 그래도……."

구로다 씨가 유리창 위로 슬며시 손가락을 미끄러뜨린다. 빗물이 창에 부딪혀 삐뚤삐뚤한 물방울 모양을 만들어 냈다.

"그래도, 그게 아니었거든요. 제가 먹고 싶은 건 그게 아니었어요. 내가 원했던 건 고급 레스토랑에서 풀코스 요리를 먹는 시간이 아니었어요. 그냥 우리 집 거실에서, 항상 형이 앉아 있던 그 자리에 앉아서 엄마가 만든……."

유리창 위로 불끈 쥔 주먹이 보였다.

"엄마가 만들어 준 별 모양 피자, 제가 먹고 싶었던 건 그거였다고요."

바늘로 심장 깊숙한 곳을 쿡쿡 찌르는 듯한 통증이 이어졌다.

구로다 씨는 이쪽을 보며 자조하듯 웃었다.

"바보 같죠? 겨우 이런 거에 연연하다니."

그렇지 않다. 누구나 자기가 먹고 싶은 걸 먹고 싶다고 말할 자격이 있다. 구로다 씨는 아무것도 잘못한 게 없다.

하지만 그런 사소한 바람을 입에 담는 것조차 망설일 정도로, '바보 같다'라는 보험 같은 말을 붙이지 않고는 이야기를 꺼낼 수 없을 정도로, 구로다 씨는 분명 오랫동안 사람들과 세상을 두려워해왔던 것이다.

과자만으로는 성에 차지 않았는지 아니면 기분 전환을 하고 싶었는지 점장님이 바닐라 아이스크림에 위스키를 뿌려 먹기 시작했다. 그렇다, 점장님은 마른 체구에도 먹성이 좋았다. 그렇게 납작한 배 속에 어떻게 그 많은 술과 음식을 넣을 수 있는지 신기할 뿐이다. 우리도 소파로 자리를 옮겨 담요를 두른 채 단단하게 얼어 있는 아이스크림의 표면을 삭삭 긁었다.

"구로다 씨는 칠 년 정도 상사에서 일했다고 그랬죠?"

이십 대는 거의 일에 빠져 살았다는 이야기를 들었던 것이 갑자기 기억나 물어봤다.

"왠지 상사에서 일하는 사람들은 엄청 치열하게 경쟁하는 느낌이라 구로다 씨한테 잘 맞을 것 같은 이미지는 아닌데……."

"네. 안 맞았어요."

"역시나. 용케도 오래 일했네요."

내가 다니던 회사에서도 점포의 매출 순위를 공개적으로 매겨서 진절머리가 났다. 상사라면 그 정도 수준이 아니었을 테다.

"뭐어, 그것도…… 아버지와의 약속 때문이었죠."

"약속?"

"제가 도쿄대에 들어가니까 저희 집안 분위기의 흐름이 살짝 바뀌었어요. 예전에는 무조건 형이 뒤를 잇는다는 느낌이었는데 뭐랄까, 아버지가 '그래, 호즈미도 있잖아'라고 생각하기 시작했다고 할까요."

"하아, 뭐야?"

"아마 주변 사람들이 뭐라고 했겠죠. 도쿄대를 나왔는데 아깝지 않냐고. 직장도 아버지가 지정해 줬어요. 국가공무원이 되거나 상사에 들어가거나 은행원이 되라고. 네 머리면 아무 데나 다 들어갈 수 있을 테니까 기왕이면 이런 분야 중 하나에서 경력을 쌓고 오라고요. 설마 저한테 그런 말을 할 줄은 생각도 못 했는데. 그 순간 옆에 있던 엄마의 얼굴을 봤어요. 엄마가 '너를 위해서 아버지가 골라 주신 거야'라면서 제 손을 잡더라고요."

오늘 마담이 구로다 씨의 손을 잡던 모습을 떠올렸다. 그래, 딱 이 소파 자리였지.

"아버지는 저한테 회사 이름이 스무 개 정도 적힌 리스트를 보여 줬어요. 누구나 아는 유명 기업의 이름들이 쭉 적혀 있었죠."

"잠깐만. 지금 구로다 씨 얘기 하고 있던 거 아니에요? 왜 부모가 그걸 정해? 구로다 씨 인생이잖아요!"

나는 무심결에 벌떡 일어나 소리쳤다.

"그냥 듣고만 있었어요? 내 길은 내가 정할 거라고, 상관하지 말라고. 뭐라고 좀 하죠. 왜?"

"모모코."

점장님이 내 팔을 끌어당기며 자리에 앉혔다.

"아니, 점장님……."

"앉아. 아직 말하고 있잖아."

그 말을 듣고서야 깨달았다.

그래, 그랬겠지. 그때 그 말을 거역할 수 있었다면 구로다 씨가 지금 이런 표정을 짓고 있진 않을 것이다. 몰아붙이는 말투로 이야기한 것을 후회하며 소파에 앉았다.

"말할 수가 없었어요."

구로다 씨가 먹다 만 아이스크림 스푼을 무표정한 얼굴로 그릇에 올려놓았다.

"말하고 싶었는데……. 마음속으로는 지금 유키 씨가 했던 말을 몇 번이고 몇 번이고 외쳤는데. 분노와 슬픔, 외로움 등 여러 감정이 뒤섞여 몸속을 마구 휘젓고 돌아다녔어요.

근데 왠지 말할 수가 없더라고요. 아버지 앞에 서면, 엄마가 손을 잡으면 아무 말도 할 수가 없었어요. 무서우니까."

담담한 음색이었다. 억양이 느껴지지 않는 말투를 유지하지 않으면 감정의 둑이 무너져 모든 게 넘쳐흐르고 만다. 그렇게 되지 않도록 일부러 애쓰고 있는 듯한 인상을 받았다.

"그도 그럴 게, 난 오랫동안 구로다 집안의 표를 잃게 만드는 존재였으니까요. 사실 형만 있었다면 한 표, 한 표 착실히 쌓이기만 했을 거예요. 근데 나 때문에 표를 점점 잃어 갔으니까. 그 죗값도 치르지 않고 이 집을 나와도 되는 걸까 싶어서."

점장님이 위스키를 한 모금 마신다. 타닥, 잔 속의 얼음이 녹으며 신경질적인 소리를 냈다.

"결국 전 아버지를 거역할 수가 없어서 시험에 붙은 종합상사에 입사했어요. 그게 기뻤는지 아버지는 다시 절 데리고 돌아다니기 시작했죠. 여기저기 인사를 시키며 '이제야 겨우 우리 아들이 도움이 좀 되려나 봅니다. 어릴 때는 도통 무슨 생각을 하는지 알 수 없는, 귀염성이라곤 없는 녀석이었는데. 정말이지 뿌려 놓은 씨는 어디서 어떻게 거둘지 모를 일이네요'. 자랑스럽다는 듯 웃으면서 이런 얘길

하고 다녔어요."

"그렇게까지 하셨는데 대체 왜……."

부모님이 무섭다니.

그것이 어떤 기분인지 알 수 없다. 그 기분을 알아주지 못하는 것이 분하다.

"대체 왜 그랬을까. 나도 모르겠어요, 정말로. 냉정하게 생각해 보면 말도 안 되는 시대착오적인 상황이라는 걸 알면서도요. 저도 아버지의 말이 틀렸다는 확신을 얻고 싶어서 이런저런 책을 읽었어요. 아동교육책부터 트라우마 관련 도서, 사회학과 심리학, 거기에 철학까지. 근데 어떤 책을 읽어도 결국 한 가지 결론에 도달하더군요. '이상한 건 내가 아니라 아버지다.' 알아요, 잘 알아요. 알고 있다고요. 그렇지만……."

구로다 씨가 자기 무릎을 주먹으로 몇 번이나 세게 내려쳤다.

"그래도 아버지 앞에만 서면 심장이 냉동실에 처박힌 것처럼 쪼그라들어서 숨을 쉴 수가 없어요. 아버지의 말은 절대적이고 내가 다 틀린 것 같고 아버지한테 폐를 끼치는 나라는 인간은 최악이라는 생각밖에 안 들어요."

고민이란 건 누군가에게 털어놓고 공감을 얻으면서 해

소할 수 있는 것이라고 생각했다. 감정을 쏟아 내고 폭발시킨 다음 '그 마음 알아, 나도 이해해, 힘들었겠다, 넌 정말 최선을 다했어.' 이런 응원과 위로를 받을 때 비로소 내가 틀린 게 아닐지도 모른다는 작은 희망을 발견한다고 생각했다.

하지만 지금의 나는 그걸 해 줄 수가 없다. 이해한다고 말할 수 없다. 그 마음을 다 헤아릴 수가 없으니까.

하다못해 조금 더 다양한 경험을 했더라면 좋았을걸. 취업을 준비할 때 상사 시험이라도 봤다면 좋았을걸. 내가 상사에서 일을 해 봤다면 구로다 씨를 조금은 이해할 수 있지 않았을까?

자동차 몇 대가 연이어 골목을 빠져나갔다. 커다란 고래가 수면 위로 뛰어오르는 것 같은 소리가 연달아 들려왔다. 우리는 한동안 그 소리에 귀를 기울이고만 있었다.

"겨우 이 집에서 벗어나야겠다고 마음먹은 건 사회생활을 시작한 지 칠 년째 되던 해의 가을이었어요."

구로다 씨가 말했다.

"그날은 조카의 돌이었어요. 첫 손주니까 아버지도 어머니도 신이 나서 파티를 준비했죠. 벽에는 색종이로 만든 갈런드를 장식했고 숫자 '1' 모양의 큼지막한 풍선도 달았어요. 그러더니 어머니가 '오늘의 특별 선물이야'라면서 요리를 잔뜩 내왔어요. 근데, 거기에 있더라고요."

주머니에서 깔끔하게 다려진 손수건을 꺼낸 구로다 씨가 목덜미를 닦더니 곧이어 양쪽 손바닥의 땀을 닦아 냈다.

"설마."

눈을 크게 뜬 점장님이 숨을 삼켰다.

"별 모양 피자?"

구로다 씨가 조용히 고개를 끄덕였다.

"대체 왜? 하는 생각이 들었어요. 형이 좋아하니까 형의 아들도 당연히 좋아하겠지 싶어서? 그래 봤자 조카는 이제 겨우 이유식을 먹는 한 살짜리 아기였는데. 결국 형을 위한 건가? 무슨 뜻이 담긴 건지 이해가 안 됐어요. 근데 그때 형이 이러는 거예요."

잊고 있었다는 듯 구로다 씨가 뜨거운 커피를 입에 가져다 댔다. 우유도, 설탕도 넣지 않은 커피인데 씁쓸함조차 느끼지 못하는 것 같았다.

"엄마도 그만 좀 하지. 애도 아니고 이걸 언제까지.' 그러더니 살짝 서운한 말투로 '쟤 때는 고급 레스토랑이었잖아'라고 말하면서 손가락으로 절 가리키더라고요."

아.

표정이.

구로다 씨의 표정이 서서히 일그러지기 시작했다.

"그랬더니 어머니가 '무슨 소리야. 장남한텐 이걸 줘야지. 넌 우리 집안의 기대를 짊어진 별이잖니!'라고 말하고는 그 조그만 조카의 통통한 뺨을 콕콕 찌르면서 흐뭇한 표정을 짓더라고요."

기대를 짊어진 별.

그 말은.

"그제야 비로소 깨달았어요. 아아, 그런 거였구나. 저건 기대를 담은 별 모양 피자였구나. 구로다 집안의 기대를 짊어진 사람만 받을 수 있는 별이었어."

구로다 씨가 조소하듯 숨을 내뱉더니 소파 등받이에 몸을 기댔다.

"그때부터는 제 감정이 뭔지도 모르겠더라고요. 대체 뭘 위해서 열심히 한 거지? 그까짓 피자 하나에. 그래도 난…… 그 피자가 탐이 나서, 기대를 짊어진 별이 되고 싶어서, 뭐라도 좋으니 내가 그 집에 있어도 되는 이유를 찾고 싶어서……."

구로다 씨가 또다시 표정을 감추려는 듯 블랙커피를 마신다. 컵을 든 손이 떨리고 있었다.

"공부를 잘하고 아버지가 원하는 사람이 되면 이 걷잡을 수 없는 외로움도 사라질 거라고 오랫동안 믿어 왔어요. 그런데 죽을 만큼 원했던 별 모양 피자가 태어난 지 고작 일 년밖에 안 된 아이 앞에 놓이는 걸 본 순간 모든 게 다 상관 없어졌어요. 처음부터 다 정해져 있는 거라면 내가 무슨 짓을 해도 소용없겠다는 생각이 들었죠. 당해 낼 수 가 없구나. 그래. 내가 아무리 발버둥 쳐도 소용이 없는 거 야. 아무리 노력해 봤자……."

창밖에서 큰 빗방울이 땅에 떨어져 튀어 오르는 소리가 났다. 총알 같은 빗방울이 쉴 새 없이 거세게 쏟아졌다. 아 아, 저녁에 낙엽을 치워 놓길 잘했다. 비에 젖어 바닥에 들 러붙은 나뭇잎은 쓸어 내기 힘들다. 내일도 비가 오겠지. 이런 생각을 할 때가 아니라는 걸 누구보다 잘 알고 있었 지만, 어째서인지 이런 쓸데없는 생각들만 머릿속을 가득 채워 사라지지 않았다.

입을 열려는 순간 혀 안쪽이 마치 마비된 것처럼 움직이 지 않는다는 걸 깨달았다.

아, 그렇구나.

"그런 말을 하게 만들다니……."

나, 화가 났구나.

노력해 봤자 아무 의미도 없다, 처음부터 다 정해져 있는 거니까 뭘 해도 소용없다……. 이렇게 자신에게 엄격하게 살아온 사람 입에서 그런 말이 나오게 하다니.

"운동도, 사우나도, 디저트도, 수행도! 뭐 하나 대충 하는 일이 없는데. 노력이 취미인 것처럼 사는 사람한테 그런 말이 나오게 하면 안 되지! 그런 생각이 들게 하면 안 되는 거잖아."

나 자신조차 확실히 느낄 정도로 목소리가 심하게 떨렸다. 마치 급하게 쫓아오기라도 한 듯 눈물과 콧물이 흘러 넘친다. 눈꺼풀 안이 뜨겁다.

"유키 씨."

나조차도 대체 뭐에 이렇게 화를 내고 있는지 모르겠다.

그래도 이런 건 싫어. 싫다고.

나 역시 구로다 씨를 잘 알지 못한다. 만난 지 채 일 년도 되지 않았다. 하지만 구로다 씨가 그렇게 수행을 거듭하면서도 여전히 고민투성이라는 것, 자신의 번뇌와 쉬지 않고 싸우고 있다는 것은 안다. 그토록 필사적으로 싸우기 때문에 타인에게 한 걸음 다가가는 말을 건넬 수 있다는 것도 안다.

"사소한 일까지 신경 쓰는 거, 괴로워하는 거, 발버둥 치

는 거, 성가신 자신의 모습을 바꾸려 노력하는 거, 그 모든
게 다 모여서 구로다 씨인 거잖아!"

내가 말했다.

"저기요, 부처님. 구로다 씨 제대로 보고 있는 거 맞아요?
무슨 바늘구멍 같은 데로 보는 거 아니냐고!"

"가, 갑자기 그게 무슨 소리예요."

"아니, 그렇잖아요!"

나는 콧물이 줄줄 흐르는 코를 쓱쓱 문지르며 창밖을 향
해 소리쳤다.

"구로다 씨는 이렇게 열심히 살고 있는데. 당신 밑에서
매일같이 죽어라 수행하고 있잖아. 그런 사람한테 어떻게
이렇게까지 심하게 굴 수가 있냐고!"

부처님한테 싸움을 거는 것으로는 성에 안 차서 한판 하
러 극락정토에 쳐들어가고 싶은 마음이었다. 가만히 있을
수가 없어 안절부절못하던 나는 내 바닐라아이스크림을
구로다 씨의 그릇에 옮겨 줬다.

내가 해 줄 수 있는 일이라곤 이 정도밖에 없는 것 같은
기분이 들었다.

"자, 먹어요! 내 거까지 다 먹어!"

"아니, 이렇게까지는 필요 없다고요. 심지어 좀 녹았는데?"

잔에서 넘친 아이스크림이 구로다 씨의 손가락에 떨어졌다. 나는 줄줄 흐르는 콧물을 훔쳐 내며 흘러내린 아이스크림을 물수건으로 닦았다. 구로다 씨의 손바닥까지 아이스크림이 묻어 끈적끈적하다.

"괜찮아요. 내가 할……."

닦아 주던 손에 꽉 힘을 싣고서 구로다 씨의 손을 꼭 쥐었다. 두툼한 손바닥은 내 것과 달리 돌처럼 단단하고 거칠었다.

"그 마음 다 안다고, 이해한다고 말해 주고 싶은데 나는 구로다 씨 같은 일로 상처를 받은 적이 없어서……. 이해하지 못하는 게 너무 화가 나요."

덮어쓰고 싶다.

이해해 줄 수 없다면 구로다 씨의 아픈 기억을 모두 덧칠해 버리고 싶다. 그 모든 걸 우리의 즐거운 색으로, 알록달록함으로, 전부 물들여 버리고 싶다.

"어머니가 손을 잡으면 아무것도 거절할 수 없었다고 했죠? 그럼 이제 내가 손을 잡아 줄게요. 문득 무서운 생각이 들면 내가 손을 잡았던 걸 기억해 줘요. 얼른 비긋다로 와요. 그럼 또 손잡아 줄게요. 혹시 창피할 것 같으면 내가 이유를 잔뜩 생각해 둘게요. 그래, 비긋다에서 악수 캠페인이라도 열면 되잖아요?"

내 손 위로 또 하나의 손바닥이 닿았다. 점장님은 나보다 더 세게 힘을 주었다.

"옥상에서 포크댄스라도 추면 되겠네."

"좋다, 그래요!"

안경 너머로 구로다 씨의 눈동자가 희미하게 일렁인다.

이런 말로 무슨 위로가 되겠냐고 말하는 또 다른 나의 냉정한 목소리가 머리 한구석에서 들려온다. 하지만 이것밖에는 다른 방법이 생각나지 않았다.

온 힘을 실어 다시 구로다 씨의 손을 잡았다.

깜빡깜빡. 카운터 쪽의 조명이 신호를 보내듯 점멸했다.

"그 자식은 이런 인간일 거야……."

이윽고 작게 중얼거리는 듯한 목소리가 흘러온다.

"얼굴만 봐도 안다느니, 이렇고 저런 사람의 눈빛이라느니. 모든 걸 평가받는 사이 나도 모르는 새 나는 내가 아닌 누군가가 되어 갔죠."

구로다 씨가 고개를 떨군 채 말했다.

"난 그런 사람이 아니라고 말하고 싶었지만 그럴 자신도 없었어요. 나 자신도 날 모르는데……. 어떤 사람이 되어야 하는지, 어떤 사람이 되면 용서받을 수 있는지 모르는데……. 난 대체 어떻게 살아야 하지?"

불안하고 쓸쓸한 시선과 눈이 마주쳤다. 도움을 바라는 듯 구로다 씨의 얼굴이 일그러졌다.

"대체 어떻게 해야 할까. 어떻게 하면 용서받을 수 있지? 어떻게 하면 마이너스가 아닌 인간이 될 수 있는데? 큰 욕심 같은 건 품지도 않아요. 그저…… 그저, 허락을 얻고 싶어요. 이 세상에 있어도 된다고, 이렇게 알 수 없는 나인 채로 여기 있어도 괜찮다고, 누군가에게……."

"있어도 돼!"

오늘 낸 소리 중 가장 큰 목소리로 내가 말했다. 뺨 위로 눈물이 뚝뚝 흐르고 콧물이 줄줄 흐르는 것이 느껴졌다. 하지만 그런 것 따위 알 게 뭐야.

"있어도 돼요. 구로다 씨는 여기에 있어도 돼. 아버지를 무서워해도 괜찮아요. 대들지 못해도 괜찮고, 자신을 잘 몰라도 괜찮아요. 사소한 것들을 하나하나 신경 쓰는 사람이라도 괜찮아요. 성가시게 굴어도, 디저트를 좋아해도, 비긋다의 거울로 맨날 자기 근육을 확인해도 다 괜찮아!"

"아니, 그걸 봤어요?"

"다 괜찮다니까요!"

내가 소리쳤다.

"저한테 그랬잖아요, 처음 만났던 날. 사고팔고라고. '살아 내는 일'에 최선을 다하는 것만으로도 훌륭하다고. 바보 같다든가, 겉돌고 있다든가……. 그런 식으로 자신을 비하할 필요 없다고요."

내 말이 끝나자마자 구로다 씨의 짙은 눈동자 한가운데가 또렷하게 모인다.

"우리 같이 괴로워해요. 우리 같이 더 많은 '살아 내기'를 하자고요. 구로다 씨한테 비가 안 좋은 기억이라면 비 오는 날을 덮어써 버리면 그만이잖아요. 몇 번이든, 수십 번, 수백 번 매장위원회를 열고 또 열어요."

그래요, 네? 구로다 씨.

"매장위원회가 있는 날은 왠지 늘 비가 내려요. 그렇죠?"

아마도 그건 오늘을 위해서였을 것이다.

자기도 모르는 사이 사람들이 멋대로 '자신의 인간상'을 정해 버린다. 모든 게 원래 그런 것이 되어 버린다. 그런 모습을 기대한다면 기꺼이 응해 주겠다는 생각으로 '모두가 바라는 나'에 맞춰 살아간다. 자신이 누군지 알 수 없게 된다.

"……네, 네."

그것참 성가신 일이지. 모르면 좀 어때서.

괜찮아. 우리 셋이 이대로 쭉, 잘 모르는 채로 함께 있어요.

구로다 씨의 큰 손바닥 위로 내 손을 얹고서 꼭 잡았다.

"고마워요."

포개진 세 명의 손 위로 누구의 것인지 모를 눈물이 뚝뚝 떨어졌다.

💔

깡, 깡, 깡. 한 칸 한 칸 계단을 오를 때마다 신발 뒤꿈치가 철에 부딪혀 유난히 더 큰 소리를 낸다.

새벽 두 시가 넘은 시간인데 머리가 맑아졌다. 따끈따끈한 온기가 느껴지는 피크닉 바구니를 비옷 안에 품고 옥상에 오른다.

돌아보니 동쪽 하늘이 보였다. 여전히 비가 내리고 있었지만 어느새 구름이 자리를 옮겼는지 달님이 살짝 가려져 있었다.

"실례합니다!"

"오, 모모코. 어서 와. 구로다 씨, 좀 더 붙어 앉아 보라니까."

"다 못 들어간다니까요? 정말 여기서 할 거예요?"

나는 텐트 안에 억지로 몸을 밀어 넣었다. 확실히 좁기는 하지만 나한테는 딱 좋은 느낌이다. 우메보시를 만들 때도 신세를 졌던 텐트. 아담한 공간이 비밀 기지처럼 느껴져 설렜다.

"어디, 얼마나 맛있게 구워졌으려나!"

나는 거드름을 피우며 바구니 뚜껑을 열었다. 고소한 도우와 토마토, 육즙 가득한 페페로니 냄새가 텐트 안에 은은하게 퍼졌다.

"와! 맛있겠다!"

"구로다 씨, 어때요?"

구로다 씨가 눈앞의 광경을 믿을 수 없다는 듯한 표정을 지었다. 안경을 고쳐 쓰고 살며시 손을 뻗는다. 한동안 뚫어져라 쳐다보더니 말했다.

"……별 모양 피자다."

피자 반죽을 접어 만든 별의 모서리 부분이 노릇노릇 먹음직스럽게 구워졌다. 피자 반죽을 숙성하는 시간이 짧아 괜찮을지 살짝 걱정했는데 그래도 제법 예쁘게 완성된 것 같다.

"구로다 씨, 얼른 먹어 봐요."

구로다 씨가 조심조심 손을 뻗었다. 우리를 배려해 다섯 조각 중 가장 작은 조각을 집으려고 했다. 나는 얼른 접시를 돌려 '이쪽 걸로 먹어요'라고 눈으로 신호를 보냈다. 그러자 구로다 씨는 결심했는지 마침내 제일 큰 조각을 쭉 잡아당겼다. 잘 녹은 치즈의 무게 때문에 토핑이 떨어지기 직전이었다.

"아, 떨어진다, 떨어져!"

당황한 구로다 씨가 아래에서 입을 벌려 피자를 덥석 물었다.

"이야, 먹음직스럽게도 먹네."

점장님이 감탄스러운 듯 말하며 맥주병의 뚜껑을 땄다(이번엔 또 맥주야?).

마침내 피자를 꿀꺽 삼킨 구로다 씨가 눈을 동그랗게 뜨고 말했다.

"맛있어요. 정말로. 음⋯⋯."

"미안해요. 아마 어머니가 만든 피자랑 똑같은 맛은 아니겠지만⋯⋯."

이번에는 힌트도 거의 없었기 때문에 거의 내 스타일로 만들었다. 구로다 씨가 좋아할 것 같은 맛을 나름대로 상상해 만들었을 뿐이다.

구로다 씨가 어색하게 웃으며 조용히 고개를 저었다.

"이걸 먹고 나니까, 왠지 옛날에 먹었던 맛이 더 이상 생각이 나지 않네요."

"그래요?"

우리는 불편한 자세로 피자를 먹었다. 모차렐라와 체더, 두 종류의 치즈가 입안에서 뒤섞여 녹아내린다. 새벽에 먹는 피자의 맛은 특별하다.

문득 생각이 나서 텐트의 지퍼를 내리자 별이 선명하게 빛나는 밤하늘이 보였다.

"어? 혹시 비 그친 건가?"

기쁜 마음에 허겁지겁 뛰어나가자마자,

"앗 차가워!"

오른쪽 눈썹 위로 빗방울이 톡 하고 떨어졌다.

"그거 봐요. 괜히 설레발치니까 그렇지."

"아니, 방금은 그친 거 같았단 말이에요. 눈치도 없냐, 이 하늘아!"

"하늘에다 소리쳐서 뭐 하는데요?"

그래도 가랑비 정도였다. 우산을 쓸 정도는 아니다. 비옷의 모자를 쓴 나는 옥상 난간에 기대어 피자를 먹으며 밤하늘을 올려다봤다.

어라, 저거 오리온자리 아니야? 어? 어디, 어디? 점장님과 수선을 떨고 있는데 구로다 씨가 가만히 입을 열었다.

"내일 어머니한테 전화하려고요. 죄송하지만 바빠서 한

동안은 집에 못 갈 것 같다고."

밤하늘을 올려다보는 구로다 씨의 옆얼굴에서 하얀 입김이 흘러나왔다.

"아마 지금 집에 가서 아버지한테 정치가가 되라는 말을 들으면 거역할 수 없을 것 같아서요. 한심한 얘기지만."

"한심하지 않아요. 무서운 건 무서운 거죠. 당연한 거예요."

나도 구로다 씨와 같은 쪽을 올려다보며 말했다.

"안 가도 돼요. 효도하는 아들이 아니라도 괜찮아."

"네."

추운 날씨 때문인지 빨개진 코를 문지르며 구로다 씨가 작게 웃었다.

가만? 그렇다는 건, 구로다 씨도 연말에 도쿄에 있다는 거잖아.

그럼 비긋다에서 같이 새해를 맞으면 되겠네. 엄청 즐거울 것 같은데?

"그럼 내가 새해 음식 만들 테니까 함께 먹어요! 점장님도 한가하죠? 여기서 같이 새해맞이 해요."

한순간에 머릿속이 연말 특별방송처럼 신나는 분위기로 꽉 채워졌다.

"잠깐, 왜 내가 한가할 거라고 단정 짓는 거지?"

"한가하잖아요."

"마라톤 볼 거라고."

"봐요, 한가하잖아."

"고타쓰에서 안 나올 거라는 계획이 있다고."

"새해에 점장님이 전통의상을 입고 손님을 받으면 장사가 무지하게 잘될걸요!"

"허어……."

점장님은 꽤나 진심으로 싫은 티를 냈지만 상관없다. 오늘도 비긋다는 텅텅 비었고 매출은 형편없었다. 매달 임대료를 내기에도 빠듯하다는 걸 점장님도 빤히 알고 있을 것이다. 확실하게 돈을 벌 기회가 눈앞에 있는데 그걸 놓칠리가 없지.

"하아……. 알았어, 알았다고. 하면 되잖아."

"구로다 씨도 도와줄 거죠?"

그러자 구로다 씨가 피식 웃었다.

"좋아요. 크림소다 백 잔 팔아 버리자고요."

힘이 잔뜩 들어간 표정이다.

"아, 빗줄기가 다시 굵어지기 시작했어."

"후퇴, 후퇴!"

황급히 텐트 안으로 들어가 비옷을 벗었다.

근데, 아무래도 비를 부르는 사람은 내가 아니라 구로다 씨 같지 않아요? 괜한 트집 잡지 말아요! 자자, 둘 다 좁은 데서 난리 치지 말고…….

소란스럽게 남은 피자를 먹는다.

언젠가.

언젠가 내가 죽는 날이 오면 분명 오늘 이 순간을 떠올리겠구나, 하는 생각이 들었다.

기대를 짊어진 별 모양 피자

재료(4인분)

♥ 반죽

박력분, 강력분	각 75g
베이킹파우더, 소금	각 0.5작은술
설탕	1작은술
플레인요구르트	6~7큰술
올리브유	1.5큰술

♥ 토마토소스

홀 토마토 통조림(400g들이)	1캔
다진 마늘	1쪽
올리브유	2큰술
소금	0.5작은술
굵게 간 흑후추	적당량
모차렐라치즈	1봉지(80g)
바질잎	4장
체더치즈	듬뿍
육두구	약간
페퍼로니	약간
드라이 토마토	3개
소금	약간

만드는 법

① 프라이팬에 올리브유, 다진 마늘을 넣고 약한 불에서 볶는다. 향이 올라오면 홀 토마토를 으깨어 넣은 후 중불로 바꾸고 5분 정도 가열한다. 소금, 굵게 간 흑후추를 뿌려 간을 맞춘다.

② 볼에 박력분, 강력분, 베이킹파우더를 흩뿌리듯 넣고 소금과 설탕을 넣은 후 섞는다. 가운데를 오목하게 만든 후 올리브유, 플레인요구르트를 조금씩 더하며 실리콘 주걱으로 섞어 준다.

③ 고루 섞이기 시작하면 다시 손으로 반죽한다. 반죽이 뭉쳐 가루가 없어지면 반죽을 치댈 판 위에 꺼내 놓는다.

④ 손바닥을 이용해 반죽을 안쪽에서 바깥쪽으로 누르듯 편 다음 앞쪽으로 접는 작업을 반복한다. 반죽이 매끄러워지면 둘로 잘라 하나씩 동그랗게 만들어 랩으로 싼 뒤 냉장고에서 약 15~20분 숙성시킨다. 오븐을 220℃로 예열한다.

⑤ 평평한 곳에 밀가루를 묻힌 반죽을 하나씩 올려놓고 지름 15cm 크기로 동그랗게 펼친다. 반죽 아래에 오븐용 시트를 깔고 밀대로 지름 24~26cm 크기가 될 때까지 더 얇게 편다.

⑥ 반죽 테두리에 모차렐라치즈와 반으로 자른 드라이 토마토를 올리고 가위로 다섯 군데에 칼집을 낸다. 올린 재료를 감싸듯 양쪽 끝을 접은 후 이음새가 벌어지지 않도록 확실히 다물린다.

⑦ 반죽 가운데에 ①의 토마토소스(약 2큰술), 모차렐라치즈(50g), 체더치즈, 소금 약간, 페퍼로니, 육두구, 바질잎을 올리고 올리브유 1큰술(분량 외)을 뿌린다.

⑧ 220℃로 예열한 오븐에서 약 10분간 굽는다.

제8화

'인기 폭발녀'의
진심이 담긴 오세치

당신에게 사랑받는 여자인 척

신이시여, 기념해 마땅한 서른 살 생일에 굳이 이런 절망적인 소식을 들려주셔야만 했나이까?

네에? 지금까지 나름대로 열심히 살아왔는데. 매일 죽어라 일해서 비굿다의 손님도 늘고 있는데. 원래대로라면 더 멋진 생일이 되어야 했다.

그런데…… 그런데!

교헤이가 결혼을 했다니. 하필이면 오늘 같은 날 그 소식을 들어야겠냐고!

운 나쁘게도 이 사실을 조금 전 갔던 여자 친구들과의 송년회에서 맞닥뜨리게 되었다. '진짜 최악이었다니까. 들어 봐!' 이렇게 운을 뗀 교혜이와의 이별 이야기는 오늘 최고로 뜨거운 이슈였고 '뭐야, 그 자식!' '최악이네!'라는 모두의 추임새에 점점 분위기를 탄 나는 '그 자식, 지금 뭐 하고 있는지 좀 보자!'라며 한동안 알림을 꺼 둔 교혜이의 에스엔이스를 기어코 찾아보고 말았다.

예고 없이 맞닥뜨린 그 사진이 현실이라는 것을 믿을 수가 없었다.

실버 턱시도를 입은 교혜이의 모습이 거기에 있었다.

아직 나랑 헤어진 지 일 년도 안 됐는데. 대체 어느새? 어떻게?

내가 결혼하고 싶은 내색을 비칠 때마다 매번 모른 척하더니?

사 년을 사귀었는데도 결혼할 마음이 생기지 않던 나와 불과 몇 개월 사귀고 결혼을 결심하게 한 그 여자.

이래 봤자 좋을 게 없다는 것을 머리로는 알고 있고 비참해질 뿐인 것도 알고 있지만, 웨딩드레스를 입은 그 사람과 나를 자꾸만 비교하게 된다.

교혜이 옆에 서 있는 그녀는 딸기 찹쌀떡을 연상시키는 행복의 상징 같은 동그란 뺨과 하얗고 가는 팔이 눈에 띄는 무척 인상 좋은 사람이었다. 솔직히 의외였다. 교혜이는 예전부터 눈이 크고 이목구비가 뚜렷한 스타일을 좋아한다고 했으니까.

그 이상형에 가까운 나는 눈이 커 보이는 자연스러운 컬러 렌즈를 끼고 속눈썹 파마도 하고, 콧날이 가늘어 보이도록 셰이딩하는 방법도 마스터했다.

하지만 그녀는 정반대 스타일이었다. 그리 입체적이지 않은 단아한 얼굴이었다. 화장도 옅었고 렌즈도 끼지 않았다(친구들 모두가 사진을 확대해서 검증해 줬으니 틀림없다). 평생 남는 결혼식 사진을 찍는 자리에서 '힘을 주지 않는' 선택을 할 수 있는 사람이라는 사실만으로도 나와 그녀의 압도적인 차이가 드러나는 것만 같았다.

"하, 이러니저러니 해도 이런 애들이 제일 인기 많다니까."

친구가 슬쩍 흘린 말과 웨딩드레스를 입은 그녀의 가느다란 팔이 머릿속에 떠올랐다 사라졌다.

곱아든 발을 꾸역꾸역 끌면서 한 걸음 한 걸음 나아갔다. 머릿속은 멍했지만 몸은 자동으로 비긋다로 향하고 있었다. 요 며칠 연이어 눈이 내린 탓에 딱딱하게 얼어붙은 오래된 눈과 물기 가득한 새로 내린 눈이 뒤섞인 길거리는 마치 회색 셔벗 같았다.

충격을 받은 내 모습에 제일 큰 충격을 받고 있다.

이제 다 떨쳐 냈다고 생각했다. 비긋다에서 여러 사람의 이야기를 들으며 실연을 극복하는 순간을 몇 번이나 함께 했다. 마음의 상처를 안고도 강하게 살아가는 사람들을 지켜봤다. '당신은 괜찮다'라고 격려까지 했다.

하지만.

갑자기 카레 냄새가 확 끼쳤다. 아마도 인스턴트 카레 가루로 요리한 흔한 카레일 것이다. 오늘 어떤 집에서는 카레를 먹는구나. 주택가를 걸으며 생각했다.

"저 집도 전남친이 좋아했던 카레를 먹으려나."

주머니에 손을 넣고 중얼거리자 하얀 입김이 몽글몽글 어둠 속으로 빨려 들어갔다.

일 년 동안 열심히 살아왔다.

언젠가 교헤이가 내 모습을 보고 후회할지도 모른다고 생각했다. '이 카레, 모모코의 맛이다' 하고 깨닫고 '역시 좋은 여자였던 거 같아. 헤어지지 말걸'이라고 말하며 후회하면 내 기분도 조금은 나아질지 모른다고 생각했다.

나는 후회하게 만들어야겠다는 생각으로 머릿속이 가득했는데 교헤이는 내가 그러거나 말거나 진작에 다른 여자를 만나서 연애하고, 데이트하고, 프러포즈까지 한 것이다.

딱히 다시 시작하고 싶었던 것은 아니다. 다시 만난다고 잘될 것 같지도 않았다.

그런데 대체 왜 이렇게 충격을 받은 거지?

코너를 돌아 골목에 들어서자 단숨에 적막해졌다. 이어폰을 빼고 바람 소리에 귀를 기울였다. 후우. 귀 안쪽을 바람이 슬쩍 스쳐 간 기분이 들었다.

팔랑팔랑 작은 눈이 날렸다. 양모 코트 위로 자그마한 눈덩이가 떨어지더니 스윽 녹아 사라진다.

걸음을 멈추고 어두운 겨울 밤하늘을 올려다봤다.

"역시, 그런 건가……."

오늘 드디어 네 순서가 왔다. 하늘이 직접 지명해 주는 것 같다.

아마도 미처 매장하지 못한 '무언가'가 마음 깊숙한 곳 어딘가에 남아 있었던 것 같다.

"좋았어."

한 번 더 매장위원회를 열자.

이번에야말로 이 사랑을 끝내는 거야.

"안녕하세요, 실례합니다. 놀러 와 있었어요."

결투를 신청한다! 이 몸이 도장 깨기를 하러 왔다고! 하는 기세로 비긋다의 문을 연 내 앞에 서 있는 건 눈동자 색이 엷은 여자였다.

어, 어라? 오늘은 예약도 없고 연말이라 갑자기 찾아오는 상담자도 없을 줄 알았는데.

"와, 모모코 씨. 너무 예쁘다. 역시 멋지네요."

진한 꿀이 담긴 병을 휘젓는 듯한 목소리가 점점 내게 가까워졌다. 관서 지방 출신인가? 나보다 키가 작아서인지 살짝 눈을 치켜뜬 모양새가 되었다.

"쫄딱 젖었네요. 감기 걸릴 거 같은데. 점장님, 수건 좀 쓸게요!"

이렇게 말한 그녀는 점장님의 대답도 듣지 않고 카운터 안으로 들어가 타월을 꺼내 눈에 젖은 내 머리를 닦아 주었다.

뭐야, 대체 뭔데? 아까부터 다 알고 있다는 듯 익숙하게 구는 이 느낌 뭐지? 비긋다 직원 중에 이런 사람이 있었나? 하고 착각하게 만들 정도로 당연하다는 듯 아무렇지 않게 가게 안을 누비고 다닌다.

"오오, 모모코. 어서 와. 오늘은 좀 편히 쉬었어?"

"아, 점장님⋯⋯."

카운터 안에서 점장님이 쏙 얼굴을 내밀자 조금 안심이 되었다.

"맞다, 얘기 들었어요. 오늘이 생일이라면서요. 생일 축하해요. 미리 알았더라면 좀 더 좋은 걸 가져왔을 텐데."

그녀는 아쉽다는 듯이 관자놀이를 긁적이며 테이블 자리를 힐끗 쳐다보았다. 구로다 씨가 이미 젓가락을 준비해 둔 테이블 위에는 찬합 세 개가 정갈하게 놓여 있었다.

"오세치?"*

검은콩, 밤과자, 청어알, 다테마키** 같은 전통적인 오세치 메뉴부터 로스트비프, 돼지고기찜 등 다양한 요리가 들어 있었다. 장인의 솜씨인가 싶을 정도로 예쁘게 모양을 낸 당근들을 한 떨기 꽃잎처럼 입체적으로 장식했다.

"이걸 직접 만든 거예요?"

"후후, 이거거든요. 제 전남친 레시피."

그녀가 조금 민망한지 수줍게 웃었다.

---

* 일본에서 정월에 먹는 음식을 통틀어 이르는 말로 여러 종류의 요리를 찬합에 담아 먹는다.
** 생선 살과 달걀을 섞어 두툼하게 부친 음식.

그녀의 이름은 후카미 시오리. 턱선까지 떨어지는 보브 컷이 잘 어울린다. 프리랜서 사진작가로 활동 중이란다. 어쩐지 목에 묵직해 보이는 카메라를 걸고 있었다. 대충 걸친 듯한 니트카디건, 빈티지 숍에서 샀을 것 같은 레트로 패턴의 원피스. 거기에 닥터마틴 부츠를 신었다. 웃으면 덧니 두 개가 살짝 드러나 순간적으로 천진난만한 인상이 된다. 나보다 두 살 어린 스물여덟 살이라는데 솔직히 말하면 기껏해야 대학생 정도로밖에 안 보였다.

역 반대편에 사는 이웃으로 매장위원회에 대해서는 전부터 알고 있었다고 한다.

"오늘 좀 한가하기도 했고, 혼자 있어서 시간도 남길래 딱 좋겠다 싶어서."

표준어에 슬쩍슬쩍 묻어 나오는 관서 지방 말씨와 애교 섞인 어투. 사람 품에 쏙 들어오는 절묘한 거리감. 내가 비긋다에 도착했을 땐 이미 안정된 분위기가 감돌고 있었다. 마치 예전부터 점장님과 구로다 씨를 알고 지냈던 것처럼 꺄아꺄아, 큰 소리로 웃으며 농담을 나눴다.

웃는 얼굴이 굳어 가는 게 느껴진다.

"그냥 시간 때우기로 하는 그런 행사가 아닌데."

"응? 모모코 씨, 뭐라고 했어요?"

거의 무의식적으로 뱉은 말이었다. 퍼뜩 정신이 들었다. 안 돼, 이러면. 오늘은 가뜩이나 기분이 안 좋은 날인데. 조심하지 않으면 못된 모습을 보이기 십상이다.

"올해 마지막 매장위원회니까 한잔 제대로 하자!"

그러고 있는 사이 점장님이 주방에서 음료와 음식을 가득 안고 나왔다. 오늘은 뼛속까지 얼어붙을 듯 추웠다. 점장님도 어지간하면 일어서고 싶지 않은 모양이다. 최대한 주방에 왔다 갔다 하지 않도록 안주 세트까지 들고 온 탓에 테이블 위가 꽉 찼다.

"와아, 훌륭하네요. 저도 꽤 마시는데. 그럼 끝까지 같이 달리는 거예요!"

그녀는 앞접시와 젓가락을 착착 놓더니 얼른 내 잔에 맥주를 부었다. 아아, 창가에 앉는 게 아니었는데. 드나들기 힘들잖아.

"미안해요. 가만히 앉아만 있어서."

"아뇨, 생일인데 오늘까지 일하면 안 되죠."

젓가락과 물수건을 나눠 주고 물을 떠 주고 분위기를 띄우기도 한다. 원래는 다 내가 해야 할 일인데 오늘은 다 이 사람이 하고 있다.

왠지…… 왠지, 엄청난 소외감이 느껴져!

더 최악인 건 그녀가 공교롭게도 교헤이의 결혼 상대와 닮았다는 사실이다. 단아한 얼굴, 하얀 피부, 동그란 뺨, 거의 맨얼굴이나 다름없어 보이는 옅은 화장. 결국 난 이런 여자에게 평생 못 이기겠지…….

아아. 큰일이다. 스스로도 느낄 정도로 확실하게 풀이 죽고 있다.

냉정해지자. 침착하자. 정신 차리자고. 모처럼 찾아와 준 사람인데. 소중한 상담자인데.

이렇게 금방 질투해 버리다니. 나란 인간은 역시…….

"저어, 모모코 씨?"

무엇을 마실지 고민하던 시오리 씨가 슬쩍 잔을 내려놓더니 이쪽을 바라본다.

내 쪽으로 곧바로 몸을 돌리고 가까이에서 지그시 바라본다.

"혹시 오늘 뭐 힘든 일이라도 있었어요?"

망했다. 얼굴에 다 드러났어?

"그, 그런 건…….."

광대 올려. 입꼬리 올리라고. 뇌는 필사적으로 지시를 내리는데 얼굴 근육은 말을 듣지 않았다. 웃어 보이려 해도 잇몸 주위가 뻣뻣하게 굳어 생각대로 되지 않는다.

"왠지 좀 힘들어 보여서요. 혹시 내가 착각한 거면 미안하지만."

왜 알아채는 건데?

점장님도 구로다 씨도 아닌 당신이. 왜 제일 먼저 눈치채는 거야? 이러면 당신이 멋진 사람이라는 증거만 늘어서 더 비참해지기만 하잖아.

아뇨, 전 완전 괜찮아요.

얼른 시오리 씨의 얘기를 들려주세요!

머리는 이렇게 외치고 있는데 입이 멋대로 전혀 다른 말을 꺼낸다.

"사랑하는 사람이, 사랑했던 사람이…… 결혼을 해서."

지끈, 코와 머리가 아파 오기 시작했다.

"벌써 일 년이나 지났는데……. 대체 왜 이렇게 괴로운지도 모르겠고."

목소리가 떨렸다. 계속 참아 왔던 개운치 않은 마음이 응어리가 되어 한순간에 튀어나왔다.

"죄, 죄송해요. 모처럼 찾아와 주셨는데…… 흐윽, 할 얘기가, 있는 사람은 시오리 씨, 인데."

"그랬구나. 너무 마음 아프겠다. 아이구, 아이구."

시오리 씨가 울음을 터뜨린 나를 망설임 없이 꼭 껴안았다. 그렇구나. 시오리 씨는 눈물을 흘리는 사람을 주저 없이 안아 줄 수 있는 그런 여자구나.

그 온기에 파묻힌 채로 멍하니 생각했다.

아, 나도 이쪽 세계 사람으로 태어나고 싶었는데.

품에 쏙 들어오는 느낌도, 즐거운 분위기를 잘 만들어 내는 것도, 아무것도 생각하지 않는 것처럼 보이지만 실은 주위를 살뜰히 살피고 있는 것도.

이런 사람으로 태어났더라면, 난…….

"아, 정말 죄송해요. 위원회장이 갑자기 울기나 하고, 놀라셨죠?"

나는 얼굴을 떨어뜨리고 콧물을 훌쩍이며 고개를 숙였다. 시오리 씨가 티슈를 건넸다.

"전남친이 결혼한다고 하면 누구라도 충격받죠. 저도 어제 엄청나게 오열했는데요? 오히려 너무 공감돼요."

"네? 어제……?"

"어제 오 년 동안 사랑한 사람이랑 헤어졌거든요. 쭉 헤어져야 한다고 생각은 했었는데 질질 끌다가 결국 어제 그 타이밍이 돼서."

"아니, 그럼 지금 엄청 힘들 거 아녜요."

"사실 이 음식들도 새해에 전남친이랑 같이 먹을 생각으

416

로 만든 거예요. 근데 먹기 전에 헤어지는 바람에 혼자서
는 다 먹을 수도 없고 해서 가져왔어요."

그, 그런, 그런 거였어?

그럼 한가했다는 것도, 원래는 남자 친구와 함께 있을
예정이었는데 헤어져서 갑자기 시간이 비었다는 의미?

아마도 이런저런 아픔을 끌어안고 있을 터였다. 사실은
둘이 함께 보내려고 했던 새해.

정성스럽게 만들었는데 먹어 줄 사람도 없는 오세치. 무
척이나 마음이 아플 텐데 밝은 모습으로 사람들을 대하고
심지어는 갑자기 울음을 터뜨린 처음 본 여자까지 챙겨 주
다니…….

"아냐, 아냐! 미안해요! 정말로 미안! 먼저 얘기해요! 진
짜 너무 미안해요!"

이렇게 좋은 사람한테 그런 못된 감정을 느꼈다니!

"미안! 용서해 줘요. 나 진짜 큰일 낼 사람이잖아!"

"원래부터 큰일 낼 사람이었어요, 당신은."

"하하. 모모코 씨 재밌는 분이네요. 괜찮아요. 오늘은 우
리 서로 위로해 주자고요, 네?"

그녀는 싱긋 웃으며 캔맥주를 땄다.

이렇게 해서 우리는 평소보다 한참이나 늦은 시간에 첫

건배를 했다.

　시오리(라고 불러 달라고 했다. '시오리 씨'라고 불리는
게 민망한 모양이다)가 만나던 상대는 후지모토라는 남자
였다. 오 년 전쯤 같은 카메라맨 사무소에 인턴으로 들어
가면서 알게 되었다고 한다.

　사진을 보여 줬는데 꽤 미남이었다. 길고 거친 머리칼과
턱수염이 무척 잘 어울렸다. 살짝 그늘져 보이는 인상이라
섹시한 분위기도 풍겼다.

　"난 결혼하고 싶었는데 후지모토는 그럴 마음이 없었나
봐요. 아무래도 제가 남자를 망쳐 버리는 모양이에요."

　의외였다. 이렇게나 커뮤니케이션 능력이 좋으니 연애
도 능숙하게 할 줄 알았는데.

　"시오리 같은 사람도 연애에 서툴 수가 있구나……. 알
아요, 그 마음."

　나는 시오리의 손을 꽉 쥐었다. 이번에는 아까와 다른
눈물이 주르륵 얼굴에 번졌다. 모두 이런저런 고통을 안고
도 열심히 살아가고 있구나.

　"불안한 마음에 '나 사랑해?' 같은 질문을 해 버리곤 하
잖아요. 이해해요."

"아……? 어, 하죠. 그런 질문 할 때 있죠……."

"나도 모르는 새 부담스러운 여자 취급당하면서 '좀 버거워' 같은 말도 듣고!"

흑. 기억이 떠오르자 눈물이 나왔다.

"그, 그럼요. 응. 그렇죠!"

"그리고, 그리고 또 그 사람 집에 몰래……."

"잠깐, 스톱!"

탁탁. 날카로운 소리가 들린다. 뭔가 해서 봤더니 점장님이 보드카 병을 젓가락으로 두드리고 있었다. 구로다 씨는 시끄럽다는 듯 귀를 막았다.

"모모코. 잠깐 멈춰 봐."

"네?"

"시오리. 무리해서 맞춰 주지 않아도 괜찮아."

맞춰 준다고? 무슨 말이야?

"당신 사실은 엄청 인기 많지?"

쓰읍. 시오리가 숨을 삼키는 것이 느껴졌다.

점장님과 시오리 사이에 무언가를 탐색하는 듯한 팽팽한 긴장감이 감돌았다.

"아니에요, 그런 거. 인기 하나도 없어요."

얼굴 앞에서 손을 휘휘 젓는 시오리를 보고 점장님이 가

419

볍게 한숨을 쉬었다.

"모모코가 우울해 보이니까 맞춰 주려는 마음은 알겠지만, 사실 하고 싶은 얘기는 따로 있는 거 아니야?"

점장님이 눈 한 번 깜빡이지 않고 곧은 시선으로 시오리를 바라보며 말했다.

"그런 것까지 다 털어놓지 않으면 매장 못 해. 대충 얼버무리려고 여는 모임이 아니거든. 지금껏 그렇게 감춰 온 자신의 껍데기를 다 벗어던지는 모임이라고."

무심코 시오리를 쳐다보았다. 아까의 자세 그대로 꼼짝없이 굳어 있었다.

"시, 시오리. 괜찮아요?"

내가 어깨에 손을 올린 순간 시오리가 소파에 앉아 고개를 푹 숙였다.

"모모코 씨, 미안해요! 실은 저 인기 진짜 많아요!"

"헉. 네에에에?"

그럼 점장님 말이 맞다는 거야?

"남자 친구가 없었던 적도 없어요. 고등학교 때부터 쭉 반에서 제일 인기 많은 애랑 사귀었어요. 마음에 든 남자는 무조건 넘어오게 만들었고. 솔직히 지긋지긋할 정도로 인기가 많아요. 미안해요!"

"무슨 이런 사과가 다 있어요!"

"외국계 기업에 다니는 엄청나게 스펙 높은 남자한테 프러포즈 받고도 거절할 정도로 인기가 많아요. 불안해져서 그런 질문을 한다기보다 오히려 그런 질문을 받는 쪽이에요. 사귀었던 남자들은 다 저한테 푹 빠져서 맥을 못 추고요. 남자들한테 정말 인기가 많아요. 죄송합니다!"

"저기, 사과할 마음이 있긴 한 거예요?"

아니. 남자를 망친다는 게 그런 뜻이었어?

"왠지 나랑 같은 부류의 사람인 것 같더라고. 실연당하고 도망치듯 비긋다에 온 건데 위원회장인 모모코가 자기를 마음에 들어 하지 않으면 곤란하다는 생각에 너무 애를 쓰고 있잖아. 괜히 더 나서고 섣불리 맞춰 주는 말만 하면서."

시오리가 볼을 볼록하게 부풀리면서 점장님을 노려보았다.

"뭐, 뭐야 이 사람⋯⋯. 당신이야말로 치사하잖아요, 속아 주는 척하면서! 말해 두지만 전 당신처럼 얼굴로 승부하는 사람 아니에요! 기술을 갈고닦아 여기까지 온 거지!"

"오오. 그렇게까지 말하는 걸 보니 대단한 '인기 이론'이라도 가지고 있나 보지?"

인기 남녀 대표인 점장님과 시오리 사이에는 뭔지 모를 동족 혐오 비슷한 것이 존재하는 듯했다. 둘 사이에 긴 구로다 씨가 도움을 청하는 눈빛으로 이쪽을 보았다.

"인기인들끼리 싸우면 이런 일이 벌어지는군요. 무척 위험한 일이라는 거, 잘 알았습니다."

"그러네요. 그나저나 눈물이 단번에 쏙 들어가네. 고민하던 내가 바보처럼 느껴져."

"그것참 다행이네요."

밤이 깊어지자 눈발이 더 세졌다. 내일은 잿빛 눈 위로 새로운 눈이 한 겹 더 쌓이겠구나.

보드카 병과 젓가락을 손에 들었다. 이제는 내가 불붙기 시작한 인기남과 인기녀의 언쟁을 멈출 순서다.

"자, 이렇게 된 거 다 털어놓으세요."

빈 잔에 찰랑찰랑하게 맥주를 다시 채워 시오리 앞에 놓아 주었다.

"어떻게 하면 인기가 많아지는지 알려 줘요! 다 알려 달라고요!"

무려 점장님이 '엄청나게 인기 많을 거야'라고 말한 걸 보면 이 사람은 진정한 인기인이 틀림없다. 구로다 씨가 낮을 가리지 않은 것도 그녀가 '인기 테크닉'을 구사했기 때문이라고 생각하니 절로 고개가 끄덕여졌다.

다만, 내 안에 한 가지 풀리지 않는 의구심이 남아 있다.

시오리는 솔직히 말해 대놓고 '인기인'의 분위기를 풍기는 사람은 아니기 때문이다. 그도 그럴 것이 옷도 구제 느낌이고 신발도 펌프스가 아닌 닥터마틴이잖아. 오히려 남자들이 좋아할 만한 취향과는 정반대에 가까워 보이기도 한다.

"어떻게 하면 인기가 많아지느냐……. 뭐, 이런저런 방법이 있지만."

시오리가 꿀꺽꿀꺽 맥주를 비웠다. 보기만 해도 시원한 목 넘김이었다. 윗입술에 살짝 묻은 거품을 새끼 고양이처럼 자그마한 혀로 할짝 핥는다.

"우리처럼 외모가 평범한 여자가 원하는 사람을 확실히 넘어오게 하는 방법은 터놓고 말해 한 가지밖에 없어요."

"허어……. 그게 뭔데요? 좀 가르쳐 줘요!"

시오리가 둘째 손가락을 쫙 펴면서 말했다.

"'여자'를 내세우지 않는 것. 이것뿐이에요!"

"네, 네에?"

"좌우지간 여자들에게 미움받는 여자가 되면 안 돼요.

여자들을 적으로 돌리면 절대 인기를 얻을 수 없어요."

"……진짜요?"

"진짜. 완전 진짜. 아무리 미인이라도, 아무리 몸매가 좋아도, 여자를 경계하게 만드는 여자는 '진정한 사랑'의 대상이 될 수 없어요. 인기가 많은 남자일수록 결국 자기 기분을 잘 살피고 귀염성 있고 다들 입을 모아 좋은 사람이라고 말하는 여자랑 결혼하잖아요."

가슴이 철렁했다. 조금 전에 봤던 웨딩드레스 사진이 다시 떠올랐다. 확실히 와닿는 말이긴 하지만 인정하고 싶지 않은 마음이 앞서 반론할 거리를 열심히 찾았다.

"그, 그렇지만. 미팅 같은 곳에선 어떻게 해요? 어필하지 않고도 호감을 얻는 건 그야말로 눈에 띄는 미인들뿐이잖아요."

문득 그릇에 담긴 시저 샐러드가 눈에 들어왔다. 점장님의 안주 세트 중 하나다. 그래, 이거야. 샐러드 그릇을 시오리 앞에 쓱 내밀었다.

"시오리는 미팅에서 샐러드를 나눠 주는 스타일이에요? 호감을 얻으려면 어떻게 해야 하는데요?"

어디 솜씨 한번 보자고. 집게와 앞접시를 모아 시오리에게 건넸다.

인기인 대표 선수는 한동안 잠자코 샐러드를 관찰하다가 갑자기 스위치가 켜진 듯,

"와, 나왔구나. 맛있겠다! 다들 샐러드 먹을 거죠? 하, 배고파."

이렇게 말하며 척척 샐러드를 나눠 담았다.

그 순간, 벚꽃잎을 실은 봄바람이 휘익 덮쳐 온 듯한 기분이 들어 나도 모르게 창밖으로 시선을 돌렸다. 물론 유리창 밖에는 십이월의 밤답게 새까만 풍경이 펼쳐져 있을 뿐이었다. 뭐야, 뭔데. 마치 심장을 빼앗기기라도 한 듯 시오리에게 확 끌려가는 느낌이었다.

시오리는 눈 깜짝할 새에 우리 세 명에게 양상추와 크루통이 담긴 앞접시를 건네주고는 '잘 먹겠습니다!' 하며 자기도 입에 한 입 넣었다. '맛있어어!' 하고 살짝 고개를 기울이더니 구로다 씨를 향해 미소까지 지었다.

"헉……."

구로다 씨가 가슴께를 움켜쥔다.

"괜찮아요? 지금 당한 거야? 당한 거죠?"

"으……. 갑자기 숨이 가빠져서……."

아니, 이해가 된다. 지금 그 '맛있어어!'의 위력은 엄청났다고. 거의 감동의 레벨이었다. 잔잔한 관서 억양이 묻어

나오는 말투가 듣기 좋으면서도 너무 여우 같아 보이지도 않는다. 사람에게 정신적으로 좋은 호르몬 같은 걸 뿜어낸 것이 분명했다. '맛'과 '있'과 '어어'의 음정을 과학적으로 분석해 보고 싶을 정도였다.

그 후 한숨 돌린 시오리는 집게를 볼에 돌려 놓더니 '어땠어요? 좀 귀여웠나?' 하고 평소의 말투로 말했다.

어떻긴요! 내 손은 이미 멋대로 박수를 치고 있었다. 마치 무대의 한 막이 끝난 것처럼 희한한 상쾌함이 느껴졌다.

"굉장했어요. 자, 이제 내가 샐러드를 나눌게, 하면서 티 내는 느낌이 하나도 없는데 적당히 센스도 있고…… 내가 졌어요. 당신한테 다 넘길게!"

이렇게 절찬하자 시오리가 후훗, 하고 자랑스러운 듯 웃으며 새로운 맥주 캔을 손에 들었다.

"제가 한 잔 올리겠습니다, 스승님!"

내가 다급히 캔을 뺏어 대신 딴다.

"근데 사귀는 사이까지 어떻게 밀고 가죠?"

이쯤 되니 진정한 인기인은 대체 어떻게 마음에 둔 남자를 손에 넣는지 제대로 배워 보고 싶은 마음이 들었다.

"흐음, 사귀는 사이까지……."

시오리가 잔에 묻은 립스틱을 엄지로 쓰윽 닦았다. 그런

별거 아닌 행동에서도 품위가 느껴진다. 역시나 무턱대고 '여자'를 버리는 것은 아닌 모양이다. 하아, 대체 왜 난 이런 걸 못 하지? '여자'를 너무 내세워 경계의 대상이 되거나 과하게 털털하게 굴다가 여성으로서의 매력을 다 잃거나. 이 두 가지 사이를 정신없이 오갈 뿐 적당한 중간 지점을 찾는 법을 모른다. 왜 나는 '털털해서 대화하기는 편하지만, 가만히 보면 여성으로서의 매력이 느껴지는 품위 있는 사람'의 지점에 딱 멈춰 서질 못하냐고!

"일단은 좋아하는 사람의 제일 친한 친구가 돼야 해요. 이성이지만 가장 편하게 대화할 수 있는 친구. '귀찮은 술자리라도 이 사람이 있으면 가고 싶어'라는 생각이 드는 관계가 되는 거죠. 아무튼 정신적인 면부터 파고 들어가는 거예요."

시오리가 열변을 토했다.

정신적인 면부터, 파고, 들어간다. 나는 주변에 있던 포스트잇에 '시오리 어록'을 열심히 받아 적었다.

"이때 기억할 포인트는, 절대로 '여자'를 버리지 않을 것. 물론 예상치 못한 신체 접촉처럼 '여자'를 전면적으로 내세우는 게 정공법이긴 하지만, 아무튼 입을 쩌억 벌리거나 솜털이 부슬부슬한 손가락을 내미는 건 완전 아웃이에요.

여자를 내세우지 않는다, 하지만 절대 버리지도 않는다. 이 균형을 잡는 게 관건이죠."

나는 거의 반사적으로 손가락을 감췄다. 최근 들어 따로 관리한 적이 없어 왠지 솜털이 나 있을 것만 같았다.

"어필한다 해도 처음엔 그 사람 쪽으로 몸을 돌리는 정도가 좋아요. 그다음부터는 우아하게 행동한다든가, 말투를 부드럽게 한다든가."

"하지만 친구가 갑자기 참하게 굴면 징그럽지 않나요?"

"그런 모습을 너무 확 드러내거나 완벽히 봉인하는 두 가지 선택지 안에 자신을 가두니까 징그러워지는 거예요. 은근히 품위 있게 굴고 우아한 행동을 한다고 그런 느낌이 들지는 않죠."

"그 중간 지점을 찾을 수 없어서 이러는 거잖아요! 얼굴이 예쁜 것도 아닌데!"

시오리는 마른오징어 안주를 양손에 든 채 시원스레 입으로 찢었다.

"그리고 아까부터 미인 얘기를 하는데, 난 의외로 남자들이 외모를 그렇게까지 많이 보지는 않는다고 생각해요."

"거, 거짓말. 아무리 그래도 외모는! 다들 엄청 중요하게 생각하잖아요!"

무슨 소리야? 남자들은 외모를 중시하고 외모가 자기 스타일이 아니면 연애 상대로 생각조차 안 한다는 것은 상식 중의 상식 아니냐고…….

"아니, 이건 두 사람 말이 다 맞아."

잠자코 이야기를 듣고 있던 또 다른 인기인이 끼어들었다.

"'이런 분위기의 여자한테 끌린다' 같은 건 있지, 물론. '성격만 좋으면 그만이다'라는 얘기가 아니야. 하지만 뭐랄까……. 여성이 여성을 보는 시력이 1.0이라고 치면 남성이 여성을 보는 시력은 0.1 정도랄까."

"아, 그래요! 맞아! 딱 그거야!"

뭐라고?

"그러니까 외모에 관심이 많다는 것도 틀린 말은 아닌데……. 여자들만큼 자세하게 여러 부분을 보지는 못한다고 할까."

"못 본다고요?"

"말하자면 '예쁨'을 보는 시력이 극단적으로 낮아. 전체가 흐릿하게 보이는 거지. 헤어스타일이나 화장을 바꿔도 모르고 옷도 자세히 못 보잖아. 대충 예쁘다, 전반적으로 미인이다, 이런 정도밖에 안 보이는 거야. 대단한 미인이거나 나처럼 특별히 눈썰미가 좋은 사람이 아니고서야."

거, 거짓말이지?

"구로다 씨, 아니죠? 구석구석 다 보잖아요. 나 오늘 아침에 머리 자른 거, 알고 있었잖아요. 그죠?"

실낱같은 희망을 품고 구로다 씨에게 매달렸다.

"아, 으음. 그러고 보니 뒤쪽이 좀 짧아진 것도 같고⋯⋯."

"자른 건 앞머린데? 앞머리! 확 잘랐잖아요!"

"모모코, 난 확실히 알고 있었어."

"그러니까 그건 점장님이 특별히 눈썰미가 좋아서잖아요?"

시오리가 덧붙였다.

거짓말이라고 해 줘. 이렇게 많이 바뀌었으니 제대로 이미지 변신을 했을 줄 알았는데 눈치조차 못 채고 있었다고?

"다시 아까 하던 얘기로 돌아와서."

혼이 빠진 듯 멍해진 내 볼을 시오리가 톡톡 두드렸다.

"시력이 0.1이니까 머리나 피부같이 면적이 넓은 곳만 잘 가꾸면 돼요. '그럭저럭 예쁘다'의 틀 안에만 들어가면 오케이고 나머지는 같이 있을 때 마음이 편한가 아닌가로 결정 나는 거니까."

"근데 잠깐만. 질문이 하나 있습니다."

나는 정신을 다잡고 손을 번쩍 들었다.

"일단 친구라는 카테고리에 한번 들어가면 연애 대상에

서 제외되는 거 아닌가요? 나한테는 맨날 '나, 좋아하는 사람이 생겼는데'라면서 연애 상담까지 하던데."

"어머, 모모코 씨. 설마 그 단계에서 포기하는 거예요? 아까워라."

공감할 줄 알았는데 시오리는 예상 밖의 반응을 보였다.

"포기할 수밖에 없잖아요? 상대방한테 좋아하는 사람이 있다는데."

"흐음, 오히려 연애 상담을 하면 가능성이 있는 거죠. 내가 낸 통계에 의하면 팔십 퍼센트의 확률로 성공 가능!"

시오리가 기세 좋게 허벅지를 탁 쳤다.

"아니, 그건 불가능이지."

"가능."

"불가능."

"가능하다니까요! 잘 들어요, 모모코 씨."

시오리가 내 손을 꼭 잡고는 엷은 갈색 눈동자를 가만히 맞춰 왔다.

"누군가에게 사귀자고 말하는 건 꽤 대단한 일이잖아요? 거절당하는 것도 무섭고. 그러니까 남자들은 연애 상담할 때 반응을 보고 있는 거예요. 한마디로 '마음에 드는 사람이 생겼어'란 얘긴 '나, 너한테 고백해도 될지 고민 중인데

네가 보기에 나 어때?'랑 같은 말이라고요."

그, 그럴 리가. 아니, 그게 말이 돼?

거대한 쇠망치로 머리를 두들겨 맞은 듯한 충격이 온몸을 훑고 지나갔다.

"연애 상담을 받는 순간 여자를 버리고 괜히 더 털털한 척하거나 자포자기해서 이전과는 다른 행동을 하니까 '가능성 제로'가 되는 거라고요. 승부가 결정 나는 순간은 연애 상담을 받는 순간이 아니에요. 그 이후의 말과 행동이 모든 걸 결정하죠."

숨이 멎는 줄 알았다.

나한테 연애 상담을 하는 상대에게 어떻게 했더라. 간단하다. 생각할 것도 없다. '그렇구나, 잘되면 좋겠네!'라며 진심으로 응원했다. 이 이상 그 사람을 좋아하면 괴로워지니까 여자다움이 드러나는 부분은 모두 봉인해 버렸다. '친구 카테고리'에 들어가 버린 주제에 '여자 카테고리'에 들어가려고 애쓰는 것이 너무 꼴사납고 창피하게 느껴져서 스나이델을 유니클로로, 카시스 오렌지를 맥주로 바꿔 버렸다.

하지만 혹시…… 포기하지 않아도 되는 사랑도 있었던 걸까. '가능성 제로'의 칸으로 치워 버린 건 짝사랑하던 그 남자가 아니라 나였나?

"시, 시오리……. 아니, 시오리 선생님이었다면 어떻게 반응하셨을지요?"

마지막 기력을 짜낸 나의 질문에 시오리가 눈을 데굴데굴 굴렸다.

"마음에 든 그 사람도 좋지만 여기에도 한 명 있는데. 이렇게 말하고 생긋 웃으면 대부분 이어지던데요?"

시오리가 자못 즐거워 보이는 표정으로 자신을 가리켰다.

"우와……."

이번에는 구로다 씨가 아니라 내가 먼저 총에 맞았다. 이야, 완패다.

"이렇게 남자 마음을 잘 아는데 후지모토와의 연애는 왜 잘 안 된 거예요?"

전자레인지에서 다시 데운 닭고기 야채조림을 테이블 위에 내놓는 시오리에게 물었다. 이쯤 되면 미스터리다. 이렇게까지 훌륭한 기술을 가졌는데 연애에 실패하다니. 어떻게 된 거냐고?

"왜였을까……. 처음에는 후지모토를 좋아할 생각이 없

었어요. 내 스타일이 전혀 아니었거든요. 난 기본적으로 스펙 좋은 남자밖에 안 만났는데 스물일곱에 회사를 나와서 카메라맨을 꿈꾸다니. 안중에도 없었죠."

후지모토는 완벽주의자라 촬영할 때마다 기재 사용법부터 모델들과의 소통, 구도와 조명까지 일일이 잔소리를 했단다.

"아무튼 진짜 싫었어요. 패턴이 똑같다느니, 포즈 지시를 더 제대로 하라느니. 잔소리 좀 그만해! 하는 마음이었죠. 나한테는 내 방식이 있으니까 그냥 좀 놔둬! 라면서 허구한 날 싸웠어요."

"그런 상황에서 잘도 호감이 생겼네⋯⋯."

"테크닉도 안 썼는데요?"

"그게 글쎄, 안 통하는 거 있죠!"

시오리가 오세치를 네 명의 접시에 나눠 담으며 말했다.

"그렇게 꿈쩍도 안 하는 사람은 처음 봤어요. 나중에 알았는데 후지모토는 이런저런 사정으로 가족들과 거의 절연 상태였더라고요. 누구한테도 기대지 않고 쭉 혼자 살아온 거죠. 그래서 다른 사람이랑 어떤 거리감을 가져야 하는지 전혀 몰랐던 모양이에요. 아, 이거 사양 말고 드세요."

어느새 내 손에는 예쁘게 담긴 음식이 쥐어져 있었다.

밤과자, 다테마키, 청어알. 그리고 다른 접시에는 돼지고기 찜까지 담겨 있다. 시간을 꽤 들인 음식일 것이다.

부드럽게 익은 고기찜은 입안에 들어가자마자 살살 녹았으며 은은한 생강 향을 풍겼다. 두툼한 고기 속까지 제대로 간이 배어 있었다.

"그렇게 싫어했는데 어쩌다 좋아진 거예요?"

"인턴 하던 곳의 스승님이 사진전을 열게 되었어요. 그 운영 스태프를 우리 둘이 맡는 바람에 서로 협력할 수밖에 없었죠. 전시 기간 중 거의 매일 같이 붙어 있었더니 일할 때도 점점 호흡이 맞기 시작하더라고요."

시오리가 정갈한 젓가락질로 청어알을 잘게 잘라 먹었다.

"우리 집이 사무실에서 멀어서 후지모토 집에 짐을 맡겨 뒀어요. 카메라 기재들도 많아서 후지모토 집에서 작업하는 일이 점점 일상이 되었죠. 자체 연습 같은 것도 자주 같이하고. 그 상태가…… 반년 정도 계속됐나?"

나는 진정하기 위해 맥주를 한 모금 들이켰다. 슬슬 두근거리기 시작했다.

"설마 그대로 같이 자는 사이가 된 건가?"

내가 조심스레 묻자 시오리가 지긋지긋하다는 얼굴로 한숨을 쉬었다.

"그 반대예요, 반대."

"반대?"

"아무 일도 없었어요! 반년 동안이나. 맨날 거기서 같이 자는데 아아아아아무 일도!"

"허어. 이십 대 남녀가 둘이 같은 방에서 자는데? 한 명은 침대에서 자고 한 명은 바닥에서 잤으면 그럴 수도 있긴 하지만……."

"아뇨. 싱글 침대에서 같이 잤다니까요?"

"네에?"

와아, 아까부터 쩍 벌어진 입이 다물어지질 않는다. 볼 근육이 저려 오기 시작했다.

"일이 끝나면 같이 밥을 먹고, 사진 리터치나 데이터 정리를 하고, 그대로 침대에 들어가서 곯아떨어지고. 다음 날이 되면 또 사무실에서 일하고, 계속 반복."

시오리가 예쁘게 장식한 표고버섯을 오물오물 씹으며 말했다.

"이 사람은 대체 무슨 생각이지? 뭐가 뭔지 모르겠는 거예요. 직장 동료라고 하기엔 전우 같은 관계에다 지나치게 사이가 좋고, 같이 있을 때 마음이 편한 것도 틀림없고. 분명 후지모토도 날 신뢰하고 있었거든요. 그런데도 여기까지라니. 날 전혀 여자로 보고 있지 않구나. 뭐야, 짜증 나잖아. 말이 되냐고. 이 후카미 시오리가 마흔여섯 시간 같이 있는데!"

"그 자신감 반만이라도 나 줬으면 좋겠네……."

나 같으면 금방 좌절해서…… 아니, 애초에 남자인 친구랑 반 동거하는 상황까지 가지도 않았겠지. 안 갔을 거야. 분명.

"그래서 승부를 걸기로 했어요."

꿀꺽, 표고버섯을 삼킨 시오리가 장난꾸러기처럼 배시시 웃었다.

"스, 승부? 뭔데요, 뭘 한 건데!"

"다 벗고 침대에 뛰어들었어요."

"컥, 컥, 크어억!"

제대로 사레가 들린 구로다 씨에게 얼른 물을 건넸다.

"괜찮은 거예요?"

"괜찮아요……. 쿨럭. 미안합니다. 두뇌 싸움 같은 걸 생각했는데."

"어쩔 수 없잖아요. 내 나름대로 생각해 낸 마지막 수단이었다고요. 지금까지 인기인으로 살면서 효과를 봤던 모든 기술이 안 먹히니 다른 수가 없었어요. 마지막으로 이 방법을 써 보고 안 되면 포기해 버려야지! 싶어서 그냥 알 몸으로 부딪친 거죠.”

구로다 씨가 또다시 쿨럭댄다.

“그래서, 결국 그 작전이 성공한 건가?”

점장님이 비어 버린 맥주 캔을 살랑살랑 흔들며 물었다.

“뭐…… 일단은?”

시오리가 애매하게 고개를 갸웃거렸다.

“‘일단은’이라뇨?”

“잤어?”

대놓고 물어보는 점장님을 향해 시오리가 살짝 민망해 하며 고개를 끄덕였다.

“근데 그 후로도 달라지는 게 없었어요. 좋아한다든지 사귀자는 말 같은 것도 딱히 없고. 예전처럼 같이 일하고 서로 촬영 보조도 해 줬어요. 사흘에 한 번은 밥도 같이 먹 었죠. 변함없는 일상이었어요. 섹스를 하고 안 하고 정도의 차이였죠.”

“그럼 그건…….”

연인인 건가? 잠만 자는 사이? 아니, 늘 같이 지내는 친 한 친구이기도 하니까 잠만 자는 사이라고 할 수는 없나.

무심결에 테이블 위에 펼쳐진 호화로운 음식을 쳐다봤다.

"그래도 새해는 매번 같이 맞았던 거죠?"

"그렇죠. 최근 이삼 년 동안은 늘 같이 있었어요. 새해 첫 일출을 찍겠다고 밤을 새워 산에 올라가서 사진을 찍고 집에 가서 곯아떨어지기도 하고요. 점심쯤 일어나서 고타쓰 안에서 따끈따끈한 오세치를 먹고……. 이벤트가 있을 때마다 항상 그렇게 보냈어요. 봄에는 신주쿠 교엔에 가서 벚꽃도 보고, 여름에는 노을 지는 바다에 가고, 가을에는 교토까지 가서 단풍 사진도 찍었어요. 장비를 잔뜩 이고 다녔죠. 삼각대에 조명기구에 우산까지 챙기면 정말 무겁거든요. 그래서 솔직히 데이트라는 느낌도 별로 없긴 했지만……."

시오리는 어딘가 조금 쓸쓸한 표정으로 소복소복 쌓이는 창밖의 눈을 바라보고 있었다.

"그래도 즐거웠어요. 하루하루가 너무 즐겁더라고요. 후지모토랑 함께 있으면."

결국 제대로 사귀자는 말 한마디 주고받지 않았지만 당연하다는 듯 같이 있는 관계가 어제까지 쭉 이어졌다고 한다. 하지만 어떻게 해도 넘을 수 없는 희미한 벽 같은 것이 두 사람 사이에 있었던 모양이다.

"이 이상은 맨정신으로 말 못 할 것 같아요."

시오리는 마침내 점장님에게 테킬라를 달라고 했다. 시

원하게 잔에 따른 갈색 액체를 보자 정신이 아찔해졌다. 코를 가까이에 가져다 대니 독한 알코올 냄새가 확 끼쳤다. 시오리를 따라 점장님과 나도 같이 테킬라를 마시기 시작했다.

"간다? 하나, 둘!"

단숨에 샷을 쭉 들이킨 후 모두 동시에 레몬을 한 입 물었다. 아아, 왠지 어질어질하다. 시오리는 얼굴을 찡그린 채 뜨거워진 목에 팔랑팔랑 부채질을 했다.

"그래서 내가 프러포즈했어요. 후지모토한테."

너무 태연한 말투로 말하길래 그냥 흘려들을 뻔했다. 근데 지금 뭐라고?

"프러포오오오오오즈?"

시오리는 독주 뒤에 마시는 물 대신 얼음이 녹아 옅어진 하이볼을 들이켰다. 언뜻 눈가가 붉어진 것도 같았다.

"몇 년째였나, 내 생일에 큼지막한 케이크를 샀어요. 후지모토가 케이크랑 같이 사진을 찍어 주더라고요. 어질러진 방 때문에 배경도 적나라했고 완전 민낯에다가 캐릭터 인형이 달린 머리핀 같은 걸 대충 꽂고 있었지만 정말 마음에 드는 사진이었어요. '어떻게 찍은 거야. 얼굴도 제대로 안 찍혔잖아!'라며 배를 잡고 웃다가 그냥……."

기억을 더듬는 듯 시오리가 웃었다.

"사랑해, 하는 고백과 함께 '결혼하자!'라는 말이 툭 튀어 나왔어요. 하아, 결국 내가 사랑에 빠져 버린 거죠."

시오리가 민망하다는 듯 머리를 긁적였다.

"그랬더니 뭐래?"

점장님이 몸을 내밀고 물어보자 시오리는 살짝 고개를 숙였다.

"무서워…… 라고요. 무섭대요. 나랑 있는 게."

멍한 시선이 테이블 위에 머물렀다.

"나랑 있으면 자기가 못난 사람이 된 느낌이래요. 대체 무슨 소리를 하나 싶더라고요. 이렇게 좋은데 무섭다는 게 무슨 말인지. 결국 크게 다퉜고 한동안 안 만났어요. 아, 다시 생각하니 또 화가 나네!"

시오리는 다시 테킬라를 입에 털어 넣고 레몬을 물었다. 목구멍에서 하아, 하는 깊은 한숨이 새어 나왔다.

"너무 짜증이 나서 다른 남자를 만나려고 했어요. 근데 후지모토가 멀쩡히 있는데 굳이 다른 남자를 만나는 것도 괜한 일 같았어요. 그렇게나 화가 났는데 왜 또 후지모토가 보고 싶은 건지. 그때 뭔가……."

여기까지 말한 시오리가 잠시 말을 끊었다.

"이만큼 사랑하는 사람을 또 만날 수 있을까 하는 생각
이 들더라고요. 난 역시 후지모토를 사랑해. 성가시다든가,
너무 예민하다든가, 그런 건 아무 상관 없어. 스펙이 대단
하든 아니든 다른 사람들이 어떻게 보든 그런 거 알 게 뭐
야? 중요한 건 내가 후지모토를 사랑한다는 사실이니까 갈
데까지 가 보자, 이렇게 생각했죠."

"대단하다."

난 그런 마음을 먹게 하는 사랑을 한 번도 해 본 적 없는데.

"다시 화해할 생각으로 이 오세치를 만든 거예요. 그 사
람은 새해를 가족들과 보낸 적이 없어서 이런 것도 먹어
본 적이 없다고 했거든요. 그럼 내가 먹게 해 줘야겠다고
생각했어요."

"진짜 대단하다. 오세치는 만들기 정말 힘들잖아요."

"지금껏 고기 감자조림, 가라아게, 쇠고기 스튜 등 이것
저것 만들어 줘도 특별히 맛있게 먹어 준 적이 없었거든
요. 오세치 정도 되면 그 사람도 결혼 후의 모습을 그리지
않을까 싶었죠. 이렇게 된 거 어떻게든 이 남자랑 가족이
되어야겠다고 생각했어요. 후지모토가 '이 사람과 함께라
면 가정을 꾸려도 괜찮을 것 같아'라는 마음이 들도록 열
심히 만들었어요."

시오리가 찬합 모서리를 손톱으로 툭툭 건드렸다. 처음 열었을 땐 예쁘게 담겨 있었는데 지금은 넷이 나눠 먹고 남은 음식들이 여기저기 흩어져 있다.

"오세치는 나한테 늘 화해의 주문 같은 거였어요. 십일월에 제 생일이 될 때마다 참지 못하고 '결혼할 생각 없어?' 하고 몰아붙였거든요. 그럼 후지모토는 또 대충 얼버무리면서 무섭다느니 이상한 말을 꺼냈죠. 나는 또 화를 내며 집을 나가고요. 그런데 혼자 지내다 보면 그리워져서 연말에 오세치를 만들어 가는 거예요. 그걸 같이 먹으면서 화해하는 게 매년 루틴처럼 되어 버렸어요."

시오리는 당연하다는 듯 테킬라를 따라 시원스레 원샷을 했다. 어쩔 수 없이 침울해진 눈빛이 보였다.

"하아. 어제도 그렇게 되돌려 보려고 했어요. 오세치를 만들어서 후지모토네 집으로 가서 같이 나눠 먹으면서 마무리. 또 새로운 한 해를 맞이하는 거였죠."

"잠깐, 너무 많이 마시는 거 아냐?"

점장님이 시오리의 손에서 테킬라를 뺏어 들었다. 에이, 그러지 마요. 시오리가 부스스 웃으며 말했다. 눈을 깜빡이는 속도가 느려지고 있었다.

"근데 어제 요리를 하다 갑자기 이런 생각이 들었어요.

아, 나 올해도 똑같은 짓을 하고 있구나. 작년뿐이야? 재작년에도, 그 일 년 전에도 똑같았잖아. 몇 년 동안 쭉. 타임루프 영화처럼 매년 똑같은 상황이 반복되는 거예요. 근데 그 사람은 '겨울옷 여기에 넣어 둘 테니까 내년에 옷장 정리할 때 알려 줘. 난 맨날 까먹으니까'라면서 미래에도 함께할 거란 뉘앙스를 풍겨요. 그렇게 일 년 후에도 같이 있다는 전제로 얘기하면 언젠가는 분명히 바뀔 거라고 기대하게 되잖아요."

이렇게 말하고는 점장님의 맥주를 고양이처럼 살금살금 훔쳐 간 시오리가 푸하, 하고 원샷 한 후 테이블 위에 푹 엎드렸다.

"이런, 뺏겼네. 방심했다."

우리는 시오리의 머리칼이 지저분해지지 않도록 테이블 위에 있는 앞접시와 잔을 치웠다.

"후지모토, 지금 뭐 하고 있으려나……."

시오리가 엎드린 채 혀가 꼬인 말투로 말했다.

"헤어지자고 하니까 후지모토가 울더라고요."

"응? 헤어지길 원치 않았단 거예요?"

"아, 이제 나도 모르겠어요. 그 자식 대체 뭔지. 미안하대요. 너랑 있으면 내가 못난 사람이 되는 것 같아 함께 있기

무섭다고요. 자신도 모르는 자기 모습이 튀어나오는 것 같다면서 점점 발가벗겨지는 기분이라 무섭대요. 수염이 시꺼멓게 난 다 큰 남자가 엉엉 울더라고요. 사랑하지만 두렵다고. 더 깊은 사랑에 빠지고 싶지 않다고."

시오리가 테이블에 엎드린 채로 고개를 돌려 힐끗 내 쪽을 봤다.

"있잖아요, 모모코 씨."

빨갛게 충혈된 눈으로 나를 지그시 바라본다. 술을 마셔서인지 목까지 빨갰다.

"어떻게 하는 게 좋았을까요? 이 이상은 무리라는 생각이 들었어요. 난 늘 최선을 다해 후지모토를 사랑하는 마음을 전했거든요. 오 년 동안 어떤 테크닉도 쓰지 않고 있는 그대로의 내 모습으로 힘껏 부딪쳤고, 잔뜩 상처 입었어도 후지모토를 정말 사랑했는데. 이제 내 사랑은 텅텅 비어 버렸어요."

새빨간 눈꺼풀 아래쪽에 투명한 눈물방울이 스멀스멀 번지더니 시오리의 얼굴을 가로질러 흘렀다.

"정말 많이 사랑했어요. 내가 가진 사랑을 다 퍼 줬어요. 최선을 다했어요. 이제 더는 못 할 만큼요. '더 깊은 사랑에 빠지고 싶지 않다'라니, 그런 말 집어치우라고요. 난 이보다 더 사랑할 수 없을 정도로 진심을 다해 사랑했는데……."

흐, 흐흑, 하는 오열이 조금씩 흘러나왔다. 시오리가 카디건 소매로 쓱쓱 얼굴을 닦았다.

"뭘 더 할 수 있었을까요? 내가 후지모토를 더 소중히 대했더라면, 더 다정하게 굴었다면, 후지모토는 내 가족이 되었을까요? 근데 이젠 너무 지쳤어요. 알몸으로 덤볐는데도 받아 주지 않다니 너무 절망스러워요. 인기 테크닉을 남발하면서 다른 나를 연출했다가 실패했다면 그나마 견딜 수 있었을 텐데 이번에는 아무 무기도 안 썼다고요. 그런데 그런 말을 들으면 상처받을 수밖에 없잖아요. 내가 사랑하니까 그걸로 된 거라고 스스로를 위로해도, 아무렇지 않은 척해 봐도 역시 이젠 무리예요. 대체 날 뭐라고 생각하는 거냐고. 왜 내가……."

더 이상 참지 못하고 시오리를 껴안았다.

꼬옥 힘을 실었다. 연한 장미 향과 술 냄새가 섞인다.

"그래. 잘했어. 고생했어요."

시오리는 생각보다 더 가녀렸다. 작고 불안해 보이는 등을 가볍게 두드렸다. 봇물이 터지듯 끅끅거리는 소리가 점점 커졌다.

"부탁이야. 후지모토. 꼭 행복해야 해."

떨리는 목소리로 시오리가 말했다.

"꼭 행복해. 부탁이니까 그 누구보다 행복하게 살아 줘. 하아, 아니. 싫어. 왜 난 안 되는데? 대체 왜? 내가 후지모토를 행복하게 해 주고 싶었는데, 왜, 내가 아닌 건데? 그래도 행복하게 살아. 부탁이니까. 제발."

시오리가 내 왼쪽 어깨에 얼굴을 묻었다.

"후지모토, 사랑해. 정말 사랑해. 후우, 그래, 괜찮아. 넌 행복할 거야. 반드시 행복해질 거야. 좀 예민하고 성가신 사람이지만 난…… 나는, 이제 더는 못 하겠어. 더는 애쓸 자신이 없어. 그래도……."

작은 손이 내 등을 꽉 움켜쥔다.

아, 이 사람은 정말…….

"근데…… 그래도, 너무 싫어! 내가 행복하게 해 주고 싶었는데. 후지모토를 행복하게 만드는 사람은 나여야만 하는데."

진짜 멋진 사람이구나.

누군가를 사랑한다는 건 이런 거였어.

시오리는 울먹이며 서서히 얼굴을 들었다. 얼굴은 눈물과 콧물로 범벅이 되었고 앞머리는 이마에 아무렇게나 붙어 있다.

"모모코 씨, 나 잘못한 거 아니죠? 흐읍, 좀 꼴사납긴 하지만."

"잘못한 거 없어요. 전혀, 전혀, 잘못하지 않았어요."

나는 '있는 그대로의 나'를 사랑해 주길 오래도록 바라왔다.

자연스러운 그대로의 나. 폼 잡지 않는 나. 멋있는 척하지 않는 나. 누구의 흉내도 내지 않는 나. 그런 나를 사랑해 줄 누군가를 원했다.

그러나 분명 온몸으로 부딪치지 못한 건 나였다.

두려워했던 건 나다.

속 깊은 여자인 척.

성가시지 않은 사람인 척.

다 알고 있는 척.

남들과 똑같은 척.

누군가의 흉내를 내지 않고는 견딜 수 없던 건 나였다.

그렇게 무장하지 않으면 변명할 수가 없으니까. 내가 아닌 다른 사람인 척을 하면 스스로에게는 변명할 수 있다. 부정당한 건 내가 아니라 겉으로 보이는 가면일 뿐이라고 자신을 납득시키면서 상처받는 상황을 교묘하게 피해 다녔던 것이다.

온 힘을 다해 부딪쳤다가 사랑에 실패하고, 이젠 아무렇지 않다고 강한 척해 놓고도 결국에는 사랑한다며 펑펑 울고. 어쩌면 남들이 보는 시오리의 모습은 볼품없을지도 모른다. 누군지도 모를 쓰레기 같은 남자에게 귀한 이십 대의 오 년을 낭비한 바보라고, 인기 있을 때 조건 좋은 남자랑 결혼이나 하지 그랬냐고 생각하는 사람도 있을지 모른다.

하지만 그러거나 말거나. 다들 엿이나 먹으라 그래.

"당신은 멋진 사랑을 한 거예요. 대단해요. 그렇게까지 볼품없어지는 거야말로 진짜 사랑이잖아요. 누가 뭐라든."

시오리가 번쩍 눈을 크게 뜬다.

"후지모토는 분명 괜찮을 거예요. 당신이 텅텅 비어 버릴 정도로 큰 사랑을 줬으니까."

"그렇겠죠? 이렇게까지 아낌없이 사랑했는데 분명 행복하게 살 거야. 맞죠?"

"응, 괜찮아요. 후지모토도 시오리도 행복해질 거예요."

그래, 맞아. 콧물을 훌쩍거리며 시오리가 웃는다.

난 전남친이 꼭 후회하길 바라는 마음밖에 없었다. 언젠가 어디선가 스쳐 지나갈 때 내가 예뻐졌다고 생각하길 바랐다. 아까운 물고기를 놓쳤다며 씁쓸하게 혀를 차길 기대

449

했다.

그러나 분명 그 사람의 행복을 바람으로써 보상받는 마음도 있을 것이다.

난 내 생각만 했다.

분하고, 괴로워서.

교헤이의 생각은 하나도 하지 않았다.

교헤이를 나쁜 놈으로 만들면서 오래도록 내 마음을 지켜왔다.

이제부터 난.

나는…….

💔

녹은 버터 위에 다진 마늘과 생강을 떨어뜨리자 한순간에 가게 안이 좋은 냄새로 가득 찼다. 충분히 익었을 때 얇게 썬 양파와 향신료를 넣고 볶는다. 쓰읍, 깊은숨을 쉬며 폐 속 깊숙한 곳까지 냄새를 들이마신다.

술에 잔뜩 취했던 시오리는 오늘 아침 소파에서 일어나더니 아무렇지 않게 '아, 온몸이 찌뿌둥하네' 하고 말했다.

하지만 얼굴은 믿을 수 없을 정도로 팅팅 부어 있었다.
시오리는 화장실에서 나오자마자 '와, 모모코 씨. 잠깐 좀
봐 봐요. 내 얼굴 장난 아닌데요?'라며 자기 얼굴을 가리키
며 폭소를 터뜨렸다.

"눈이 사라졌잖아! 괜찮아요? 앞이 보이긴 해?"

"거의 안 보여요. 시야가 평소의 십분의 일 정도 되는 거
같은데? 근데 모모코 씨도 만만치 않아요."

그 후 서로 얼굴이 빵빵해서 웃기다는 이야기 하나로 한
바탕 배를 잡고 웃고, 사진도 잔뜩 찍었다. 아무리 그래도
이런 얼굴을 남자들한테 보여 줄 수는 없다면서 엎드려 자
는 점장님과 구로다 씨에게는 아무 말도 않고 가게를 나선
시오리를 배웅하러 나왔다.

"나, 거짓말한 거 하나 있는데……."

집으로 가는 길에 시오리가 느닷없는 말을 건넸다.

"어? 뭔데요?"

시오리는 미끄러지지 않도록 닥터마틴을 신은 발을 한
걸음 한 걸음 조심스럽게 내디디며 생긋 웃었다. 눈부신
아침 햇살이 눈에 반사되어 부어오른 눈을 사정없이 공격
한다.

"나, 실은 비긋다에 한 번 온 적 있어요."

"어, 정말요?"

"응. 손님이 너무 붐빌 때라 모모코 씨는 아마 기억 못 할 테지만요."

"미안해요. 전혀 몰랐네……."

분명 티브이에 소개되어 웨이팅 줄이 길게 생겼을 때의 일일 것이다.

"그때 카레를 먹었어요. 전남친이 좋아했던 카레라니 희한한 일을 벌이는 사람이 다 있네, 라고 생각했죠. 다 먹고 집에 갈 때 계산대에 모모코 씨가 있길래 '맛있었어요'라고 인사를 했거든요. 그랬더니 모모코 씨가 뭐라고 했는지 알아요?"

기억이 전혀 안 난다. 손님들이 칭찬해 주는 경우는 꽤 있긴 했는데 그때 뭐라고 답했더라? 거의 무의식으로 한 답이라 예상도 되지 않는다.

필사적으로 기억을 떠올리려고 애쓰는 내 모습에 시오리가 쿡쿡 웃었다.

"맞아요! 이 카레 엄청 맛있죠?'라고 했어요."

순간적으로 목이 막혔다. 화악 얼굴이 달아오르는 게 느껴졌다. 뭔 말을 한 거야. 창피해, 진짜! 평소대로라면 '감사합니다'라고 하거나 '입에 맞으신다니 다행이네요' 같은 대답을 했을 텐데. 안 봐도 뻔하다. 너무 바쁜 와중에 만석이라는 사실에 잔뜩 흥분해서 헛소리를 했겠지.

"근데 나한테는 너무 눈부셔 보였어요. 왠지…… 응원받은 것 같은 기분이 들더라고요."

"그, 그 말을 듣고요? 대체 어디가?"

"자기가 만든 음식을 마치 남이 만든 것처럼 얘기했으니까. 이 사람한테는 '자기가 만든 음식'이라는 것과 '이 카레가 맛있다'는 사실이 완전 별개의 일이구나 싶더라고요."

시오리가 빨개진 코를 머플러 속에 파묻었다.

"이런저런 것들에 뒤덮여서 좋아하는 마음이 제대로 보이지 않는 일도 많잖아요. 처음에는 좋아한다는 순수한 마음만으로 시작된 건데도 과연 이 사람이 나라는 인간을 더 멋져 보이게 해 줄지, 내가 좋아하는 사람이라고 말했을 때 주변 사람들이 이상한 눈으로 보지는 않을지, 어차피 누굴 좋아할 거라면 마음 놓고 좋아한다고 할 수 있는 사람이었으면 좋겠다든지……. 어떤 걸 좋아하기 전에 남들의 시선을 먼저 신경 쓰고 말죠."

신호가 빨간불로 바뀌어 횡단보도 앞에 멈춰 섰다. 얼어붙은 손을 주머니에서 꺼내 보행자용 버튼을 누른다.

"비긋다에 들렀을 무렵엔 나도 후지모토에 대한 내 마음을 알 수 없었어요. 그때 모모코 씨의 '순도 백 퍼센트의 좋아하는 마음'을 보고 나서 내 사랑이 텅 비어 버릴 때까지 계속 좋아하기로 결심했어요. 그래서 매장위원회에도 가고 싶었던 거고요. 모모코 씨를 한 번 더 만나면 뭔가 바뀔 것 같은 기분이 들었거든요."

"시오리……."

설마 날 그렇게 봐 준 사람이 있을 줄이야.

너무 놀란 나머지 아무 말도 못 하는 내 등을 시오리가 시원스레 팡팡 두드렸다.

"그러니까 모모코 씨도 괜찮을 거예요. 자신이 좋아하는 걸 스스로 지켜 낼 줄 아는 사람이니까."

신호가 파란불로 바뀐다.

경쾌한 전자음과 함께 안내 음성이 들렸다.

"바로 저기니까 이제 혼자 갈게요. 고마웠어요!"

시오리가 잰걸음으로 총총 횡단보도를 건너더니 반대편에 도착해 손을 휙휙 흔들었다.

"좋았어!"

냄비 뚜껑을 덮고 기지개를 쭈욱 폈다. 환기가 필요한

것 같아 문을 열었다. 상쾌한 겨울 공기가 비굿다 안을 가득 채운다.

버터 치킨 카레를 끓이는 동안 카운터 의자에 앉아 가게 안을 둘러보았다.

"많은 일이 있었네……."

문득 선반 위에 놓인 스노 글로브에 눈길이 갔다. 점장님, 구로다 씨, 나, 각자의 스노 글로브. 교헤이와의 추억을 이것저것 욱여넣은 탓에 내 스노 글로브만 살짝 색이 변해 있었다.

"오오, 모모코. 왔구나."

여전히 한심한 소리를 내는 현관 벨이 울리고 점장님과 구로다 씨가 동시에 모습을 드러냈다. 샤워라도 했나? 아직 숙취가 남았는지 점장님이 주방에 들어서자마자 물을 들이켰다.

"아, 머리 아파. 시오리는 괜찮았어?"

"어디서 맛있는 냄새가 나는데요?"

"그러네? 배고프다."

"……들켰네."

혼자 먹을 생각이었는데 결국 평소처럼 셋이서 카레를 먹게 되었다.

카운터에 그릇과 숟가락을 놓는다.

가만히 생각해 보니 일 년의 마지막 날 아침부터 카레를 먹는 것이 좀 이상하기도 하다. 그치만 어차피 십이월 삼십일에 오세치를 먹어 버린 상황이니 이제 와 순서를 따져서 뭐 하나 싶다.

"잘 먹겠습니다!"

어제 한바탕 난리를 치느라 에너지를 많이 쓰긴 했는지 무척이나 배가 고파 보였던 점장님과 구로다 씨는 우걱우걱 카레를 먹어 치웠다.

"하, 숙취가 남은 몸에 카레가 싸악 스며드네."

"뭐, 카레에 강황 성분이 들어 있긴 하니까요."

"꼭 이런 분위기에 그런 말을 한다니까……."

점장님과 구로다 씨의 목소리가 왠지 멀게 들렸다.

숟가락을 든 손이 가늘게 떨린다. 수백 번은 만들었던 카레인데 가슴이 두근거렸다.

아직 연인이었던 시절, 나는 이 카레를 '교헤이 카레'라고 불렀다. 교헤이를 위해 개발한 레시피. 교헤이가 좋아하던 맛. 그 무렵의 추억이 얽혀 이 카레를 먹을 때마다 교헤이를 떠올리고 만다. 그래서 차라리 가게 메뉴로 내놓고 억지로라도 자주 접하면서 그 기분을 떨쳐 내려고 했다.

하지만 이제는 괜찮다.

왜냐면 내가 좋아서 만든 카레니까. 언제까지고 교헤이에게 맡겨 둘 수는 없다. 되찾아 올 거야.

물을 한 잔 마셨다.

그리고 기세 좋게 카레와 밥을 반씩 떠서 꿀꺽 한입 삼켰다.

"모모코 씨?"

고급 재료를 쓴 것도 아니고, 꼬박 이틀 동안 끓이지도 않았고, 호텔 카레와 비교하면 맛이 덜하기야 하겠지만.

그렇지만.

"맛있어!"

점장님과 구로다 씨도 못지않은 기세로 접시를 들고 열심히 카레를 먹는다. 밥이며 카레며 싹싹 입에 밀어 넣는다. 요구르트와 향신료에 재워 둔 닭고기가 입안에서 부드럽게 씹혔다.

단숨에 먹어 치우고는 하아, 하고 긴 숨을 내뱉었다. 냅킨으로 입가를 닦는다.

"이거요……. 이 카레."

맛있죠? 라는 말이 입 밖으로 튀어나오려던 그 순간, 문득 생각을 바꿨다.

항상 누군가, 혹은 좋아하는 사람의 눈치를 보는 버릇이 생겨 있었다. 좋아하는 사람이 원하는 모습으로 있고 싶었다. '교헤이가 마음에 들어 하는가?'라는 예비 시험에 통과하지 않으면 내 기분을 내세워서는 안 될 것 같은 느낌이 들었다.

"유키 씨? 왜 그래요?"

의아하다는 듯 바라보는 점장님과 구로다 씨를 향해 아니에요, 하고 고개를 저었다.

매장하자.

나 사랑해? 내가 만든 음식 맛있어? 나 네가 좋아하는 모습을 잘 유지하고 있지? 문득문득 묻고 싶어지는 나랑 이제 이별하는 거야. 괜찮아. 최선을 다했잖아. 괴로워하면서, 발버둥 치면서 제대로 살아 냈어. 그러니 이제는 확실히 말할 수 있다.

"이거, 맛있죠? 무지하게 맛있잖아요. 그래, 진짜 맛있어!"

살짝 떨리는 목소리로 말하자 두 사람이 잠깐 눈을 마주치더니 피식, 웃었다.

"맛있어."

"맛있네요."

우리는 세상에서 제일 맛있는 카레를 더 담기 위해 주방으로 향했다.

새하얀 설경에 반사된 아침 햇살이 무척이나 눈부셨다.

'인기 폭발녀'의 진심이 담긴 닭고기 야채조림

재료

닭 다리 살	250g
죽순	200g
당근	1개
연근	1개
우엉	2개
말린 표고버섯(다시 불림)	6개
백설콩	5개
맛국물	3.5컵(말린 표고버섯을 우린 물 포함)
간장	2.5큰술
설탕	3큰술

만드는 법

① 백설콩을 살짝 데친 후 찬물에 담가 둔다.

② 연근, 당근, 표고버섯을 모양을 내어 썬다.

③ 우엉, 죽순을 돌려 가며 불규칙한 형태로 썬다. 닭 다리 살은 한입 크기로 썬다.

④ 냄비에 소량의 기름을 두르고 닭 다리 살을 익힌다. 색이 변하면 백설콩을 제외한 야채들을 넣고 볶는다.

⑤ 맛국물, 말린 표고버섯 우린 물을 넣고 끓인 후 간장, 설탕을 넣고 조금 더 졸여 간이 배면 백설콩을 뿌려 완성.

깨진 그릇에 담아 낸 다정한 치유의 맛

망친 요리 같은 연애가 있다. 설레는 마음으로 장을 보고 정성스레 다듬어, 수고와 재료를 아끼지 않고 차려 냈으나 씁쓸한 뒷맛과 너저분한 설거짓거리만 잔뜩 남긴 채 끝나 버리는.

남자 친구를 위한 레시피까지 개발해 그의 '최애음식'을 기꺼이 만들어 주던 유키 모모코에게도 그런 실연이 찾아왔다. 태생이 기운차고 긍정적인 유키에게도 이별의 끝맛은 지독하게 쓰다. 술에 취한 채 길을 헤매다 술집으로 착각하고 들어간 낯선 찻집에서 울다 지쳐 쓰러지고, 눈뜨자마자 생판 모르는 사람을 붙잡고 하소연할 만큼.

그리고 이 낯선 찻집과 생판 모르는 사람들 덕분에 유키는 마음속 설거지를 조금씩 해치우고, 자신과 비슷한 처지인 위로와 공감이 필요한 이들을 위해 새로운 요리를 시작한다.

찻집의 이름은 '비긋다'. '잠시 비를 피해 그치기를 기다린다'라는 이름처럼, 만남과 헤어짐으로 힘들어하는 이들의 눈물을 거둬 주는 작은 처마 같은 공간이다. 필요 이상으로 수려한 외모와 다정한 행동으로 여성 손님의 오해를 사는 바람에 별점 테러 역풍을 맞고 있는 점장 아마미야는 수행 중이라면서 허구한 날 속세 맛의 절정인 크림소다만 먹는 수상한 스님 구로다 외의 손님이 절실하다. 그러다 우연히 유키가 만든 전남친의 최애음식, 버터 치킨 카레를 맛본 후 매출 신장을 위해 '전남친 최애음식 매장위원회'를 발족한다. 마성의 매력을 가진 점장 아마미야가 이야기를 끌어내고, 유키가 사연 속 요리를 재현하면 구로다가 원한을 성불시켜 주는 '본격 실연 치유 코스'.

매장위원회를 찾는 이들의 사연은 그야말로 각양각색이다. 그 사연들이 뻔하지 않게 조리되어 색다른 맛으로 완성되는 동안 책장은 맛깔난 수프처럼 술술 넘어간다. 진심으로 울고 웃을 줄 아는 유키와 저마다의 방식으로 힘이 되고자 하는 희한한 두 남자의 서툰 따뜻함을 느끼며, 비긋다 한구석에 앉아 이야기를 엿듣는 기분으로 이 글을 옮겼다.

여기에는 오롯이 위로하는 쪽에 설 수 있는 사람도, 그저 위로받기만 하는 사람도 없다. 뭇 여성의 사랑을 받는 점장에게는 이루지 못한 순애가 있고, 단단해 보이는 구로다의 마음속에도 가족의 애정에 목말랐던 상처가 고스란하다. 그래서일까, 이들은 애초에 조언자가 될 생각이 없어 보인다. 슬픈 사연에는 볼품없이 같이 울어 버리고, 추억의 레시피를 찾아내겠다며 우당탕탕 소란을 피운다. 그러나 그 다듬어지지 않은 애정 속에 비긋다를 찾은 사람들은 새로운 한 발을 디딜 힘을 얻는다. 아픔과 그리움이 담긴 음식을 먹어 치우듯 뒤얽힌 마음을 씻어 내는 것이다.

음식에는 관계와 추억이 담긴다. 때론 예상을 벗어난 맛이 날 때도 있지만 그 접시를 깨끗이 비우고 박박 닦아 내며 우리는 또 다음 식사를 준비해 배를 채운다. 이별과 실연이 그저 망친 요리로 끝나는 것만은 아니라는 응원이, 끊임없이 누군가와 만나고 헤어져야 하는 이들에게 무사히 닿기를 바라며.

한동안 금요일 밤에 비가 내리면 이 이야기가 떠오를 것 같다.

전남친 최애음식 매장위원회

초판 1쇄 인쇄 2024년 8월 6일
초판 1쇄 발행 2024년 8월 14일

지은이 가와시로 사키
옮긴이 황국영
펴낸이 김선식

부사장 김은영
콘텐츠사업2본부장 박현미
책임편집 정지혜 **디자인** 정명희 **책임마케터** 오서영
콘텐츠사업6팀장 임경섭 **콘텐츠사업6팀** 정지혜, 곽수빈, 조용우, 이한민, 정명희
마케팅본부장 권장규 **마케팅1팀** 최혜령, 오서영, 문서희 **채널1팀** 박태준
미디어홍보본부장 정명찬 **브랜드관리팀** 오수미, 김은지, 이소영
뉴미디어팀 김민정, 이지은, 홍수경, 서가을, 문윤정, 이예주, 김화정, 변승주, 장세진
지식교양팀 이수인, 염아라, 석찬미, 김혜원, 백지은, 박장미, 박주현
편집관리팀 조세현, 김호주, 백설희 **저작권팀** 이슬, 윤제희
재무관리팀 하미선, 윤이경, 김재경, 임혜정, 이슬기
인사총무팀 강미숙, 지석배, 김혜진, 황종원
제작관리팀 이소현, 김소영, 김진경, 최완규, 이지우, 박예찬
물류관리팀 김형기, 김선민, 주정훈, 김선진, 한유현, 전태연, 양문현, 이민운

펴낸곳 다산북스 **출판등록** 2005년 12월 23일 제313-2005-00277호
주소 경기도 파주시 회동길 490
전화 02-704-1724 **팩스** 02-703-2219
이메일 dasanbooks@dasanbooks.com
홈페이지 www.dasan.group **블로그** blog.naver.com/dasan_books
용지 스마일몬스터 **인쇄 및 제본** 정민문화사 **코팅 및 후가공** 평창피엔지

ISBN 979-11-306-5509-3 (03830)